Ivanji, Ivan: Ein ungarischer Herbst : Roman / Ivan Ivanji. – Wien : Picus-Verl., 1995. – 234 S. ; 21 cm
ISBN 3-85452-280-0 fest geb. : 39,80

Roman über den Aufstand der Ungarn im Oktober 1956 gegen die Sowjets. (1.6; 3.2)

Im Abstand von fast 40 Jahren wird der Aufstand der Ungarn gegen die Sowjets und die eigene kommunistische Regierung im Oktober 1956 aus der Sicht eines jungen jugoslawischen Sportjournalisten geschildert, der sich im Sommer zuvor in Budapest in eine junge Ungarin verliebte und auf abenteuerliche Weise zurückkehrt, um Zeuge der Kämpfe und Wirren zu werden. Ein anderer Zeuge ist ein Junge, den seine Mutter ausschickte, um Zwiebeln zu kaufen, und der auf seine Weise in die Kämpfe verwickelt wird, die, wie nicht nur der Westen fürchtet, zum Ausbruch eines dritten Weltkrieges führen könnten. Daher auch der geheim gehaltene abenteuerliche Flug Chruschtschows zu Tito zu einer Krisenbesprechung, da gleichzeitig Ägypten den Suez-Kanal sperrte und damit Frankreich und England herausforderte. Der Aufstand wurde blutig niedergeschlagen, Ungarn kam erneut unter kommunistische Herrschaft. — Dieser anschaulichen Schilderung der ungarischen Tragödie geben die eigenen Erfahrungen des Autors (*1929), aber auch seine fiktiven Gestalten mehr Kolorit als ein nur historischer Bericht. — *Für an Zeitgeschichte interessierte Leser* zu empfehlen.

Hiltrud Minwegen

Ivan Ivanji

Ein ungarischer Herbst

Roman

Picus Verlag Wien

Zertretenes Laub auf dem Asphalt
ERSTER TEIL DES EPILOGS ANSTELLE EINES PROLOGS

Müde, blaß, aber trotz der späten Stunde aufmerksam gekleidet und glatt rasiert wie immer, warf der russische Botschafter in Budapest, Andropow, einen Blick auf die Uhr und wendete sich leise an die Anwesenden:

»Wortmeldungen? Fragen?«

Die Generäle und Diplomaten beobachteten einander. Hoffentlich würde niemand etwas sagen und man war jetzt endlich fertig, konnte sich zur Ruhe begeben. Keiner meldete sich. Nach einer kurzen Pause stand Andropow auf.

»An die Arbeit, Genossen!«

Murmeln. Einige blickten, schon stehend, noch einmal in Richtung des Botschafters. Aber der schwieg und hatte augenscheinlich nicht die Absicht, sozusagen inoffiziell noch einen Kommentar abzugeben. Er setzte sich wieder, riß das Blatt für den vergangenen Tag vom Kalender auf seinem Tisch und warf ihn in jenen Abfallkorb, dessen Inhalt aufmerksam vernichtet werden mußte. Eine alte Gewohnheit. Aber auf dem Blatt befand sich nur das aufgedruckte Datum, der 3. November 1956. Sonst nichts. Andropow holte seine altmodische Füllfeder aus der Brusttasche und setzte mit einer energischen Bewegung auf das Blatt für den 4. November ein Rufzeichen. Obwohl er ruhig und beherrscht wirkte, verriet diese Bewegung seine Nervosität, er drückte zu kräftig auf. Der Punkt des Satzzeichens verwandelte sich in einen Klecks.

Allein in seinem großen Büro zurückgeblieben, trat er an das Fenster und betrachtete die Bäume. Nur noch wenige gelbe Blätter klammerten sich verzweifelt an die Äste. Dann trat er an den Kühlschrank und holte sich eine Flasche Mineralwasser, aus der Westentasche sein Arzneimittel. Er sah sich die beiden Pillen auf seiner Handfläche lange zerstreut an und schluckte sie dann schnell mit dem kalten Wasser aus einem Kristallglas. Botschafter Andropow war herzkrank und hatte auch Probleme mit den Nieren.

Er kehrte zum Schreibtisch zurück und bediente eine Taste des Haustelefons.

»Man soll mir frischen Tee bringen. Ich bleibe heute nacht hier im Büro. Alles, was gemeldet wird, sofort durchgeben. Ich will alles selbst sehen!«

Früh am Morgen des 4. November verkündete der ungarische Ministerpräsident Imre Nagy über den Rundfunk, daß der Angriff der sowjetischen Truppen auf Budapest begonnen habe. Er sprach von heftigem Widerstand und wandte sich mit einem Hilferuf an die Vereinten Nationen. Dann nahm er den Koffer mit den notwendigsten Habseligkeiten, der schon einige Tage lang im Schrank bereitstand. Sein alter Freund Géza Losonczy, jetzt Minister in seiner Regierung, packte Dokumente in eine Aktentasche und gab telefonisch das Stichwort an einige wenige Mitarbeiter durch. Die Treppen hinunter nahmen sie fast laufend. Dann verlangsamte Nagy seine Schritte:

»Immer mit der Ruhe, Géza. Einige Sekunden früher oder später werden uns nicht retten. Wir müssen die Würde ungarischer Staatsmänner bewahren.«

Bevor er in dem großen, schwarzen Auto Platz nahm, warf Nagy noch einen Blick auf die verschnörkelte Fassade des Parlaments. Sah er es das letzte Mal? Kanonendonner war ziemlich deutlich, wenn auch aus der Ferne, zu hören. Er hatte keine Zeit für sentimentale Gedanken.

»In die jugoslawische Botschaft!« wies er den Fahrer an.

Mit großer Geschwindigkeit fuhr das Auto durch die dunklen Straßen. Da und dort raste man an ausgebrannten Panzern, umgestürzten Straßenbahnwagen, Resten von Barrikaden vorbei, aber Kämpfe wurden hier nicht mehr geführt.

Die Boulevards waren menschenleer. Auf einem großen Platz bog das Auto scharf nach rechts. Das Tor zum Eckgebäude öffnete sich vorsichtig:

»Ich darf bitten, wie verabredet!« begrüßte der jugoslawische Gesandte die ungewöhnlichen Gäste.

Zwei Tage zuvor waren Mitarbeiter des ungarischen Ministerpräsidenten an den Gesandten der Föderativen Volksrepublik Jugoslawien, Dalibor Soldatić, mit der Frage herangetreten, ob eine Gruppe von Personen, die vom Pogrom bedroht waren, im Fall des Falles in der jugoslawischen Botschaft Zuflucht finden würde? Der Diplomat antwortete, er müsse seine Regierung konsultieren. Die Frage bewies, daß Nagy Angst hatte, daß er nicht mehr sicher war, ob er die Lage beherrschen könne. Das Wort »Pogrom« deutete darauf hin, daß die Angst mehr den ungezügelten Banden unter den Aufständischen galt, die immer lauter wurden und die Stadt zu terrorisieren begannen, als den Russen. Manche Gruppen, die sich als Freiheitskämpfer gebärdeten, verfolgten nicht nur die Funktionäre des Rákosi-Regimes und die Angehörigen des ehemaligen Geheimdienstes, sondern alle Kommunisten. Aber waren diese Gruppen wirklich schon so stark, daß sich Nagy selbst vor ihnen fürchten mußte, fragte sich Soldatić. Oder wollte er sich im Grunde doch vor den Russen verstecken? Über ein neuerliches Vordringen ihrer Kräfte gab es Meldungen aus verschiedenen Quellen.

Schon am 3. November konnte Soldatić dem ungarischen Miniterpräsidenten Nagy übermitteln:

»Auf der Grundlage der Prinzipien des Völkerrechts und des Humanismus ist meine Regierung bereit, gefährdeten Personen und selbstverständlich auch Ihnen, Genosse Ministerpräsident, Asyl zu bieten, falls Sie es wirklich für notwendig erachten ...«

Nach Nagy und Losonczy kamen auch andere Politiker an, manche von ihnen mit Frauen und Kindern. Unter ihnen waren auch der bekannte Philosoph und Schriftsteller György Lukács, Minister in der Regierung Nagy, und Julia Rajk,

Witwe eines der Führer der ungarischen Kommunisten, Lászlo Rajk, der noch im Juni 1949 als angeblicher »Knecht und Spion Titos« verhaftet und danach gehenkt worden war. Nach und nach kamen in der Botschaft dreizehn Männer, fünfzehn Frauen und siebzehn Kinder an.

Den ersten Kaffee und Schnaps nahm Nagy mit dem Gesandten Soldatić in dessen Büro im zweiten Stock ein. Nagy war ein markanter, vierschrötiger Mann mit einem Schnauzbart, trug einen Kneifer auf der Nase. So stellten sich viele einen typischen Ungarn vor.

»Ich glaube, es wäre am besten, wenn Sie und Ihre Begleitung in den inneren Räumen des Gebäudes im Erdgeschoß und im Souterrain bleiben würden, Genosse Ministerpräsident. Gehen Sie lieber nicht ans Fenster …«, bat der jugoslawische Gesandte.

Ein kalter, aber sonniger Novembertag brach an. Der Kanonendonner kam näher. Alle jugoslawischen Diplomaten versammelten sich ebenfalls in der Botschaft. Die Mehrzahl ihrer Familienmitglieder war schon vorsorglich mit einem Bus, der speziell deshalb aus Belgrad gekommen war, am Vortag nach Hause geschickt worden. Die jugoslawischen Journalisten kamen aus ihren Hotels angerannt. Sie berichteten von Straßenkämpfen, besonders um Csepel, eine Donauinsel mit Industrieanlagen, die als Herz des ungarischen Proletariats galt. Mit ihnen waren schon über achtzig Menschen in der relativ kleinen, zweistöckigen Botschaft versammelt. Es wurde ziemlich eng.

Der ungarische Rundfunk hatte in der Zwischenzeit seine Herren gewechselt. Er meldete die Bildung einer neuen, revolutionären Arbeiter- und Bauernregierung, deren Präsident János Kádár war. Kádár hatte bis zu diesem Augenblick als Mitglied der Regierung Nagy gegolten, doch nun erklärte er:

»Imre Nagy ist es weder gelungen, die Wünsche des ungarischen Volkes zu befriedigen, noch die Flut der Konterrevolution einzudämmen!«

»Haben Sie das erwartet?« fragte der Gesandte.

Sein Gast überlegte nur kurz.

»Ja, doch. Wir wußten schon einige Tage lang nicht mehr, wo er sich aufhielt, er antwortete auf unsere Anrufe nicht ...«

»Entschuldigen Sie, aber warum haben Sie ihn dann in Ihre neueste Regierung aufgenommen, wenn er damit nicht einverstanden war?«

Nagy zuckte die Achseln:

»So klang es für die Öffentlichkeit besser, oder?«

Zur selben Stunde saß auch der amerikanische Botschafter in Budapest mit einem Herrn zusammen, der um politisches Asyl gebeten hatte. Es war Kardinal Jozsef Mindszenty, das Oberhaupt der römisch-katholischen Kirche in Ungarn, der noch am Vortag in für einen hohen Geistlichen ungewöhnlich scharfen Worten Imre Nagy als Ministerpräsidenten angegriffen hatte. Jetzt hatte er in einer ausländischen Botschaft Schutz suchen müssen, genau wie sein verhaßter Kontrahent. Kardinal Mindszenty verbarg nicht, daß er selbst bereit gewesen wäre, auch die weltliche Macht im Land zu übernehmen. Traditionalisten wie er gingen davon aus, daß Ungarn ein Königreich war, daß selbst Admiral Miklos Horthy nur als Reichsverweser regiert hatte. Die Monarchie hatte er formal nie in Frage gestellt. Symbol des tausendjährigen Staates war die Sankt-Stephans-Krone, die nach den Wirren des Zweiten Weltkriegs nach Amerika gelangt war. Mindszenty träumte davon, sie nach Ungarn zurückzubringen und in ihrem Namen die Macht auszuüben. Aber auf wessen Haupt sollte er sie eines Tages setzen?

Botschafter Andropow döste einige Stunden lang im Sessel vor sich hin. Er hatte seine langen Beine bequem ausgestreckt, aber wohl fühlte er sich keineswegs. Die Zeit, sich in sein Schlafzimmer zu begeben, nahm er sich nicht. Er hätte sonst das Gefühl gehabt, das wichtigste Ereignis in seiner bisherigen politischen Karriere zu verschlafen. Dann schrieb er eigenhändig einige Depeschen für Moskau. Zwischendurch las er die neuesten Berichte.

»Einverstanden, Genosse General!« schrie er ins Telefon. »Je energischer Sie jetzt zuschlagen, um so weniger Opfer wird es am Ende insgesamt geben. Gerade im Namen der Humanität heißt es jetzt zuzuschlagen! ... Ja, zuschlagen habe ich gesagt, hören sie nicht richtig? ... Wie viele Panzer Sie dafür haben müssen, kann ich doch nicht wissen, Sie sind der Soldat, nicht ich!«

Andropow dachte im Weltmaßstab. Er wußte genau, daß in diesem Augenblick Budapest ein Nebenschauplatz war, viel wichtiger war es, wie die Operationen um den Suez-Kanal ausgehen würden. Die Engländer und Franzosen bombardierten ägyptische Städte. Es ging um Erdöl, um die Schlagader des kapitalistischen Systems. Ach was, verwarf er ärgerlich die eigenen Gedanken, die sich in Schablonen bewegten, die er eigentlich gar nicht mochte. Wieso des kapitalistischen? Als ob sich bei uns die Räder ohne Erdöl drehen würden! Wenn deshalb der große Krieg ausbrechen sollte, dann würden die Scharmützel in Ungarn zu rein taktischen Grenzbegradigungen.

Alles hing davon ab, ob Nikita Sergejewitsch Chruschtschow im Stande war, mit dem alt gewordenen General Eisenhower, dem Präsidenten der USA, klarzukommen. Der wußte, was ein Krieg war, und würde alles tun, um ihn zu vermeiden. Chruschtschow war ein primitiver Mensch, Eisenhower ein Greis. Juri Andrejewitsch Andropow hielt sich für berufener als die beiden, die Welt im richtigen, proletarischen und internationalistischen Sinne zu ordnen, für besser, seriöser und humaner. Und jetzt saß er hier am Nebengeleis. Nun, er hatte Zeit. Wenn nur seine Gesundheit mitmachte. Und wenn jetzt nicht der dritte Weltkrieg ausbrach.

Im Laufe der Nacht zwischen dem 4. und dem 5. November zogen sich die Bewohner der ungarischen Hauptstadt in ihre Keller zurück. Viele von ihnen erinnerten sich noch an den

Winter vor zwölf Jahren, als sie ebenfalls vor russischem Granatenfeuer in die Schutzräume umgesiedelt waren. Fing das schon wieder an? Ihre Erschöpfung war größer als ihre Angst.

Die Luftschutzräume waren auch in Alexandria, Port Said, Ismailia und in der Stadt Suez überfüllt. Der Rest der Menschheit schlief ruhig. In den Städten Europas und Nordamerikas hörten viele die Nachrichten mit besorgter Miene, aber im Grunde waren sie zufrieden, daß sie ein Gesprächsthema hatten und die Kämpfe weit weg von ihrem Leben und ihrem Wohlstand geführt wurden.

Der Panzerkommandeur war nicht sicher, ob er die Stellung erreicht hatte, die für ihn auf dem Stadtplan aufgezeichnet war. Er befand sich mitten auf einem riesigen Platz, hätte jedoch eigentlich auf einer Kreuzung sein sollen. Das einzig Gute war, daß sich ihm so wenigstens kein Feind unbemerkt von hinten nähern konnte. Das kleine Kreuz auf dem Stadtplan, das bezeichnete, wo seine Position zu sein hatte, stand zwischen gepunkteten Linien, von denen er voraussetzte, daß es Straßen waren, aber hier sah alles anders aus. Anderseits entsprachen die Mündung des breiten Boulevards vor ihm und die Häuser, die er durch den Sehschlitz der Panzerkuppel beobachtete, der Skizze, die man ihm gegeben hatte. Obwohl der Tag kalt war, rann ihm der Schweiß unter dem Lederhelm das Gesicht herunter, am liebsten hätte er ihn abgenommen, aber er wollte seiner Besatzung kein schlechtes Beispiel geben.

Was für eine Besatzung! brummte er. Seine Einheit war in der Ukraine in höchster Eile zusammengestellt worden. Zur Mannschaft seines Panzers gehörten Asiaten, die nur schlecht Russisch sprachen. Nicht einmal alle Namen hatte er sich merken können. In den letzten drei Tagen hatte er mit ihnen nur zwei Übungen gehabt, dann lud man sie auf Waggons und setzte sie gestern in dieser Stadt ab. Er wußte, daß sie Budapest hieß, aber seine Männer hatten diesen Namen nie gehört, und es interessierte sie auch nicht sonderlich. Der Befehl lautete, den faschistischen Feind zu vernichten. Wo, wann und wie, das würden die Vorgesetzten angeblich rechtzeitig sagen.

Der Kommandeur wußte, daß die sowjetischen Panzereinheiten in den letzten Tagen empfindliche Verluste zu beklagen gehabt hatten. Sein Brigadekommandant hatte im Laufe einer Besprechung gestern offen zugegeben:

»Unsere Panzer haben sich ohne Infanterie durch die Stadt bewegt. Ihr wißt, das ist gegen die Regel, und Regeln haben immer einen Sinn. Es ist dem Feind mehrfach gelungen, sich an unsere Tanks heranzuschleichen und sie mit Benzinflaschen in Brand zu setzen. Also, Genossen, was ich sagen wollte, ein Panzer ist in der Stadt hilflos, wenn er nicht von Infanterie begleitet wird!«

Was nützte es, sich an die guten Ratschläge zu erinnern? Er war hier auch ohne Infanterie, hatte nur den Befehl erhalten, wo er mit seinem Panzer sein und auf weitere Befehle warten sollte. Er war in Versuchung, über Funk zu fragen, ob er überhaupt an der richtigen Stelle war, fürchtete aber, sein Hauptmann würde ihn anbrüllen. Das zweistöckige Eckhaus machte ihn nervös. Man hatte ihm beigebracht, sich immer in die Lage des Feindes zu versetzen. Der Feind könnte in diesem Haus, zum Beispiel am Eckfenster im zweiten Stock, einen Beobachter aufstellen. Von dort aus hätte er gute Sicht auf den ganzen großen Platz, den Boulevard und die Seitenstraße. Natürlich hatte man dort oben einen Vorhang vorgezogen, aber hinter ihm konnte jemand stehen, alles sehen und Signale geben. Der Panzerkommandeur war ein ehrgeiziger Feldwebel und hoffte, man würde ihn bald eine Offiziersschule besuchen lassen.

Gestern hatte man ihm auch gesagt, die Rebellen liebten Fahnen, sie verrieten sich mit ihnen. Die Ungarn hatten Trikoloren. Auch auf diesem Haus wehte eine Fahne in drei Farben. Hatte man nicht gesagt, die ungarische sei rot-weiß-grün? Die da war blau-weiß-rot. Aber vielleicht hatte er die Farben durcheinandergebracht.

»Feldwebel, können wir aussteigen und rauchen?« fragte der Zielkanonier.

»Bist du verrückt geworden? Willst du in einem Budapester Park begraben werden?«

»Buda... Heißt diese Stadt so?«

»Ja. Budapest.«

»Also, wenn du mich fragst, Feldwebel, ich weiß nicht, was wir in deinem gottverfluchten Budapest zu suchen haben. Ich habe Lust zu rauchen.«

»Rauchen wirst du in der Kaserne. War dein Name nicht Dschingis?«

»Jawohl, Genosse Feldwebel!«

»Das ist doch ein schöner, kriegerischer Name! Glaubst du, daß die Mongolen unter deinem Namensvetter Rauchpausen eingelegt haben, als sie bis hierher und weiter geritten sind? Mit diesem Namen solltest du ein guter Soldat sein. Komm lieber und schau, ob wir richtig sind.«

Er reichte dem Richtschützen Stadtplan und Skizze.

»Ist in Ordnung, wir stehen schon richtig.«

»Wo sind dann diese Straßen?« ärgerte sich der Feldwebel. »Wir sind doch mitten auf einem Platz!«

»Die punktierten Linien bezeichnen keine Straßen, Feldwebel«, erklärte Dschingis ruhig und drehte am Periskop und am Zielfernrohr, um besser sehen zu können. »Siehst du die beiden Häuser da vorn, die sind da eingezeichnet. Und die punktierten Linien bezeichnen die Verkehrsrichtung auf dem Platz, die ja auch auf dem Asphalt vor uns zu sehen ist ...«

Der Kommandeur begriff, daß dieser rundköpfige, pockennarbige Asiate besser als er Karten lesen konnte. Er brummte nur zustimmend, als ihn eine Stimme über Funk aus dem Brüten riß:

»Hier Adler, Spatz drei, melde dich!«

»Hier Spatz drei, ich höre.«

»Von rechts hinten auf fünf Uhr kommt unsere Kolonne. Beobachten nach links und absichern, am Ende schließt du dich der Kolonne an. Hast du verstanden?«

»Zu Befehl. Kolonne kommt, beobachten, absichern, dann anschließen! Habt ihr auch gehört?« fragte er seine Besatzung.

Gut, daß er ihnen keine Zigarettenpause gegönnt hatte. Den ganzen Vormittag war nichts geschehen, sie waren nur im engen Panzer gesessen, ihre Aufmerksamkeit hatte schon nachgelassen. Er war hungrig. Mit der Kolonne würde es hoffentlich in die Kaserne gehen. Jetzt fühlte er sich wie in einem Manöver. Er hatte einen verständlichen Befehl und dank dem schlitzäugigen Zielkanonier und dem Funkgespräch wußte er endlich, daß er auf dem richtigen Posten stand.

Er hörte das Rattern der Stahlkolosse und beobachtete das verdächtige Eckhaus scharf. Vielleicht würde von dort aus ein Zeichen kommen, seine Kameraden anzugreifen. Auf Manövern tauchten die Ziele oft nur für eine Sekunde auf, man mußte sehr schnell reagieren, wenn man ein gutes Zeugnis bekommen wollte. Zu diesem starr eingeübten Reflex gesellte sich jetzt echte, dumpfe Angst. Wenn angegriffen würde, wäre sein Panzer als erster dran, weil er von der Flanke her ungeschützt war. Gerade im Augenblick, als er das Eckfenster am schärfsten fixierte, bewegte sich der Vorhang und er befahl sofort:

»Richtschütze! Feuerbefehl mit der Bordwaffe Eckfenster im zweiten Stock, 12 Uhr, 300!«

Wäre er nicht so sehr auf sein Ziel konzentriert gewesen, hätte er nicht nur die Raupenketten der anderen Panzer hören, sondern sie auch sehen können.

»Dasselbe Ziel noch einmal, Feuerbefehl!«

Dschingis gehorchte wie im Manöver. Durch das zertrümmerte Fenster drang Rauch und stieg zum kalten Himmel.

»Fahrer, der Kolonne nach, ab!«

Das Ungetüm setzte sich in Bewegung und schloß sich wie auf einer Übung den anderen Panzern an. Jetzt nahm der Kommandeur doch den Helm ab und wischte sich den Schweiß von der Stirn.

»War das nötig?« fragte Dschingis.

»Weiß der Teufel! Ich habe jemand hinter dem Fenster gesehen. Was haben die am Fenster zu suchen, wenn unsere Panzer vorbeifahren? Ich sollte unsere Kolonne absichern. Es hätte jemand mit einer Panzerfaust aus dem Haus ...«

»Mit einer Panzerfaust aus einem Zimmer, Feldwebel? Das geht doch schon wegen dem Rückstoß nicht. Das hat noch niemand in dieser Stadt versucht ...«

»Woher willst du das wissen?«

»Man hat uns nichts davon gesagt ...«

»Woher willst du wissen, daß man uns alles sagt? Übrigens, sie hätten auch Signale geben können, daß man uns von anderswo angreift, was weiß ich ...« Jetzt war er doch besorgt. »Ich mache dem Hauptmann Meldung.«

Er räusperte sich.

»Adler, hier Spatz drei, bitte melden.«

»Hier Adler, ich höre, aber mach's kurz!«

»Befehl durchgeführt. Ich habe eine verdächtige Bewegung im Fenster eines Hauses bemerkt und zwei kurze Feuerstöße aus dem Maschinengewehr abgeben lassen.«

»Habe ich bemerkt. Ich bin bin ja nicht blöd. Recht so. Dafür hast du ein Maschinengewehr.«

»Auf dem Haus war eine Fahne, eine dreifarbige, aber neben rot und weiß war nicht grün, sondern blau.«

»Sieh ihn an, mitten im Kampf kümmert er sich um Fahnenfarben! Wenn das vorbei ist, lasse ich dich in eine Malschule schicken. Im Verlauf einer Aktion darfst du die Funkverbindung nie mehr mit so einem Blödsinn belasten! Verstanden, Spatz drei?«

»Zu Befehl, Adler!«

Er setzte sich den Lederhelm wieder auf. Was immer man tat, von seinem Vorgesetzten wurde man angeschnauzt.

Auf dem Teppich des Botschafterbüros lag mit zerschmettertem Kopf der Kulturattache Milenko Milovanov. Nachdem sich der Rauch verzogen hatte, erhoben sich der Gesandte

Soldatić, der Botschaftsrat Osman Djikić und der Militärattache Oberst Drobac vom Boden.

»Unser Milenko ist weg!« stellte der Offizier als erster bestürzt fest.

Mit seinen Kugelgarben von unten nach oben schießend, hatte das Maschinengewehr die Gipsrosetten vom Plafond abgeschlagen. Man sah die Spur der Kugeln über Wand und Decke. Die zarten Muster des Perserteppichs hatten neue, kontrastierende Zusatzfarben bekommen, das Rot des frischen Blutes, das Gelb des Hirns, das Grau von Gips und Mörtel. Die Anzüge der Anwesenden waren beschmutzt. Aus dem zentralen Salon kamen einige Journalisten, sie hatten sich gelangweilt und Karten gespielt.

»Was ist passiert?«

Soldatić war schon am Telefon. Er versuchte, eine Verbindung mit dem sowjetischen Botschafter Andropow herzustellen.

»Vielleicht dachten sie, Nagy sei am Fenster«, sagte der Korrespondent der Belgrader Zeitung *Politika,* Djuka Julius, nachdenklich. Sonst sprach er immer laut, wollte damit seine Überlegenheit kundtun, jetzt aber flüsterte er fast unhörbar. »Milenko hatte einen Schnauzbart, wie er.«

»Hauptsache, er hat nicht gelitten, wahrscheinlich hatte er nicht einmal Zeit, zu erschrecken. Es scheint, daß ihm schon die ersten Kugeln den Schädel zerschmettert haben ...«

Etwas später brachte der Hausmeister die große Fahne, die man sonst benützte, um zum Nationalfeiertag die eine Wand des Saales zu schmücken. Vorsichtig, als könnten sie ihn noch verletzen, wickelten sie den leblosen Leib in die Trikolore der Heimat. Niemand hatte die Kraft, ihm die Hälfte des Gesichtes, die ihm verblieben war, zu waschen.

Mehr als zehn Tage lang dachte in Budapest niemand an die Reinigung der Straßen und Plätze. Das letzte Oktoberlaub lag auf dem Asphalt und den Pflastersteinen, wie ein riesengroßer, bunter Teppich, am meisten stachen Gelb in allen

Nuancen und Dunkelrot hervor. Ab und zu regnete es, dann schien wieder die Sonne, und das Laub verwandelte sich in eine seltsame, rutschige, aber noch immer bunte Masse. Wäre jemand mit einem Fahrrad unterwegs gewesen, hätte er leicht ausrutschen können. Und selbst Autos konnten auf diesem feuchten Laub nur unsicher bremsen. Die stählernen Raupenketten der Panzer störte das nicht.

Nie hat ein Blatt eine schönere Farbe, als in dem Moment, wenn es vom Ast auf das Pflaster fällt. Im Tod ist es am schönsten. Die Geschichte jedoch, der ganze Völker gleichgültig sind, kümmert sich nicht um das zertretene Laub auf dem Budapester Asphalt, gleichgültig, ob es von einem spitzen Stöckelschuh auf einem schlanken Mädchenfuß oder einer russischen Stiefelsohle verletzt oder von der Raupenkette eines Panzers zermalmt wird.

Sommerliebe

Es war dieselbe Ebene auf beiden Seiten der Grenze, derselbe Juni. Das Räderrattern des Eisenbahnzuges veränderte sich weder dem Klang noch der Intensität nach, als sie aus dem einem Land in das andere fuhren. Die Bauern waren gleich gekleidet, hatten die gleichen Schnurrbärte, aßen gleich gut und viel, rauchten Pfeifen. Sie sprachen Serbisch und Ungarisch diesseits wie jenseits der Grenze. Nur die Uniformen der Zöllner und Grenzpolizisten waren unterschiedlich. Und man fuhr diese Grenze überschreitend aus einer Welt in die andere.

Boba fragte sich, ob man im Hotel in Budapest seine Wäsche waschen lassen konnte. Er hatte nicht genug gebügelte Hemden mitgenommen. Er besaß nämlich nur wenige anständige, die für seine Mission in Ungarn gut genug waren. Und es war heiß, er schwitzte unerträglich.

Der Chefredakteur hatte ihm aufgetragen, vorsichtig zu sein. Man würde wahrscheinlich versuchen, alles mögliche von ihm zu erfahren. Politisieren dürfe er nicht. Nur über Sport solle er schreiben. Falls jemand versuchen sollte, ihn direkt zu provozieren, solle er sich nur still distanzieren. Hüten solle er sich vor allen, die auffällig die ungarischen Verhältnisse kritisierten, ganz besonders, wenn es zufällig hübsche, junge Mädchen wären. Aber jedenfalls müsse er sich, bitte, genau merken, was bei solchen Gelegenheiten gesprochen würde, um es zu Hause berichten zu können.

Er glaubte, sich gut vorbereitet zu haben. Alle Zeitungsartikel aus dem Jahr 1949 hatte er gelesen. Damals hatte man in Ungarn behauptet, Innenminister Lászlo Rajk habe für Jugoslawien spioniert. Alles verlief wie bei den Moskauer Prozessen Mitte der dreißiger Jahre. Die Angeklagten wurden in den Medien als übelste Verräter, als Scheusale und Ungeheuer dargestellt. Dann legten sie vor Gericht Geständnisse ab. Mátyás Rákosi, der Chef der ungarischen Kommunisten, gab zu, die Verurteilung eines seiner engsten Mitarbeiter persönlich vorbereitet zu haben: »Es war gar nicht einfach, den Verlauf der Ereignisse auszuarbeiten. Ich verbrachte viele schlaflose Nächte, bevor wir den Plan der Durchführung unserer Beschlüsse ausgearbeitet hatten …«

Aber was ging ihn Rákosi an? Er betrachtete die Weizenfelder, an denen sie vorbeifuhren. Kleine Bahnhöfe, Blumen an den Fenstern. Endlich die Silhouette der Großstadt. Die Räder ratterten über viele Weichen vor dem Bahnhof. Dann stand er mit seinen zwei Koffern da und sah sich ein wenig hilflos um, bis ein junger Mann, der mit suchendem Blick den Bahnsteig entlangging, vor ihm stehen blieb und ihn nach seinem Namen fragte.

Die Größe seines Zimmers im Hotel »Gellért« an der Donau überraschte ihn: ein Balkon, ein Schreibtisch mit blank polierter Platte aus edlem Holz, tiefe Sessel, ein großes, sauberes Badezimmer. So würde er gerne in Belgrad wohnen, aber dort war er nur Untermieter bei einer schmuddeligen alten Frau. Seine Gastgeber sagten, er solle alles, was er brauche, nur ruhig auf die Zimmerrechnung schreiben lassen.

»Als Sportfreunde wollen wir uns duzen«, schlug der ungarische Kollege vor. »Da du Ungarisch sprichst und wir keinen Dolmetscher für dich brauchen, wird jeden Tag jemand anderer mit dir sein. Heute begleite ich dich, aber ich stehe natürlich auch weiterhin zur Verfügung, falls du irgendwelche Probleme oder Wünsche hast …«

Der junge Mann, der sich als Péter Erdész vorgestellt hatte, sah mit seinem intellektuellen Gesicht, schütterem Haar, leichtem Bauchansatz und funkelnder Brille gar nicht sportlich aus. Er war mindestens zehn Jahre älter als Boba.

»Ich habe nur noch ein Problem mit dir«, setzte er fort. »Du hast so einen komplizierten Namen. Wie spricht man ihn aus?«

»Kr-sch-ko. Ich heiße Slobodan Krško. Bei uns ist das ›R‹ ein Selbstlaut. Aber meine Freunde nennen mich Boba. Das ist bei uns der Kosename für Slobodan.«

»Boba. Fast wie Bob. Das ist besser …«

War dieser Erdész eine Art politischer Kommissar?

Am Nachmittag kam Erdész mit einem runden, etwas zu klein geratenen, fröhlichen Mädchen mit Sommersprossen an, das Zsuzsa hieß. Sie fuhren durch die Stadt, aßen Torte in der bekanntesten Konditorei, die den Namen des Dichters Vörösmarty trug, die aber alle so nannten, wie sie früher geheißen hatte »Gerbot«. Von der Pester Seite betrachteten sie die Burg in Buda, später von der Burg aus Pest und das Parlament am Donaukai.

»Das Mädchen, das dich morgen früh abholen wird, heißt Eva. Sie ist eine hervorragende Schwimmerin und wird dir Schwimmbecken und Möglichkeiten zum Rudern und Segeln zeigen. Nimm eine Badehose mit.«

Eva war viel hübscher als Zsusza. Sie trug ein einfaches Sommerkleid, blau mit weißen Punkten. Und sie schien reserviert, sie siezte ihn. Im Auto versuchte er das zu ändern:

»Genosse Erdész hat mir gesagt, daß sich hier Sportfreunde duzen sollten …«

»Wie Sie wollen. Mir ist das wirklich egal.«

Er hätte sie gerne nach ihrem Alter gefragt, aber sie war zu abweisend.

Die Bassins befanden sich auf der Margaretheninsel. Eva war schon braungebrannt von der Sonne, ihr knapp geschnittenes Kostüm erinnerte an Esther Williams in einem seiner liebsten Filme.

»Welche Disziplin schwimmst du?«

Diese Frage machte sie gesprächiger.

»Am besten bin ich in 100 Meter Rücken. Aber für eine Teilnahme an den Olympischen Spielen wird es nie reichen. Ich bin jetzt Volontärin in der Jugendzeitung, nach dem Studium würde ich gerne Journalistin werden.«

»Was studierst du?«

»Sport. Bei uns gibt es eine Hochschule für Sport.«

»Bleiben wir ein wenig, um ein Sonnenbad zu nehmen?«

»Wie Sie wollen, Sie sind der Gast. Aber ich soll Ihnen noch viel zeigen. Mittagessen sollen wir im Bootsklub …«

Hartnäckig siezte sie ihn weiter. Er zuckte die Achseln:

»Dann halten wir uns an das Programm.«

Auf dem Steg der Ruderer gab es Fischpaprikasch und Weißwein in Tonbechern. Der schweigsame Fahrer, ein älterer Mann, saß mit am Tisch. Man hatte Boba erzählt, daß Schokolade in Ungarn Mangelware war, deshalb hatte er genug davon mitgenommen. Er holte aus seiner Aktentasche eine Schachtel Katzenzungen und bot beiden davon an. Der Fahrer bediente sich gierig, Eva mit spitzen Fingern. Als er ihr die ganze Schachtel anbot, lehnte sie ab. Dann liehen sie sich ein Boot aus, ruderten abwechselnd, und er konnte ihre langen Beine, ihren elastischen Körper, ihre festen Brüste unter dem anliegenden Stoff des Badeanzugs betrachten. Und dann war der Tag vorüber, und sie setzten sich wieder ins Auto.

»Erst fahren wir dich nach Hause!« sagte er höflich.

»Nein, das schickt sich so nicht, Sie sind der Gast. Mir wurde gesagt, ich soll Sie ins Hotel begleiten.«

Jeden Tag gab es ein anderes Programm, andere Begleiter. Alle schimpften auf die ungarischen Zustände, beschrieben den Personenkult Rákosis, wie sie es nannten, obwohl er noch Generalsekretär der Partei war, erzählten Greuelgeschichten über die Geheimpolizei AVH, nannten die Sowjetunion eine Besatzungsmacht. Alle glaubten, in Jugoslawien sei es wundervoll. Nur Eva hatte nichts über Ungarn gesagt, keine Fragen über die Verhältnisse in Jugoslawien gestellt.

Eines Morgens fuhr man ihn zu einem Sportflugplatz. Ein Segelflugzeug-Zweisitzer war mit einem langen Seil an ein Propellerflugzeug gebunden.

»Nimm Platz!«

»Ich?«

Boba war noch nie mit einem Segelflugzeug geflogen. Um ihn herum grinsten ein Dutzend junger Menschen. Er war zu feig zu sagen, daß er Angst hatte. Man befestigte einen Fallschirm an seinem Rücken, aber niemand erklärte ihm, was er im Notfall mit ihm anfangen sollte. Niemand sagte, wohin der Flug gehen würde, nur daß sein Pilot ein Champion war, und schon ging es mit einem starken Ruck los. Er hielt sich krampfhaft am Rand seines Sitzes fest. Über einem Wald klinkte sich das Propellerflugzeug ab, und sie glitten fast lautlos, nur von einem leichten Rauschen begleitet, durch die Luft.

Das war etwas ganz anderes als ein üblicher Flug mit den Passagiermaschinen. Er saß zwischen dünnen Latten, vom tiefen Abgrund trennte ihn nur etwas Leinwand. Es schien ihm so natürlich, hoch oben zu schweben, daß die Angst nachließ. Schon waren sie über der Stadt, er sah, wie sich die Donau tatsächlich blau durch das Häusermeer wälzte, zählte sieben Brücken, fand mit einem Blick die Margaretheninsel und erkannte die Schwimmbecken, dachte plötzlich an Evas braungebrannte Beine. Auch sein Hotel »Gellért« erkannte er unter dem gleichnamigen Berg, auf dem das den sowjetischen Soldaten gewidmete Denkmal stand und für Ruhe und Ordnung unter den Bürgern zu sorgen schien. Es war für ihn aber doch eine Erleichterung, als der Segler wieder den Rasen des Flugplatzes berührte. Man mußte ihm helfen, sich der Riemen des Fallschirmes zu entledigen, und dann stand er ein wenig wackelig auf den Beinen.

In der jugoslawischen Botschaft besuchte er einen entfernten Verwandten seiner Mutter, einen etwas buckligen, kurzsichtigen Mann, den er vielleicht ein- oder zweimal im Leben gesehen hatte.

»Was fragen dich die Leute so über Jugoslawien?« wollte dieser Handelsrat Ružić wissen.

Boba wundert sich.

»Welche amerikanischen Filme gezeigt werden. Welche Musik man bei Tanzveranstaltungen spielt.«

»Wollte niemand unseren Standpunkt zum Zwanzigsten Parteitag in der Sowjetunion erfahren?«

Ružić schien unzufrieden zu sein. Er erzählte, Ungarn begrüße zwar lautstark die Kritik am Personenkult, denke aber nicht daran, sie selbst gegen Rákosi anzuwenden. Nur Imre Nagy sei da anderer Meinung.

Tagelang fuhr man Boba im Auto durch Ungarn. Um Ružić etwas erzählen zu können, fragte Boba nach Nagy.

»Er wurde aus der Partei ausgeschlossen«, antwortete der Redakteur für Landwirtschaft, der diesmal dabei war, kurz, als sei damit alles erklärt.

Aber Zsuzsa, die auch mitgefahren war, fügte hinzu:

»Sein Einfluß wird trotzdem immer größer. Darüber diskutieren junge Intellektuelle in den Petöfi-Klubs. Willst du so eine Veranstaltung besuchen?«

»Gerne, wenn es sich mit unserem Programm vereinbaren läßt.« Doch als er den scharfen Blick des Redakteurs bemerkte, fragte er noch vorsichtig:

»Ist da auch von Sport die Rede?«

»Nein«, sagte der Redakteur streng.

Sie übernachteten in einem Hotel, das viel bescheidener war als das »Gellért«. Zsuzsa als Dame hatte das einzige Zimmer mit Bad. Der Tag war heiß. Sie bot Boba an, bei ihr zu duschen. Er tat, als verstünde er ihr Angebot nicht, und murmelte nur, danke, duschen wolle er jetzt nicht.

Am nächsten Tag wandte sie sich im Auto plötzlich an ihn:

»Und Eva, wie gefällt sie dir?«

»Welche Eva?«

»Er sagt, er weiß nicht, wer Eva ist!« sagte Zsuzsa zum Redakteur, als sei das unerhört, und der erklärte:

»Das ist die Hübsche, die mit dir schwimmen und rudern war.«

»Ach so, ich habe ihren Namen vergessen.«

»Weißt du noch, wie ich heiße?« fragte die Sommersprossige.

»Zsuzsa.«

»Wieso hast du dir meinen Namen gemerkt und ihren nicht?«

»Gott, wir fahren schon den dritten Tag gemeinsam herum, und mit ihr war ich nur einen Vormittag unterwegs. Und sie hat keine zehn Worte gesagt ...«

»Im Gegensatz zu mir? Quatsche ich zu viel?«

»Das habe ich nicht behauptet ...«

Boba bemerkte, daß der Redakteur und der Fahrer sich amüsierten. Zsuzsa gab noch immer keine Ruhe:

»Du hast noch immer nicht gesagt, was du von Eva hältst?«

»Nichts Besonderes ...«

Mit Erdész freundete er sich an. Der Redakteur war geschieden, lebte mit seiner Freundin zusammen, einer eher interessanten als schönen rothaarigen Frau. Sie luden ihn in ihre Garçonniere zum Abendessen ein. Als Erdész in den Keller ging, um eine andere Flasche Wein zu holen, erzählte ihm die Frau, sie sei Lehrerin, habe aber nur nachmittags Unterricht und langweile sich oft, er könne sie gerne vormittags besuchen. Wieder ein fast unzweideutiges Angebot. Und wieder tat er, als hätte er nicht verstanden. Wollte hier jede mit ihm schlafen?

Am nächsten Tag nahm ihn Erdész in der Redaktion beiseite:

»Warum machst du mir Probleme?«

»Ich?« fragt Boba fast erschrocken.

»Warum hast du ausgerechnet diesem Plappermaul Zsuzsa gesagt, daß dir unsere Schönheit Eva nicht gefällt? Zur Zeit ist das das einzige Gesprächsthema in der Redaktion.«

Boba lachte erleichtert auf. Er hatte schon gedacht, daß Erdész den kleinen Flirt zwischen ihm und seiner Freundin bemerkt hatte.

»Eva gefällt mir sogar sehr, aber sie wollte mich nicht einmal duzen. Und als ich Zsuzsa einen Korb gab und sie mich später nach Eva fragte, sagte ich nur etwa, sie sei nichts Besonderes ...«

»Hast du nicht bemerkt, wie die gebaut ist?«

»Wer?«

»Eva natürlich.«

»Wir waren doch zusammen schwimmen! Ich habe sie in einem winzigen Badeanzug gesehen.«

»Ach ja, stimmt. Morgen führt sie dich irgendwohin, einverstanden?«

Vielleicht hatte Erdész doch bemerkt, daß seine Freundin ein Auge auf Boba geworfen hatte, und wollte vorbeugen.

»Muß es denn immer Sport sein?«

»Nein, du hast auch Anrecht auf ein Kulturprogramm.« Sie vereinbarten, daß Eva ihm morgen das Kunstmuseum zeigen sollte, danach würden sie in den Zirkus gehen. »Warte hier, ich schicke sie dir gleich.«

Eva kam schmollend:

»Erdész sagt, Sie wollen mit mir ausgehen, aber ich glaube, das sagen Sie nur, weil mich Zsuzsa beleidigt hat. Ich gefalle Ihnen doch gar nicht.«

»Hör zu, Mädchen, ich duze hier jeden und verstehe nicht, warum du die einzige Ausnahme sein mußt. Und außerdem finde ich dich wirklich sehr hübsch, ich habe aber den Eindruck, daß ich dir gleichgültig bin. Und drittens, Zsuzsa hat verdreht, was ich über dich gesagt habe.«

»Sie hat Sommersprossen!« erklärte Eva zufrieden.

Am nächsten Tag besichtigten sie die Werke des ungarischen Malers Benczur im Kunstmuseum am Heldenplatz gegenüber der jugoslawischen Botschaft und schlenderten durch die Säle mit Gemälden spanischer Meister. Anschließend im Zirkus gab es sibirische Tiger, die ihre Zähne fletschten, aber manierlich durch brennende Reifen sprangen. Sie schienen Eva aufzuregen. Da Boba mehr sie als das Geschehen in der Arena beobachtete, bemerkte er, wie sie die mächtigen Raubtiere anstarrte, schneller atmete und dabei den Mund ein wenig öffnete. Dabei sah sie aufregend schön aus.

Boba war hungrig, hatte nur wenig ungarisches Geld, aber im Hotel konnte er auf Rechnung speisen. Deshalb schlug er vor, im »Gellért« zu speisen. Sie war einverstanden. Als Vorspeise nahmen sie einen Fogosch aus dem Plattensee, danach

Kalbsmedaillons mit Pilzen und Mandeltorte. Guten Wein, Cognac zum Kaffee. Eva begann im Lauf des Abendessens endlich, Boba zurückzuduzen.

»Möchtest du mein Zimmer sehen? Es ist sehr schön. Ich habe auch einen Balkon.«

»Ich möchte in diesem Land Journalistin werden.«

»Was hat das damit zu tun?«

»Der Portier sagt kein Wort, wenn ich mit dir hinaufgehe. Aber er meldet es. Dann registriert man mich gleich in eine andere Kategorie um, und Journalistin werde ich nie. Aber wir können irgendwohin tanzen gehen.«

In der Nachtbar »Pipacs« spielte eine ältere Frau Klavier und sang mit heiserer Stimme. Eva sagte, Pipacs bedeute Mohnblume. Aus Mohnblumen gewinne man, bekanntlich, Opium. Ob er sich schon betäubt fühle? Es gab nur ein Dutzend kleiner Tische, an jedem saß ein junges Paar. Die beiden bewegten sich auch zu schnellem Rhythmus langsam.

»Wie lebst du so?« fragte er und drückte sie fester an sich.

»Ach, weißt du … Junge Budapesterinnen müssen vor zehn ins Bett.«

»Wieso?« Er wunderte sich, wollte sie schon gehen?

»Die Tore werden um elf vom Hausmeister abgesperrt. Wenn man nachher noch aufstehen und rechtzeitig aus dem Haus gehen will, muß man vor zehn ins Bett steigen.« Sie lachte ein wenig heiser.

Elf war längst vorbei.

Umarmt gingen sie den Donaukai entlang, manchmal blieben sie stehen, um den kleinen Wellen zuzuhören und einen Blick auf den sommerlichen Sternenhimmel zu werfen. Die Promenade für Fußgänger führte unter Brücken hindurch, dann war man wie in einem Tunnel. Unter der berühmten Kettenbrücke trennten sie sich nicht mehr aus der Umarmung. Er hatte nicht gewußt, daß das so einfach sein konnte, ohne ein Wort über Liebe, den Fluß oder den Mondschein.

Über die dritte oder vierte Brücke gingen sie auf das andere Ufer hinüber, dort nahm sie ihn bei der Hand und führte ihn hinter eine Wand zu einem Rasen. Sie ging mit sicheren Schritten, schien sich auszukennen. Für einen Augenblick dachte er, sie ist nicht zum ersten Mal hier! Mit wem war sie schon da?

Hier war die Luft anders als unten am Fluß. Sie atmeten tief, sahen sich nackt im Mondschein, und, weil er nicht wußte, was er sagen sollte, stellte er nur unendlich zärtlich fest:

»Das Gras …«

»Du sprichst vom Gras, weil du es siehst, und ich sehe zu gleicher Zeit die Sterne. Es sind schon viel weniger am Himmel.«

Milch über dem finsteren Himmel. Morgenröte. Noch saßen sie auf einer niedrigen Mauer und betrachteten die Donau und die vielen Fenster der Großstadt, die aus dem Schlaf erwachte. Als riesengroße, rote Kugel erschien die Sonne über den Dächern, aber es war kühler geworden, und Boba legt seine Jacke um ihre Schultern.

»Hier in der Nähe ist ein Kaffeehaus, das schon offen hat. Ich brauche eine große Schale starken Kaffee«, sagte das Mädchen.

Sie schlürften ihn in der Gesellschaft von Lastwagenfahrern und anderen müden Menschen. Punkt sieben stand Eva plötzlich auf.

»Ich wohne im Haus gegenüber. Meine Vermieter müssen um sieben zur Arbeit. Ich gehe jetzt hinauf. Du schau auf diesen Balkon dort. Wenn ich herauskomme, komm in den zweiten Stock, links. Wenn zufällig jemand in der Wohnung geblieben ist, ziehe ich mich um und komme in einer halben Stunde zurück.«

Sie erschien auf dem Balkon. Er rannte hinauf. Ihre Kammer und ihr Bett waren eng. Später rauchte sie, obwohl sie noch in seiner Umarmung lag. Zufällig oder vielleicht sogar absichtlich streifte sie mit der brennenden Zigarette seinen Unterarm und zog sie nicht gleich zurück. Er konnte einen Schrei nicht unterdrücken. Der Fleck würde ihn noch einige Zeit daran erinnern, daß er nicht geträumt hatte.

»Eigentlich sollte ich nicht rauchen«, sagte sie. »Es ist nicht gut für die Schwimmerei. Aber ich bin ein so undisziplinieres Wesen, weißt du?«

Dann nahm er die Straßenbahn zum Hotel, hängte die Tafel »Nicht stören!« an die Tür, legte sich in sein Bett, schlief traumlos in den Tag hinein und kam erst am späten Nachmittag in die Redaktion. Er sagte einfach, er sei müde gewesen.

»Interessant«, bemerkt Erdész. »Eva ist heute auch den ganzen Tag schläfrig ...«

Ein Journalist namens Ritter nahm Boba zu einer Veranstaltung des Petőfi-Kreises mit. Der Dichter Tibor Déry sprach:

»Ich habe Vertrauen zur Jugend. Ich bitte alle jungen Menschen, ich bitte die ungarische Jugend, ihre Ahnen nicht zu vergessen, die März-Jugend nicht zu vergessen, die wir die Achtundvierziger nennen. Ich möchte, daß man einst so von der sechsundfünfziger Jugend spricht, die der Nation geholfen hat, ihre Zukunft zu erobern.«

»Welche Möglichkeiten haben wir, uns vom jetzigen Regime auf friedliche Weise zu befreien?« fragte jemand aus dem Publikum. Eine lebhafte Debatte begann.

»Wir können uns einige Möglichkeiten vorstellen«, erklärte ein Mann, der auf der Tribüne saß. »Theoretisch könnte jemand aus der jetzigen Führung eine Art von titoistischem Staatsstreich ausführen!«

Boba zuckte zusammen, als sei er damit direkt angesprochen.

»Die Unabhängigkeit von Moskau könnte der erste Schritt in Richtung Demokratisierung sein«, setzte der Mann ernst fort. »Es könnte auch unerwartet zu einem Volksaufstand kommen, der die Führung stürzt. Zweifelsohne liegt die Idee der Revolution in der Luft. Aber warum sollen wir uns nicht auch vorstellen können, daß unter internationaler Kontrolle freie Wahlen stattfinden oder daß das Regime auseinanderfällt, weil die Führer zerstritten sind, oder sogar, daß sich das Regime in der Sowjetunion verändert?«

Ritter fragte ihn, ob er als Jugoslawe vielleicht auch etwas sagen wolle. Er erschrak. Nein, nein, er habe keine Vollmacht …

»Wieso brauchst du eine Vollmacht, um deine Meinung zu sagen?«

»Gehen wir lieber …«

Mit Erdész fuhr er über das Wochenende an den Plattensee. Sie tranken viel und lästerten. Kaum war er eingeschlafen, polterte es an der Tür. Die Geheimpolizei? Erst als er die jetzt ganz nüchtern klingende Stimme seines Freundes hörte, machte er beruhigt auf.

»Rákosi ist zurückgetreten. Gerö, sein Nachfolger, ist auf dem selben Mist gewachsen, aber Kádár und Marosán sind in das Politbüro aufgenommen worden.«

Boba hatte diese Namen nie gehört.

»Und was bedeutet das?«

»Ja, verstehst du denn gar nichts? Kádár und Marosán waren Rákosis Gegner, sie kommen fast direkt aus dem Gefängnis! Sie wurden von der AVH gefoltert. Das kann die Wende sein!«

Wieder in Budapest, besuchte er Handelsrat Ružić. Er habe eine junge Ungarin kennengelernt und wolle ihr etwas schenken. Ob es vielleicht jugoslawischen Likör gab oder Pralinen?

»Ich habe da etwas Besseres!« lachte der Diplomat. Er holte einen schönen schwarz-weiß-karierten Stoff aus dem großen Wandschrank. Boba befürchtete, er müsse in Dollar zahlen, aber Ružić winkte ab.

»Ich habe genug davon. Für Repräsentationszwecke. Was du mir erzählen wirst, ist uns mehr wert als der Stoff.«

»Mehr wert? Wem?«

»Uns. Den Unsrigen. Also, was geht dich das an? Du berichtest mir, und damit hat es sich!«

Boba war gewohnt, in solchen Fällen nicht weiter zu fragen. Er wußte, daß die jugoslawische Geheimpolizei allgegenwärtig war, auch hier in Budapest. Aber wenn es schon sein mußte, konnte ja auch er so tun, als handle es sich um eine seichte, liebenswürdige Unterhaltung. Und der Stoff war schön. Ein besseres Präsent konnte er sich wirklich nicht vorstellen.

An seinem vorletzten Abend in Budapest ging er mit Eva auf die Margaretheninsel, um auf einer Freilichtbühne eine Operette über den Ritter János nach einem Poem Petőfis zu sehen. Alle beriefen sich hier auf Petőfi, aber das naive Märchen über den reinen See, aus dem die Quellen des Lebens entspringen, über den zum Ritter gewordenen Hirten János und seine geliebte Iluska wirkte keineswegs revolutionär. Während der Aufführung standen sie auf, schlenderten über immer engere Pfade durch den Park. Aus dem dornigen Gebüsch standen sie mit zerkratzten Armen und Beinen auf, aber das bemerkten sie erst viel später.

Er wußte nicht, wie er ihr den Stoff geben sollte, ohne sie zu beleidigen. Dann kam der Tag des Abschieds. Nachmittags um drei fuhr sein Zug. Am Vormittag sagte Erdész in der Redaktion, Eva warte auf ihn in seinem Büro.

»Sie bat mich, euch dort ein wenig allein zu lassen.«

Eva saß mit dem Rücken zur Tür. Sie drehte sich nicht um. Als sie ihn hörte, flüsterte sie:

»Anschauen will ich dich nicht mehr. Wenn ich dein Gesicht sehe, muß ich vielleicht weinen, und das mag ich nicht, verstehst du?«

»Aber ich habe dir etwas mitgebracht.«

»Leg es da irgendwo ab …«

»Wir sehen uns wieder. Das verspreche ich dir. Entweder komme ich wieder nach Budapest, oder, noch besser, du besuchst mich. Wir könnten zusammen ans Meer fahren …« Er redete schnell. Vielleicht sollte er ihr mehr versprechen, etwas über Liebe sagen und Treue, aber es gelang ihm nicht, sich dazu zu zwingen.

»Jetzt darfst du mich küssen«, sagte das Mädchen, als habe es nicht richtig zugehört.

Zärtlich küßte er ihren Nacken. Dann rannte er aus dem Zimmer.

Erdész begleitete ihn zum Bahnhof und gab ihm ein Paket mit Sandwiches.

»Von Zsuzsa. Sie wollte nicht mitkommen, weil sie überzeugt davon war, daß Eva dich begleitet.«

Der Zug fuhr nach Süden. Sechs Wochen nachdem er in der entgegengesetzten Richtung hier vorbeigefahren war, war die Weizenernte beendet.

Es war schön gewesen. Er war sechsundzwanzig Jahre alt, Eva einundzwanzig. Den halben Sommer 1956 hatte er in Ungarn verbracht, den Juni und den halben Juli. Ja, natürlich, Rákosi hatte man abgelöst, und es gab die Debatten in den Petöfi-Kreisen. Darüber würde er auch etwas schreiben, nicht nur über den ungarischen Sport. Über Eva würde er natürlich nichts aufzeichnen. Oder vielleicht doch, er konnte sie in einer Reportage nebenbei erwähnen.

Wolken zogen auf. Es wurde fast dunkel. Der erste Blitz zuckte über den Himmel, der Paukenschlag des Donners wirkte erlösend am Ende des schwülen Nachmittags. Und der Regen, der darauf losprasselte, übertönte noch das Rattern der Räder.

Tito badet nicht im Schwarzen Meer

Nachdem er die Einladung, die Sowjetunion zu besuchen, angenommen hatte, beschloß Tito, mit der Eisenbahn zu fahren. Er wollte aber Ungarn nicht betreten, um Rákosi nicht die Hand geben zu müssen. Deshalb nahm er den Weg über Rumänien. In Moskau traten zur Begrüßung am Kiewer Bahnhof das ganze Präsidium des ZK, die ganze Regierung, alle Marschälle der Sowjetunion an, ein ungewöhnliches Zeremoniell. Das Protokoll sollte Tito schmeicheln, beweisen, daß man ihn nicht wie einen beliebigen Gast behandeln wollte. Er dachte an die Zeit, die er als unbekannter Gefangener der k. u. k. Armee am Ural verbracht, als er zum ersten Mal geheiratet hatte, an das Moskau der dreißiger Jahre, die großen Säuberungen, die Angst, die ihn in einsamen Nächten im Hotel »Lux« befallen hatte, ob die Geheimpolizei ihn holen würde, an den Bannfluch, den Stalin gegen ihn ausgesprochen hatte. Auch einem weniger eitlen Menschen hätte der Empfang auf diesem im wahren Sinn des Wortes »großen Bahnhof« nach so einem Lebensweg geschmeichelt.

Auf einer Moskauer Straße ließ Chruschtschow die Wagenkolonne halten. Zum Entsetzen der Sicherheitsbeamten stieg er mit Tito aus, und sie nahmen ein Bad in der Menge. Dann gingen sie in eine Konditorei Eis essen. Es stellte sich heraus, daß keiner der beiden Geld bei sich hatte. Sie mußten es sich von einem Leibwächter borgen.

Im Verlauf der politischen Gespräche machte Chruschtschow kein Hehl daraus, daß er alle Ereignisse in den Ländern des sozialistischen Lagers als innere Angelegenheiten der Sowjetunion betrachtete. Deshalb würde er es gerne sehen, wenn Jugoslawien seine Beziehungen zu Albanien, Bulgarien und Ungarn verbessern könnte. Der jugoslawische Präsident antwortete, er wolle mit den Führern der Parteien und Staaten der Nachbarländern direkt, ohne die Vermittlung Moskaus, sprechen, aber mit Rákosi auf keinen Fall. Chruschtschow gab zu, daß es in Ungarn Probleme gebe, er werde aber das Politbüromitglied Suslow nach Budapest schicken, um Ordnung zu machen. Dabei blickte er Tito an, als erwarte er seine Zustimmung, aber der reagierte nicht. Erst später, unter vier Augen, ließ er sich gegenüber dem jugoslawischen Botschafter in Moskau, Veljko Mićunović, aus:

»Ausgerechnet Suslow! Den kennen wir alle doch als Exekutor von Stalins Befehlen!«

In westlichen Diplomatenkreisen in Moskau wurde die Nachricht verbreitet, Tito habe von Chruschtschow gefordert, Rákosi in Ungarn, Ulbricht in der DDR und Enwer Hodscha in Albanien abzulösen. Wer hatte die Desinformation, die natürlich bald nach Budapest, Berlin und Tirana gelangte, verbreitet oder verbreiten lassen? Chruschtschow selbst?

Der ägyptische Präsident Gamal Abd'el Nasser verkündete nach einem Besuch in Jugoslawien, wo er auf der Adriainsel Brioni mit Tito und Indiens Staatschef Nehru konferiert hatte, die Verstaatlichung des Suezkanals. Seine Partner hatte er über diese Absicht nicht im voraus informiert, aber alle Welt mußte glauben, man habe den Coup zu dritt beschlossen. Durch den Suezkanal fuhren alle Tanker, die Westeuropa mit Erdöl aus den arabischen Ländern versorgten.

Die Russen waren zufrieden. Sie fürchteten stets, der Westen wolle Schwierigkeiten und Krisen in der Sowjetunion und dem Lager seiner Verbündeten verursachen. Jetzt brannte es aber dem Westen unter den Füssen, er würde also möglicherweise die Sowjetunion einige Zeit in Ruhe lassen müssen …

Großbritannien und Frankreich erklärten, sie würden Nassers Beschluß nicht anerkennen. Als erstes zogen sie die Lotsen zurück, die die Schiffe durch den Kanal geführt hatten – Nasser hatte mit den Deviseneinnahmen spekuliert, wenn keine Schiffe durch den nationalisierten Kanal fahren konnten, hätte er nichts davon. Obwohl sich Tito insgeheim ärgerte, weil Nasser sein Vorgehen nicht mit ihm abgesprochen hatte, schickte er jugoslawische Lotsen zu Hilfe. Auch der jugoslawische Außenminister verteidigte Ägypten im Sicherheitsrat: Der Kanal führe durch souveränes, ägyptisches Territorium, und die unbehinderte Durchfahrt werde ja für alle Schiffe garantiert.

In Ungarn versuchte unterdessen die Parteiführung, die Rákosis Mannschaft abgelöst hatte, sich mit den Intellektuellen zu versöhnen. Der neue Parteiführer Ernö Gerö konnte sich nicht entscheiden, was er mit Imre Nagy anfangen sollte, der eine so eindrucksvolle Biographie aufwies und jetzt schmollend im Winkel stand. Der 1895 in einer armen Bauernfamilie geborene Nagy war schon 1918 in die Kommunistische Partei eingetreten, in der Budapester Kommune tätig gewesen, hatte am Widerstand gegen Horthy teilgenommen, war 1927 für zwei Jahre eingesperrt worden, 1930 in die Sowjetunion geflohen, von wo er erst 1944 mit der Roten Armee zurückkehrte, war zuerst Landwirtschaftsminister gewesen und wurde 1947 überraschend Innenminister. Mit dem gefürchteten sowjetischen Geheimdienstchef Beria arbeitete er gut zusammen. Trotzdem wurde er 1948 aus dem Politbüro entlassen. Schon 1950 bekam er das wichtige Ressort für Versorgungsfragen, um 1952 Stellvertreter des Ministerpräsidenten und 1953, nach Stalins Tod, sogar Ministerpräsident zu werden. Aber im April 1953 löste ihn Rákosi ab und warf ihn sogar aus der Partei. Rákosi konnte augenscheinlich weder mit noch ohne Imre Nagy leben.

Gerö schickte zwei Mitglieder der engeren Parteiführung zu Nagy, der sofort zugab, daß sich um ihn »verschiedene Elemente« versammelten.

»Persönlich war ich beleidigt. Und, wißt ihr, Genossen, ich hatte allen Grund dazu … Ich war fast vier Jahrzehnte Mitglied der Partei, ich komme zurück. Ich werde mich von

Leuten distanzieren, die sich ohne meine Erlaubnis auf mich berufen ...«

»Das genügt nicht.«

»Gut. Ich kann auch erklären, daß ich mit der neuen Führung einverstanden bin und mit Feinden der Partei nichts zu tun haben will.«

Nagy hatte eine Lieblingsidee: Ungarn sollte der Gemüse- und Obstgarten Europas werden. Das sei nicht nur wirtschaftlich sinnvoll, sondern auch ein Schritt in Richtung einer größeren Unabhängigkeit von der Sowjetunion. Er war aber in einer Partei aufgewachsen, in der man Kritik und Selbstkritik als Lebensauffassung geübt hatte, erzogen, Selbstaufopferung für natürlich zu halten, die Interessen der Partei den eigenen voranzustellen. Nun zauderte er. Und es verwirrte ihn, daß er anscheinend wieder auf der Seite stand, die gegen János Kádár war.

Kádár war aus dem Gefängnis in die neue Parteiführung gekommen. Er hatte lange Zeit im Kerker verbracht, war gefoltert worden, hatte gedacht, man würde ihn umbringen, wie so viele vor ihm, wie seinen Mentor Lászlo Rajk. Gerade zu jener Zeit arbeitete Imre Nagy engstens mit Rákosi zusammen. Was, zum Teufel, sollte Nagy jetzt tun, um seine Würde zu bewahren? Am Ende lehnte er es doch ab, zu erklären, er sei ein ideologischer Abweichler. Lieber würde er als Parteiloser abseits der Politik leben, als etwas zugeben, was er nicht als seinen Fehler empfand.

»Ich komme in die Partei zurück, aber ohne jede ideologische Diskussion. Letztlich handelt es sich ja nur um eine Organisationsfrage ...«

Gerö, nun der erste Mann in Staat und Partei, war nicht weniger verwirrt als Nagy. Die Verhältnisse in Moskau zu Stalins Zeiten kannte er gut, aber Chruschtschow machte ihn irre. Er wußte, daß er sich drehen mußte, wie der Wind aus dem Kreml wehte. Wie sollte er die sowjetische Linie, von der er nicht einmal mehr wußte, wo sie hinführte, mit den Wünschen der Ungarn, die er eigentlich gar nicht kannte, in

Übereinstimmung bringen? Nicht um auszuruhen, sondern um im Ferienort der sowjetischen Elite mehr darüber zu erfahren, was im Kreml eigentlich wirklich vor sich ging, meldete er sich zur Sommerfrische in der Krim an. Ein Problem für ihn war nur noch Kádár. Er wagte nicht, ihn allein im Land an der Spitze der Partei zurückzulassen. Mitnehmen wollte er ihn aber auch nicht, um ihn bei den Russen nicht zu sehr aufzuwerten. So glaubte er eine besonders schlaue Entscheidung getroffen zu haben, als er Kádár nach China, zum dortigen VIII. Parteitag entsandte.

Anfang August erhielt der jugoslawische Botschafter in Moskau, Mićunović, die Instruktion, Chruschtschow nach Jugoslawien einzuladen. Auf einem Empfang in der rumänischen Botschaft hatte Mićunović Gelegenheit, mit dem sowjetischen Parteichef zu sprechen.

»Am ersten September fahre ich auf Urlaub in die Krim«, sagte Chruschtschow. »Ich bedanke mich für Titos Einladung, ich komme von dort aus ohne Begleitung. Und ich schlage vor, daß er danach mit mir auf die Krim kommt. Wenn er will, soll er nur seine Gattin und einige Freunde mitnehmen. Wir gehen dann jagen und ruhen uns etwas aus, das haben wir doch verdient, nicht?«

»Das sind gute Nachrichten, Nikita Sergejewitsch. Dürfen wir das veröffentlichen?«

»Ihr dürft es, aber ihr müßt nicht. Wie es euch paßt.«

Dann sprach er über die Suez-Krise. Er war auf Nasser wütend, weil er die Sowjetunion und Tito nicht im voraus von seinen Absichten informiert hatte.

»So benimmt man sich nicht unter Freunden!«

»Sind Sie besorgt?«

»Ach, Quatsch, wenn es so schlimm wäre, könnte ich nicht Urlaub machen und nach Jugoslawien fahren ...«

Am 19. September flog Chruschtschow nach Belgrad, besuchte einige Orte im Lande und badete auf der Insel Brioni im Meer. Im selben Flugzeug ging es dann zusammen mit

Tito am 27. September auf die Krim. Dort war das Meer für den jugoslawischen Präsidenten zu kalt, nur Botschafter Mićunović wollte als Montenegriner seinen Mut zeigen und ging trotzdem schwimmen.

Man ging zur Jagd, besuchte alte Weingüter, hörte Musik, erzählte Witze. Nach und nach versammelte sich die Spitze der Sowjetunion um Chruschtschow und Tito. Eines Tages erschien für die Jugoslawen überraschend auch der Ungar Gerö zum gemeinsamen Mittagessen. Mićunović bemerkte, daß Chruschtschow bestrebt war, Jugoslawien in seine Ungarnpolitik einzubinden, aber als rangjüngster in dieser Gesellschaft konnte er nichts dagegen unternehmen. Tito unterhielt sich blendend. Er fuhr erst am 5. Oktober wieder nach Hause. Innerhalb von vier Monaten verbrachten Tito und Chruschtschow im Sommer und Frühherbst 1956 insgesamt vierunddreißig Tage zusammen.

In Ungarn wurde der ungerecht verurteilte und gehenkte Lászlo Rajk, einer der beliebtesten Helden der ungarischen Arbeiterbewegung, am 6. Oktober gemeinsam mit seinen ebenfalls ermordeten Mitstreitern in neue Gräber umgebettet. Das verwirrte viele Würdenträger der Partei, des Staates und besonders der Geheimpolizei, die Rákosi im Rahmen der Schauprozesse gedient hatten. Sie bekamen es um so mehr mit der Angst zu tun, als einige hohe Funktionäre »wegen grober Verfehlungen gegen die sozialistische Gesetzlichkeit« verhaftet wurden.

Niemand in diesem Land achtete darauf, daß Israel am 11. Oktober eine Grenzstation Jordaniens angegriffen hatte. Neun israelische und vierzig jordanische Soldaten kamen dabei ums Leben. Aber in den Büros der Stabchefs der Großmächte wandte man die Blicke von Ungarn ab und dem Nahen Osten zu. Was sich dort zusammenbraute, konnte weitaus gefährlicher werden.

In Györ wurde zum ersten Mal am 16. Oktober eine Losung an die Wand gemalt:

»Die sowjetischen Einheiten sollen unser Vaterland verlassen!«

Anders als die führenden Politiker im geheimen, interessierten sich die Medien weltweit vor allem für Ungarn. Das lenkte die Aufmerksamkeit von den Vorbereitungen ab, Nasser zu zähmen. Es hieß im *Daily Mail*: »Was sich in Ungarn vorbereitet, könnte eine große Wende sein!«

Das ungarische Zentralkomitee gab nach und nahm Imre Nagy am 13. Oktober ohne jegliche ideologische Diskussion wieder in die Partei auf. Danach beschloß Parteichef Ernö Gerö mit Ministerpräsident András Hegedüs und anderen Funktionären, unter ihnen das neue Politbüromitglied János Kádár, nach Jugoslawien zu fahren. Unmittelbar davor wurde jedoch Gerö persönlich ein Bericht der Staatssicherheit überreicht, die sich nach der Verhaftung von vier ihrer führenden Offiziere fast kopflos fühlte. Die Situation im Lande, die Stimmung in der Bevölkerung wurden als sehr ernst bezeichnet, es wurden Unruhen angekündigt. Man nahm an, der Siedepunkt könnte am 22. Oktober erreicht werden. Gerö war ungehalten, er mochte es nicht, wenn an seinem Optimismus gerüttelt wurde.

»Lassen Sie mich mit diesen Phantasmagorien in Ruhe!« Den Bericht ließ er in seinen Panzerschrank sperren, anstatt sich näher mit ihm zu befassen.

Am 20. Oktober rief das Oberkommando der ungarischen Streitkräfte zu erhöhter Wachsamkeit auf. Verbindungsoffiziere aus Budapest wurden in alle größeren Garnisonsstädte geschickt, die Alarmbereitschaft überprüft. Tags darauf wurden diese Maßnahmen wieder aufgehoben.

Auf einer Versammlung auf der als Arbeiterviertel bekannten Donauinsel Csepel fragten Aktivisten, ob eine Konterrevolution zu befürchten sei? Ein anwesendes Politbüromitglied beruhigte die Anwesenden:

»Jeden derartigen Versuch könnten wir binnen dreißig Minuten im Keim ersticken.«

Am selben Abend forderte auf einer Studentenversammlung der Technischen Fakultät Jozsef Szilágyi, daß Imre Nagy die Führung übernehmen solle, und kündigte für den nächsten Tag eine Kundgebung an. Gleichzeitig tauchte auch im Petöfi-Klub die Idee einer Demonstration auf. Imre Nagy wurde benachrichtigt. In der Wohnung von Géza Losonczy versammelten sich Nagys Freunde und begannen ein Regierungsprogramm für ihn zu schreiben.

An diesem 20. Oktober kam in Jugoslawien auch eine hochkarätige Delegation aus Rumänien an, der sich Tito jetzt widmen mußte. Trotzdem reiste Gerö nicht nach Hause zurück. Obwohl er beunruhigende Depeschen erhielt, setzte er seinen Aufenthalt in Jugoslawien fort.

Das Außenministerium in Belgrad schickte sich an, den bisherigen Geschäftsführer in Budapest, Dalibor Soldatić, durch einen neuen Botschafter abzulösen. Deshalb wurde die ungarische Staats- und Parteidelegation vom jungen Botschaftsrat Osman Djikić begleitet, der auch der Vertreter des Geheimdienstes UDBA war. Nach der Verabschiedung der ungarischen Delegation in Osijek fuhr Djikić am 22. Oktober im Sonderzug der ungarischen Führung sogar mit nach Budapest. Er bemerkte keine Nervosität bei der ungarischen Führung und wunderte sich daher umso mehr, als er nach seiner Ankunft hörte, daß für Nachmittag um drei eine große Demonstration geplant sei, an der Studenten, Schriftsteller, Journalisten und andere Intellektuelle teilnehmen wollten. Gegen Mittag meldete Radio Budapest, daß im Interesse der öffentlichen Ordnung die Demonstration im letzten Augenblick verboten worden sei.

Eilig trat das Politbüro der Partei, die höchste Führung des Landes, zusammen. Die aus Jugoslawien angekommenen Mitglieder kamen direkt vom Bahnhof, sie hatten nicht einmal Zeit gehabt, nach Hause zu gehen. Kádár war überrascht, weil ausgerechnet Gerö jetzt forderte, das Demonstrationsverbot aufzuheben. Obwohl er Angst hatte, daß das eine falsche Entscheidung sei, wollte Kádár nicht weniger liberal erscheinen als Gerö und stimmte auch zu. Um halb drei sendete Radio Budapest die neueste Nachricht: Die Demonstration sei offiziell zugelassen. Sie hatte aber ohnehin schon längst unaufhaltbar begonnen.

Nachdem das Verbot zurückgenommen worden war, trafen die ungarischen Streitkräfte keine neuen Sicherheitsmaßnahmen mehr. Aber die Panzereinheit der Sowjetarmee, die in Czegled stationiert war, hatte gegen Mittag, zu einem Zeitpunkt, als die Demonstration noch verboten gewesen war, Marschbefehl erhalten. Schwere Kolonnen ihrer Raupenfahrzeuge donnerten über die Landstraßen in Richtung Budapest. Trotzdem konnte in diesem Augenblick noch niemand den blutigen Ausgang der Demonstration ahnen.

Auch 1848 hatten die Budapester Behörden eine schon angesagte Demonstration verboten. Der Dichter Sandor Petöfi schrieb damals im Kaffee »Pilvax« das »Volkslied« mit dem Anfangsvers »Ungar, steh auf, es ruft das Vaterland!« und eine Proklamation, die er am nächsten Tag, am 15. März, auf den Treppen der Technischen Fakultät vorlas.

Während Lajos Kossuth, der sich führend für die Unabhängigkeit Ungarns von Wien einsetzte, noch immer nur politisierte und nicht wußte, was er tun sollte, eroberte der Dichter mit seinen Studenten Budapest, ohne einen Tropfen Blut zu vergießen, und befreite die politischen Häftlinge aus der Festung zu Ofen. Das war vor mehr als einem Jahrhundert geschehen. Jetzt zauderte Imre Nagy, ob er dem Ruf der Demonstranten, der Dichter und Studenten, folgen und eine Rede halten sollte. Wiederholte sich die Geschichte?

Kossuths und Petöfis Revolution zerschlugen erst anderthalb Jahre später die Säbel der Kosaken, die den Habsburgern zu Hilfe geeilt waren. Hundert und sieben Jahre später mußte man nicht so lange auf die Russen warten, sie waren im Lande, sie waren aus dem nur sechzig Kilometer entferntem Czegléd schon unterwegs. Freilich waren es nicht die Soldaten des Zaren, sondern Panzereinheiten der Roten Armee. Für die meisten Ungarn handelte es sich da wie dort einfach um Russen.

Zwiebel und Geschichte

Mutter sagte, er solle möglichst schnell zurückkommen. Sie brauchte dringend zwei Kilogramm Zwiebel. Und sie sollten groß sein.

»Paß auf, wenn du die Straße überquerst, Gyurka!«

Schon auf dem Weg zum Greißler bemerkte er auf den Straßen eine seltsame Unruhe, aber was ging ihn das schon an? Unter seinen Schritten raschelte das gelbe Laub. Im Geschäft achtete er nicht auf das aufgeregte Geflüster, die roten Gesichter der Erwachsenen. Er nahm seine zwei Kilogramm Zwiebel und vergaß vor Eile fast auf das Kleingeld, das er herausbekam, obwohl Mutter es ihm meist überließ.

Draußen marschierte eine Menschenkolonne vorbei.

Umzüge waren interessanter als die Gespräche alter Leute. Die Erwachsenen sagten das eine, aber taten immer etwas anderes. Sie behaupteten, alle Menschen seien gleich. Daß das nicht stimmte, hatte er selbst schon erfahren, denn er war nicht »ganz gleich«, er war ein außereheliches Kind, ein »Bastard«. Logisch benahmen sich die Menschen nur auf dem Fußballplatz. Da schrien sie und verbargen ihre Gefühle nicht, verwandelten sich in ein vieltausendköpfiges Monster und es war gut, ein Teil von ihm zu sein.

Der Junge lief der Kolonne nach. Mutter würde doch noch ein wenig auf die Zwiebeln warten müssen.

Wenn man ihn gefragt hätte, ob er das Stalindenkmal liebe, so hätte er nur verwundert die Augen aufgeschlagen. Wäre die Frage aber anders formuliert gewesen, nämlich, ob er Stalin liebe, so hätte er den Fragenden schlau betrachtet, um abzuschätzen, ob er ein »Ja« oder »Nein« erwartete. Er hatte sich angewöhnt, so zu antworten, wie man es haben wollte. Gyurka benahm sich, wie er meinte, daß es in der Welt, in der er lebte, notwendig und nützlich war. Andere Welten kannte er nicht.

Jetzt haßte er das Stalindenkmal, weil dieser Haß mitmarschierte, er haßte die zehn Tonnen Metall auf dem Granitblock, weil alle um ihn herum so fühlten.

Der Platz war groß, der Herbstnachmittag verwandelte sich drohend in den Abend. Gyurka wurde zu einem Teil der Masse. So wie man im Stadion brüllte, schrie er jetzt mit, »Hoch lebe die Freiheit!« und »Nieder mit Rákosi!« oder »Hoch lebe Nagy!«, weil es alle anderen taten. Wenn sein Puls dabei schneller hämmerte, war es nicht anders, als wenn sich der Stürmer seines Klubs dem gegnerischen Tor näherte.

Rákosi war für ihn das schön eingerahmte Bild eines Glatzkopfes. Nagy ein Schnurrbart auf Zeitungsfotos. Im Unterschied zu Mutter, Schulzeugnis, Fußball oder Kino waren sie unerreichbar und deshalb unwesentlich. In der Schule lehrte man, man müsse Rákosi dafür dankbar sein, daß in Ungarn der Sozialismus aufgebaut werde. Für Gyurka war das genau so glaubwürdig, wie, daß zwei Linien, die mit einer dritten parallel sind, auch miteinander parallel sein müssen. So etwas sagte man auswendig auf und stellte sich dabei nichts vor.

Jetzt hieß es aber, Granit und Bronze anzugreifen. Ein starker Lastwagen kam, und man verband ihn durch ein dickes Seil mit den Beinen des unbeweglichen Riesen. Der Junge bekam rote Backen. Das Seil zerriß, der Lastkraftwagen prallte gegen einen Zaun gegenüber. Die Masse brüllte so laut, daß man den Aufschlag nicht hörte. Man brachte Schweißapparate. Endlich fiel das massige Denkmal um, auf dem Granitblock blieben nur zwei Stiefel unter einem immer dunkler werdenden, grauen Himmel.

Mit Eisenstangen drosch man auf den liegenden Stalin ein. Gyurka wollte man keine geben.

»Du bist zu klein! Mach, daß du nach Hause kommst!«

Für einen Augenblick starrte er das schnurrbärtige, gemeißelte Gesicht des Denkmales an. Die Züge waren natürlich unverändert, ernst, streng. Die Leute schlugen hysterisch auf das gefallene Denkmal ein. Gyurka hatte die ganze Zeit über den Beutel mit Mutters Zwiebeln in der linken Hand.

Wieso kam die Polizei nicht? Wieso durfte man auf einmal so etwas tun? Das war doch, als würdest du mit Steinen ein Fenster nach dem anderen am Schulgebäude einschlagen und keiner schritte ein, oder du würdest Passanten mit Mutters Marmeladegläsern bombardieren. Irgendwie schien es ihm ungehörig, was geschah, aber sehr lustig.

Die Masse bewegte sich, er lief mit. Obwohl er schon stundenlang auf den Beinen war, fühlte er keine Müdigkeit. Nun stand er wieder vor einem Denkmal, dem Denkmal des Dichters Petőfi. Man rief:

»Wir fordern ungarisch-sowjetische Freundschaft auf der Grundlage leninistischer Gleichberechtigung!«

»Nein! Russen raus!«

»Einen neuen Fünfjahresplan zum Wohle des werktätigen Volkes!«

»Nein! Imre Nagy an die Spitze des Staates!«

Für Gyurka war auch Petőfi nur das Bild eines Mannes, der große Worte geschrieben hatte, die man in der Schule auswendiglernen mußte. Petőfi liebte er aber mehr als manche andere Dichter, weil er sich seine oft lustig klingenden Reime leichter merken konnte. Sein Ungarischlehrer Tamási legte mehr Wert auf die klassizistischen Gedichte Kazinczys oder Kölcseys, die seiner Meinung nach bewiesen, daß sie keine aus den Steppen hergerittenen Mongolen waren, sondern ein Kulturvolk.

»Denn, ruhe dort hinten, wer, außer Goethe, und wieviel Goethes gibt es in der Weltliteratur, hat nach den alten Römern solche Hexameter vollbracht, über die man nicht stolpert, wenn man sie skandiert?« Und dann skandierte Tamási den Dichter Vörösmarthy. Nein, da war Petőfi doch einfacher und schöner:

Freiheit und Liebe
beide brauche ich.

Für die Liebe
will ich sterben,
für die Freiheit
gebe ich auch die Liebe.

Freiheit und Liebe. Was war das für ein Leben zwischen dem Marmeladebrot am Morgen, der Schule, dem Fußball, dem Rührei mit Zwiebeln am Abend und dem Geruch von Sauerkraut? Was für eine Freiheit mit Mutters ewigem Nörgeln, den Lehrern, dem Büffeln? Wie sollte man an Liebe denken, wenn alle Mädchen nur von Offizieren der Sicherheitsbehörde träumten, die Autos hatten, oder zumindest von Studenten?

Gibt es Augenblicke, die über den weiteren Verlauf der Geschichte entscheiden? Kann der Mensch, ein einzelner Mensch, manchmal den Fluß der Ereignisse so in eine andere Richtung leiten wie ein Schleusenwärter, der mit einer Hebelbewegung den Strom in einen anderen Kanal schickt?

Auf dem Lajos-Kossuth-Platz gegenüber dem mit zahllosen kleinen Türmen wie eine Torte geschmückten Parlamentsgebäude standen mitten in der unübersehbaren Masse mindestens einige Dutzend Menschen, die überzeugt davon waren, einen historischen Augenblick zu erleben. Unter ihnen befand sich zufällig auch Dobrica Ćosić, ein junger jugoslawischer Politiker, Abgeordneter, ehemaliger Chef des Agitprops und jetzt auch Schriftsteller. Sein ungarischer Begleiter flüsterte ihm zu:

»Sie waren doch Partisan! Da keiner von uns Kriegserfahrung hat, übernehmen Sie, bitte, das Kommando, falls etwas geschieht!«

Ćosić schwieg. Später veröffentlichte er ein Tagebuch, in dem er eingestand, daß dieser Vorschlag seiner Eitelkeit geschmeichelt hatte. Und daß er noch nie so aufgeregt gewesen war, seit er 1944 in die befreite Stadt Prokuplje einmarschiert war oder seit dem V. Parteitag der Kommunistischen Partei Jugoslawiens, als man mit Stalin brach. Für alle Fälle beobachtete er die Straßen, erwog die Möglichkeit für einen schnellen, aber geordneten Rückzug.

»Wie wundervoll wäre es, wenn man jetzt schießen würde, du eine leichte Verwundung davontragen würdest, natürlich keine tödliche, um später eine aufregende Reportage über die Ereignisse in Budapest schreiben zu können«, vertraute er seinem Tagebuch an.

Auf dem Kossuth-Platz schrie man:

»Wir wollen Nagy!«

Radio Budapest sendete zu gleicher Zeit eine Rede des Parteiführers Ernö Gerö. Er berichtete über seinen Besuch in Jugoslawien, was zur Zeit wirklich niemanden interessierte. Er erklärte, es sei unwahr, daß die Sowjetunion Ungarn ausbeute. Was eben auf den Straßen von Budapest stattfand, nannte er eine feindliche und konterrevolutionäre Provokation, von der sich die ungarischen Werktätigen distanzieren sollten. Eine unorganisierte Horde sei aufmarschiert.

Viele auf dem Kossuth-Platz hatten Transistorradios mit und hörten Gerö. Das Ergebnis waren neue Rufe:

»Nieder mit Gerö!«

»Wir wollen Nagy!«

»Hoch lebe Nagy!«

Auch Nagy selbst war sich der historischen Bedeutung des Augenblicks bewußt. Nur konnte er nicht auf die Straße gehen und mit der Masse »Wir wollen Nagy« rufen, weil er selbst dieser Nagy war und Entscheidungen treffen mußte, statt zu schreien. Er wußte, daß die lärmenden Menschen nicht so sehr ihn persönlich meinten, nicht einmal seine Ideen und Programme, die sie nicht kannten, sondern, daß ihr Ruf bedeutete: »Wir wollen einen Führer!« Er war nicht überzeugt davon, daß er diesen Führer abgeben konnte. Nicht einmal als Ministerpräsident hatte er es gewagt, konsequent seine Vorstellung zu verfolgen, daß Ungarn mit Paprika, Kukuruz und Barack-Schnaps selbstständig werden sollte, nicht mit den Rauchfängen der Fabriken, die nicht rauchen konnten, wenn die Eisenbahnzüge mit Kohle und Erz vom Ural ausblieben.

Er fühlte sich nicht als geborener Volksführer, eher als nachdenklicher Wissenschaftler. Vielleicht war diese Nachdenklichkeit eine Tugend, vielleicht gerade seine größte Schwäche. War die Stunde gekommen, etwas von seinen Gedanken zu verwirklichen? Aber was wollte er wirklich? Was war möglich? Wozu? Rákosi war endlich weg. Gerö schwach, er würde die Macht bestimmt bald wieder einem anderen überlassen müssen. Vielleicht könnte man wenigstens für die ungarische Landwirtschaft etwas Vernünftiges tun.

Nagy liebte Kornfelder vor der Ernte, große Äpfel, zufriedene Bauern. Die Masse, die Stalins Denkmal niedergerissen hatte, gegen die Sowjetunion brüllte und seinen Namen rief, begriff nicht, daß der schlaue Chruschtschow – auch ein Bauer – viel mehr getan hatte, als eine Bronzefigur umzustürzen. Stalins Geist war tot, und das bedeutete, daß man dich nach Mitternacht nicht mehr grundlos abholen konnte. War das so wenig? Der ewige Zauderer Nagy fragte Gerö:

»Ernö, was soll ich machen?«

»Sag ihnen, sie sollen nach Hause gehen, Imre, sonst bekommen wir Schwierigkeiten mit den Russen.«

Nagy hatte wenig Erfahrung im Umgang mit Massen, aber soviel wußte auch er, daß man einer solchen Menge nicht einfach zurufen konnte, sie solle brav sein. Anderseits sagte er sich, jetzt darfst du nicht eitel sein, du darfst nicht die Lage verschärfen, nur weil die Partei dich persönlich beleidigt hat. Wenn wir diese Menschen beruhigen, werden die Russen vielleicht die antisowjetischen Parolen überhören, weil sie ja, weiß Gott, andere Sorgen haben.

Das Parlamentsgebäude kannte er gut. Er mochte es nicht. Manch einer fühlte sich vielleicht erhaben, wenn er durch die endlosen, pompös geschmückten Gänge ging, die für Aristokraten in Frack und goldbetreßten, uniformartigen Trachten gebaut worden waren. Nagy liebte nüchterne, helle Räume, jeder Zierat war ihm fremd. Er mußte einen Balkon finden, von dem er sprechen konnte. Vor der unsichtbaren Masse auf dem großen Platz hatte er Angst. Als junger Professor hatte er nachts oft einen Alptraum gehabt, er sprach, aber die Studenten im Auditorium machten einen solchen Lärm, daß er seine eigene Stimme nicht hören konnte. Und jetzt wurde dieser alte Traum zur Wirklichkeit. Unter ihm brandete die Menge, die ihn sehen und hören wollte, aber sie sah und hörte ihn nicht.

Der Platz war schlecht beleuchtet. Es gab keine Scheinwerfer, die man auf den Balkon richten konnte. Die Lautsprecheranlage war schwach. Endlich bemerkten ihn einige Demonstranten, die am nächsten standen:

»Nagy ist da! Ruhe! Nagy will sprechen!«

Die meisten begriffen das nicht und setzten das Gebrüll fort:

»Wir wollen Nagy!«

Sie erwarteten einen Führer, einen Steuermann, der das Schiff über das stürmische Meer lotsen konnte, einen Ritter in Rüstung, der ihnen auf weißem Roß voranritt, einen Mittelstürmer, der dem gegnerischen Tor entgegenrannte. Auf dem Balkon war aber ein leiser, unentschlossener Gelehrter:

»Genossen!«

So war er es gewöhnt. Aber die wenigen unter dem Balkon, die ihn hören konnten, kreischten wie mit einer Stimme auf:

»Wir sind keine ›Genossen‹!«

»Nun, gut. Liebe Freunde! Ich drücke meine Achtung vor dem revolutionären Elan dieser wundervollen Studentenschaft und Jugend aus, die bereit ist, für eine sozialistische Demokratie zu kämpfen!«

Die Mehrheit brüllte weiter, entweder, weil sie ihn nicht hörte, oder, weil sie mit dem Gehörten unzufrieden war.

»Nieder mit der Regierung!«

»Nieder mit Gerö!«

»Jetzt oder nie!«

Imre Nagy, schon überzeugt davon, daß er sich vergeblich bemühte, die Menschen zu beruhigen, las die vorbereitete Rede doch weiter:

»Man sagte mir, die Partei und das Zentralkomitee seien bereit, alle berechtigten Forderungen zu verwirklichen. Ich bitte euch, seid ruhig, seid friedlich, ihr habt heute eine historische Mission für Ungarn erfüllt. Und ich erkläre mein Vertrauen in die Partei und ihre Führung, folgt mir und tut es auch!«

Auf dem Platz ertönte Geheul, Pfeifen. Erbost hob Nagy den Blick vom Papier:

»Wen pfeift ihr aus?«

»Gerö!« tönte es wie ein Schrei.

»Aber das ist doch nicht Gerö! Ich spreche zu euch!«

Man hörte neue Rufe:

»Streik! Morgen Generalstreik!«

Nagy versuchte es noch einmal:

»Glaubt mir, alles wird gut! Ich bitte euch, geht auseinander! Geht nach Hause! Wir treffen uns wieder, liebe Freunde ...« Dann begriff er endlich, daß ihn kaum jemand hörte, kaum jemand hören konnte und wollte, und er zog sich zurück.

Durch die Menge verbreitete sich eine neue Nachricht:

»Gerö ist im Radio!«

Niemand dachte an die moderne Technik und, daß der Parteisekretär seine Rede selbstverständlich nicht im Rundfunkgebäude gehalten, sondern in seiner sicheren Residenz auf Band gesprochen hatte. Man hatte seine Stimme im Radio gehört, das hieß, dort mußte er sein, der Hundesohn. So wie sich die mächtigen Bewegungen von Ebbe und Flut in Wellen auf der Meeresoberfläche abzeichnen, so zog es jetzt die Menge in eine bestimmte Richtung, aus der auf einmal verzweifelte Schreie zu hören waren:

»Vor dem Radio ermordet man unsere Leute!«

Gyurka bedauerte schon, daß er nach dem Sturz des Stalindenkmals nicht nach Hause gegangen war. Es wurde immer langweiliger, und Mutter wartete auf die Zwiebeln. Dann begriff er den Sinn des Aufschreis: »Man mordet unsere Leute!« Der Ruf »Mord« öffnete nach all den schon gefallenen großen Worten eine neue Dimension.

Vielleicht gibt es den genauen Moment, in dem sich eine Menschenmenge in eine kritische Masse verwandelt, wie in der Kernphysik. Am Anfang dieses Jahrhunderts dachte man, auf Grund des Schulwissens oder der persönlichen Erfahrung bei Militär, Bauarbeiten, dem Abfeuern von Feuerwerk oder ähnlichen Tätigkeiten, zu einer Explosion komme es, wenn man etwas anzündet, oder durch Erschütterung. Obwohl es ja vorkommen soll, daß sich alte Kohle im Keller selbst entzündet, war die Vorstellung einer möglichen spontanen Entladung etwas völlig Fremdes. Die Erkenntnis ist relativ neu, daß allein das Zusammenkommen einer kritischen Masse eine Explosion, und zwar die größte aller möglichen, verursachen kann. Wenn es bei gewissen Materien so ist, warum sollte es nicht auch geschehen, wenn eine genügend große Zahl von Menschen zusammenkommt? Dann muß sich auch etwas mit Gewalt entladen. Vielleicht war es am 23. Oktober 1956 vor dem Budapester Parlament zu dem Zustand gekommen, der einer kritischen Masse entspricht, und vielleicht war Gyurka, mit seinen zwei Kilogramm Zwiebel im Papierstanitzel, eben jenes Proton oder Neutron, das gerade noch zur Explosion gefehlt hatte.

Einer der wenigen Menschen in der Stadt, die fähig waren, differenzierte und grundlegende Fragen zu stellen, war der außerordentliche Botschafter und bevollmächtigte Minister der Union der Sowjetrepubliken in Ungarn, Jurij Andrejewitsch Andropow. Gerade hatte er sein Gespräch mit Gerö beendet und betrachtete nachdenklich seine Telefone. Obwohl er in Versuchung war, augenblicklich und eigenhändig eine Depesche für den Kreml zu verfassen, hielt er sich zurück. Er wußte, daß man nicht aufgrund eines ersten Eindrucks berichten sollte. Er wollte abwarten, bis seine Leute, gute Kenner der ungarischen Sprache und Psyche, die sich mitten in der Masse befanden, in die Botschaft zurückgekehrt sein würden, um ihm ihre Erfahrungen und Meinungen mitzuteilen.

Aber das war nicht das einzige Problem. Er fragte sich, wie wahrscheinlich jeder Botschafter auf der Welt, ob er seiner Zentrale mitteilen sollte, was er persönlich für richtig hielt oder was man dort gerne hören wollte. Und außerdem stellte sich die Frage, welcher seiner verschiedenen Chefs in Moskau wichtiger war. Hielt Chruschtschow noch alle Fäden in der Hand oder könnte er über diese Geschichte in Ungarn stolpern, die Führung verlieren? Und wie würde das Geschehen hier auf die Polen, Tschechen, Rumänen wirken? Wie auf die Westmächte, die schon wegen der Suezkrise beunruhigt genug waren? Sollte er den amerikanischen Botschafter anrufen? Nein, der würde sofort nach Washington berichten, daß ihn der Russe um seine Einschätzung der Lage gebeten habe. Er wartete auch auf die Meldung des Kommandanten der Panzereinheit der Roten Armee, die sich Budapest näherte. Andropow wußte, daß er eine gewaltige Verantwortung übernehmen mußte, und er war dazu bereit. Aber gerade deshalb wollte er erst einmal genau wissen, was in diesem Land wirklich geschah und warum. Nach seiner Meinung hatten die Soldaten aus seiner Heimat mit gewaltigen Opfern Ungarn vom Faschismus befreit, warum liebte man sie dann nicht? Er litt unter dem Haß, von dem er wußte, den er jedoch nicht begriff. Es ging im Augenblick aber nicht um Liebe und Lieblosigkeit, sondern darum, ob sich die ganze Welt an der Schwelle eines alles vernichtenden neuen Krieges befand. Was sein Ziel sein mußte, hätte auch er nur sehr allgemein formulieren können: der Sache des Sozialismus zu dienen. Aber was diese »Sache« genau war und wie man ihr jetzt am besten dienen konnte, das war er nicht imstande zu sagen.

Er hatte Lust auf eine Tasse Tee, bestellte aber keine, weil er ein disziplinierter Mensch war. Er hatte heute schon einige

Tassen zu sich genommen, und zuviel Flüssigkeit konnte seinem Herz schaden.

In Geschichtsstunden ist fast immer vom Töten die Rede. Trotzdem war der Student der Geschichtswissenschaften Gyula Szabo überzeugt, daß die Geschichte von »bewußten Elementen« geschaffen wurde, in diesem Jahrhundert von der »Arbeiterklasse«. Nicht überzeugt war er davon, daß die alten ungarischen Revolutionäre, die gewiß für den Sozialismus viel gelitten und für ihn gekämpft hatten, aber viel zu lange in Rußland gewesen waren, um ihr eigenes Volk noch zu verstehen, jene Kraft waren, die in einer positiven Weise die Geschichte gestalten konnte. Allerdings hatte man ihm beigebracht, daß man die Rolle der Einzelperson in der Geschichte nicht überschätzen sollte. Was aber war mit der Arbeiterklasse?

Den ganzen Nachmittag und Abend hatte er Losungen gebrüllt, er war schon heiser und müde und schickte sich an, nach Hause zu gehen, um etwas zu essen, als er über einen Lautsprecher hörte, daß Gerö behauptete, die Menge vor dem Parlament sei eine Horde von Provokateuren.

Er ein Provokateur? Teil einer Horde? Der Geschichtsstudent Szabo war Mitglied der Partei. Er wollte auf jeder Seite der Geschichtsschreibung Wegweiser entdecken, die direkt vom Höhlenmenschen in den Kommunismus als wahren Anfang der Geschichte führten. Gyula Szabo beschloß deshalb, zuerst zum Rundfunkgebäude zu gehen, um festzustellen, was dort wirklich geschah.

Er ließ sich von der Menge tragen. Neben ihm marschierte ein etwas älterer Mann, wahrscheinlich ein Arbeiter, mit einer fettigen Schirmmütze auf dem grau-gelblichen Haar, das auch nicht besonders sauber wirkte. Sie blickten einander an und zwinkerten sich zu, begannen aber kein Gespräch, weil zu viel geschrien wurde und sie mitschrien.

Dann hörten sie Schüsse.

Alle liefen los. Plötzlich verlor sich die Masse. Szabo und

der Arbeiter warfen sich auf das Pflaster. Er spürte einen scharfen Schmerz, fluchte und wandte sich dem Arbeiter zu, überzeugt, er würde seinen lustigen Blick sehen. Aber der erhob sich nicht. Auf der Mütze war ein kleines schwarzes Loch und ein wenig Blut. Gyula Szabo dachte einen Augenblick, wie idiotisch der Satz war, der Tod sei ein zwingender Teil des Laufes der Geschichte, und schrie dann auf:

»Diese Tiere morden ja!«

Die Gasse war fast leer. Jemand reichte ihm ein Gewehr:

»Nimm! Ich sehe doch, daß du zu uns gehörst! Gleich kommt Verstärkung!«

Szabo fragte nicht, wer diese »wir« waren, woher und was für eine Verstärkung kommen sollte. Er war viel zu unglücklich, wütend, erschrocken. Er nahm das Gewehr. Er konnte schießen, man hatte es ihm in der Schule beigebracht. Vorsichtig, im Bewußtsein, daß er sich jetzt in Deckung befand, neigte er sich nur vor, um den Eingang zur Rundfunkstation zu sehen. Die Gasse war leer. Die wenigen schwarzen Gegenstände, die da lagen, sahen wirklich nicht wie Leichen aus. Das Haus des Radios war beleuchtet. Szabo zielte aufmerksam auf eines der Fenster und drückte ab.

Der Wachdienst im Radio war sonst nicht schwierig. Einer der Posten hieß auch Szabo. Szabo ist ein häufiger ungarischer Name, er bedeutet Schneider. Pál Szabo war ein hübscher Bursche. Bis heute abend hatte er nie begriffen, warum sechs Polizisten und ein Offizier Tag und Nacht im Zimmer hinter der Portierloge saßen, Kaffee tranken und Zeitungen lasen, aber er freute sich, diesem Team zugeteilt zu sein, weil er sich darauf vorbereitete, die Reifeprüfung nachzuholen, um danach Jus studieren zu können. Nach einem abgeschlossenen Studium würde er bestimmt Polizeioffizier werden, und das war ein guter Job. Szabo war Bauernsohn. Es fiel ihm nicht leicht, abstrakt zu denken, aber er strengte sich an und büffelte.

Als die Demonstrationen begannen und erhöhte Bereitschaft befohlen wurde, war er sowohl froh als auch wütend. Er ärgerte sich, weil er nicht weiterlesen konnte, denn er hatte sich genau vorgenommen, welches Kapitel er heute durchgehen wollte, aber es erfüllte ihn mit Genugtuung, daß etwas geschah, was eine Berechtigung dafür zu sein schien, daß er seinen Sold bekam. Manchmal plagten ihn Gewissensbisse, weil er mit seinen Büchern in einer warmen Stube hocken durfte, während seine Kameraden für dasselbe Geld im Regen standen und den Verkehr regelten. Also lud er sein Gewehr vorsichtig, schulterte es und ging vor das Haus. Für sich wiederholte er den sinnlosen Satz aus seinem Mathematikbuch: »Zwei Linien, die zu einer dritten parallel verlaufen, sind notwendigerweise auch zueinander parallel.«

Als der Leutnant befahl, eine Delegation der Rebellen ins Radio zu lassen, um mit ihr zu verhandeln, war Pál Szabo verärgert. Wozu mit dieser undankbaren Bande reden? Dann erinnerte er sich, daß er sich vorgenommen hatte, über nichts zu grübeln, was ihn von nützlichen und wichtigen Aufgaben ablenken konnte, wie den Satz über die beiden mit einer dritten parallelen Linien.

In diesem Augenblick schoß es.

»Diese Tiere morden ja!« dachte er mit denselben Worten wie sein Namensvetter hinter der Ecke. Gerade wollte er sein Gewehr hochheben und zielen, als der Leutnant befahl:

»Szabo! Zurück ins Haus! Wir brauchen im Augenblick keine Heldentaten, sondern Vernunft!«

Pál Szabo gehorchte. Er sah, wie die Geschosse den Asphalt streiften. Er nahm an einem Fenster Stellung, aber es krachte, und das Glas splitterte zu Boden. Er ging in die Hocke. Es schien ihm keineswegs gefährlicher als auf Übungen. Aber diszipliniert, wie er es gelernt hatte, kroch er auf allen Vieren die Wand bis zum Schalter entlang und knipste die Beleuchtung aus. Er wußte, daß das Licht Heckenschützen aus der Dunkelheit der Nacht anzog wie eine Lampe die Falter.

Da war wieder das Scheppern von Eisen. Nicht so, wie beim

Eindreschen der Stangen auf das Denkmal, nicht so dramatisch aufregend wie das Läuten großer Glocken, aber an Westernfilme erinnernd, an Sturmangriffe von Indianern auf die Wagenburgen der Pioniere. Oder an einen Bankraub. Gyurka war nach dem Ruf »Die morden ja!« auch in Richtung des Radios gelaufen.

Ein Paar küßte sich im Laufen. Der junge Mann war kaum größer als das Mädchen, sie liefen im Gleichschritt, er hielt sie dabei mit seiner Rechten um die Taille gefaßt, mit der Linken zog er ihr Gesicht an das seine, aber sie hörten dabei nicht auf zu laufen. Sie küßten sich, Lippen trafen auf Lippen, die jungen Beine rannten, ihre waren ausgesprochen schön, Gyurka schien es, sie seien nackt, er wußte nichts von Nylonstrümpfen, die in Ungarn selten waren, und in seinem proletarischen Hof hatte er nie solche Strümpfe gesehen. Er merkte sich nur: Beine laufen, Lippen küssen.

Ein nicht mehr junger Herr mit dunklem Hut und ordentlich gestutztem, kurzem Schnurrbart verteilte rot-weiß-grüne Bänder. Auch er lief, hatte ein Knäuel mit dem Band in der einen, eine Nagelschere in der anderen Hand. Sein Laufen schien geübt, trainiert, manchmal überholte er andere, dann verlangsamte er seinen Schritt, um sich einholen zu lassen, dabei schnitt er immer etwa zehn Zentimeter lange Bänder ab und gab sie den Leuten. Gyurka bemerkte er nicht, oder er hielt ihn nicht für wichtig genug, so daß der Junge selbst auf sich aufmerksam machen mußte:

»Onkel, mir auch, bitte!«

Gyurka lief jetzt parallel zu dem Mann. Hätte er ihn nicht mit »Onkel« anreden sollen, sondern mit »mein Herr«, oder waren sie jetzt Mitkämpfer? Der Mann schien sich ein wenig zu wundern, schnitt aber im Laufen wieder ein Stück Band ab und gab es dem Jungen.

»Was kostet das?« fragte Gyurka außer Atem.

Das Kleingeld nach dem Zwiebelkauf klingelte noch in seiner Tasche. Aber der Mann mit dem dunklen Hut wollte nichts haben.

Um das Rundfunkgebäude wurde regelrecht gekämpft. Man hörte nicht nur Einzelschüsse, sondern auch Salven und das Rattern von Maschinengewehren. Vier Mann trugen laufend einen fünften, dessen Kopf schief herunterhing, vorbei. Etwas krachte anders als die bisherigen Schüsse, und jemand sagte, das sei eine Handgranate gewesen.

Dann bremste der Lastkraftwagen einer Bierbrauerei und junge Männer mit Maschinenpistolen sprangen herunter. Jeder von ihnen trug fünf oder sechs Gewehre, um sie zu verteilen. Sie rannten dem Kampf entgegen. Aus der Fahrerkabine fragte ein magerer Mann mit einem schwarzen Schlips:

»Was ist mit dir, Kleiner?«

»Es wird geschossen!« erklärte Gyurka. »Geben Sie mir auch ein Gewehr?«

Der Magere schaute ihn an:

»Zum Schießen bist du noch zu klein. Aber helfen kannst du uns schon. Komm herauf und fahr mit, Munition aufladen. Dann kann ich hier bleiben und für dich schießen.«

Gyurka setzte sich zum Fahrer. Es roch sauer nach Bier. Der Fahrer bemerkte das Paket, das der Junge an sich drückte.

»Was hast du da?«

»Zwei Kilo Zwiebel.«

»Schmeiß das Zeug aus dem Fenster!«

Gyurka fiel ein, daß er am frühen Nachmittag von zu Hause weggegangen war. Mutter würde sich sorgen. Aber es war nicht zum ersten Mal, daß er wegen eines Kinobesuchs oder eines abendlichen Fußballmatchs zu spät kam. Ohrfeigen würde sie ihn jedenfalls nicht mehr, denn er war ja jetzt ein Kämpfer.

»Das geht nicht. Meine Mutter hat mir gesagt, ich soll mich nicht unterstehen, ohne Zwiebeln nach Hause zu kommen.«

»Na, wenn das so ist«, sagte der Fahrer.

Chruschtschow ist besorgt

Wahrscheinlich wird man nie mit Sicherheit erfahren, wer am 23. Oktober 1956 als erster vor dem Budapester Rundfunkgebäude geschossen hat. Hatte jemand provoziert? Und wenn ja, warum? Oder hatte einer der Wachposten die Nerven verloren und den ersten Schuß abgegeben?

Zwei Versionen werden besonders häufig zitiert.

Nach der ersten wollte eine Delegation der Demonstranten ruhig das Haus betreten, um eine Resolution zu verlesen. Da sie abgewiesen wurde, entstand Streit. Angehörige der Geheimpolizei AVH schossen zuerst auf die Delegation, und darauf wurde mit Feuer geantwortet. Dazu drängt sich die Frage auf: Wieso waren die Teilnehmer dieser spontanen und friedlichen Demonstration schon bewaffnet?

Die zweite Version lautet, daß schon gegen acht Uhr grundlos das Feuer auf das Rundfunkgebäude eröffnet worden sei, die Sicherheitsorgane aber erst um Mitternacht die Erlaubnis erhielten, zurückzuschießen. Aber wenn das so gewesen wäre, wieso hat das schreckliche Feuer vier Stunden lang gedauert, ohne daß sich jemand einmischte?

Alle sind sich einig, daß die erste Kugel gegen acht Uhr abgefeuert wurde.

Und es besteht kein Zweifel, daß schon am Vormittag des 23. Oktober unter den jungen Menschen, die sich vorbereiteten zu demonstrieren, Waffen im Umlauf waren. Das überrascht, wenn man in Betracht zieht, daß im Polizeistaat Ungarn Waffen unter strenger Kontrolle standen. Selbst Jagdgewehre befanden sich nur vereinzelt in privatem Besitz.

Sicher ist auch, daß gegen sieben Uhr abends, noch bevor die ersten Kämpfe begannen, Autobusse und Lastwagen aus vielen Garagen den Demonstranten zur Verfügung gestellt wurden, um sie zu neuralgischen Punkten in der Stadt zu fahren. Tatsache ist auch, daß manche Kontrolleure von Waffenmagazinen, die Diensthabenden in der internationalen Telefonzentrale und in der Redaktion der Parteizeitung *Szabad Nép* und anderen wichtigen Institutionen am Nachmittag des 23. Oktober schon auf der Seite der Demonstranten standen. Andere behaupten, die Demonstranten hätten diese Institutionen mit Gewalt eingenommen. In jedem Fall bleiben Fragen offen: Wieso konnten Personen an solchen für das Regime lebenswichtigen Stellen so schnell auf die andere Seite überwechseln? Oder, wenn die andere Version stimmte, wieso waren diese Institutionen so schlecht verteidigt?

Genau so unklar ist das Geschehen um die Hüttenwerke und Fabriken auf der Donauinsel Csepel, wo sich in der Nachmittagsschicht mehrere tausend Arbeiter befanden. Man hörte vom Wunsch, einen Generalstreik auszurufen. Das hätte man am einfachsten erreichen können, wenn man die Stromzentrale abgeschaltet hätte. Dort begann auch tatsächlich ein bewaffneter Kampf zwischen der Fabrikspolizei und Arbeitern, der bis zum Morgen andauerte und mit dem Sieg der Aufständischen endete.

Am Abend des 23. Oktober erschienen Dutzende Verlautbarungen und Resolutionen mit ähnlichem, aber nicht identischem Inhalt. Das bedeutete, daß kein Aufstand aus einem gemeinsamen Zentrum organisiert war. Jede Gruppe aufgeregter Bürger formulierte eigene Forderungen. Und alle ahmten Sandor Petöfi und seine Gefährten aus dem Jahr 1848 nach.

Am häufigsten war der Wunsch, die sowjetischen Truppen sollten Ungarn sofort verlassen. Ein altes Lied, beliebt zur Horthy-Zeit, wurde auch gesungen: *Csonka Magyarorszag nem ország – egesz Magyarország Menyország!* Das ließ in vielen Nachbarländern aufhorchen, denn es bedeutete, ein verstümmeltes Ungarn sei gar kein Land, das ganze Ungarn aber das Paradies. Mit dem »ganzen Ungarn« waren aber auch Teile der Slowakei, Rumäniens, Jugoslawiens und sogar der Sowjetunion gemeint.

In der Nacht zwischen dem 23. und dem 24. Oktober stellte das Zentralkomitee der Partei der ungarischen Werktätigen, wie sich die Kommunistische Partei umbenannt hatte, fest, die Angreifer seien gut organisiert und gefährlich. Einige höhere Offiziere der Polizei und des Heeres hätten Verrat geübt und sich auf die Seite des Aufstandes gestellt. Alle Arbeiter sollten aufgerufen werden, die Errungenschaften des Sozialismus zu verteidigen. Gerö erwähnte nicht, daß sich sowjetische Panzereinheiten schon am Nachmittag in Richtung Budapest in Marsch gesetzt hatten, und so wurde nun auf seinen Vorschlag hin der Beschluß gefaßt, die in Ungarn stationierten Sowjettruppen um Hilfe zu ersuchen.

Imre Nagy war auch anwesend und wurde sofort in das Politbüro kooptiert. Ernö Gerö blieb erster Sekretär der Partei, aber der bisherige Ministerpräsident András Hegedüs trat zurück, sodaß Nagy seinen Platz einnehmen konnte. Keiner der Anwesenden dachte daran, daß selbst nach der ungarischen Verfassung das Parlament den Ministerpräsidenten zu wählen und nicht das Politbüro ihn zu ernennen hatte. Auch Nagy selbst kümmerte sich nicht um diesen Schönheitsfehler.

Gleich nach dieser Konferenz versammelte Nagy einige alte Freunde und Verwandte als Berater, andere Vertraute entsandte er in die Budapester Polizei. Er gab die Weisung, eine Reihe unschuldig verhafteterr Menschen sofort zu freizulassen und eine Art Volkswacht zu organisieren und zu bewaffnen. Nagy hatte Erfahrung, er war ja schon einmal Innenminister gewesen.

Am Morgen des 24. Oktober sprach er zum ersten Mal als Ministerpräsident im Radio, es war kaum zehn Stunden, nachdem Gerö die Demonstranten eine Horde von Provokateuren genannt hatte. Nagy rief die Bürger auf, sofort für Frieden und Ordnung zu sorgen. Er versprach, seine Regierung würde eine Deklaration auf der Grundlage seines alten Programms vorbereiten, das der Anlaß für seine Ablöse durch Rákosi gewesen war. Er verkündete der Sowjetunion gegenüber eine Politik auf der Basis der Gleichberechtigung und einen eigenen, ungarischen Weg zum Sozialismus. Und er gab bekannt, die sowjetische Regierung sei ersucht worden, Truppen zur Bekämpfung der konterrevolutionären und faschistischen Kräfte der Restauration des alten Regimes und des Kapitalismus zu entsenden. Er bestimmte die Aufstellung von Standgerichten. In Budapest führte er den Ausnahmezustand ein, bis 14.00 Uhr am 24. Oktober wurde jede Bewegung auf den Straßen der Hauptstadt verboten, alle Grenzen wurden gesperrt.

Trotz seiner Worte wurden in Budapest bereits schwere Gefechte zwischen sowjetischen Panzern und den Aufständischen geführt. Da sich die russischen Panzer unbekümmert bewegten, wurden viele von ihnen mit Molotow-Cocktails außer Gefecht gesetzt. Es kam auch zu Kämpfen zwischen regulären Polizisten, die zu den Aufständischen übergelaufen waren, und den Abteilungen der Staatssicherheit. Junge Menschen gründeten eigene Kampfverbände. Noch nahm das ungarische Heer an den Gefechten nicht teil, aber die Aufständischen bekamen Waffen, Munition und Ausrüstung aus einigen Kasernen und Militärschulen.

Chruschtschow in Moskau war nervös. Da saß er auf Stalins Sessel und die Sowjetunion wackelte. Die Ereignisse in Polen und Ungarn schienen den Wall zu erschüttern, den der ruhmreiche, finstere Vorgänger zur Sicherheit vor plötzlichen Angriffen des Westens aufgebaut hatte. Obwohl jetzt als Parteichef vor aller Welt sehr selbstbewußt auftretend, fürchtete sich Chruschtschow vor seinen Gegnern im Lande, die ihn ständig kritisierten, meist ungerechtfertigt … oder hatten sie jetzt Recht? Einen Schwächling nannten sie ihn, der nicht in der Lage war, die Interessen des ersten sozialistischen Landes auf der Welt zu verteidigen.

»In Ungarn ist Blut vergossen worden, Genosse Botschafter! Antisowjetische Elemente, vom Westen gegen die Sowjetunion und das sozialistische Lager aufgehetzt, haben die

Waffen ergriffen!« schrie Chruschtschow den jugoslawischen Botschafter Mićunović an, den er zu sich bestellt hatte. Er konnte sein Temperament auch in weniger dramatischen Augenblicken nur mit Mühe zügeln. »Wissen Sie, was das bedeutet? Das ist ein Versuch, die Ergebnisse des Zweiten Weltkriegs zu revidieren, jene Ergebnisse, für die so viele sowjetische und auch jugoslawische Bürger ihr Leben geopfert haben! Wenn die in Ungarn Erfolg haben, werden sie ein sozialistisches Land nach dem anderen und am Ende sogar die Sowjetunion vernichten. Aber sie haben die Rechnung ohne den Wirt gemacht!«

Chruschtschow bat den Botschafter, Tito die sowjetischen Ansichten zur neuentstandenen Situation mitzuteilen. Man sei bereit, auf Gewalt mit Gewalt zu antworten. »Die Russen wollen eine politische Lösung in Ungarn unterstützen, wenn eine solche Lösung noch möglich ist«, notierte Mićunović. »Chruschtschow machte den Eindruck, daß er an eine solche Lösung nicht mehr glaubt. Er sagte, wir Jugoslawen könnten jetzt viel für den Sozialismus in Ungarn tun.«

Selbst wenn man wüßte, wer als erster am 23. Oktober in Budapest das Feuer eröffnet hat, selbst wenn die Hülse der ersten Kugel unter Glas in einem Museum läge, wenn man den Mann kennen würde, der als erster abgedrückt hat, wenn man wüßte, ob er lebt, was er tut und wie er heute darüber denkt – was hätte man davon? Würde es die Einschätzung des ungarischen Oktobers im Jahr sechsundfünfzig verändern?

Vielleicht hatte jemand in der Abenddämmerung gedacht: »Dieser Gerö wird ohne eine kleine Schießerei nicht abtreten …« Vielleicht hatte Gerö, nachdem er mit dem sowjetischem General in Czegled telefoniert hatte, vor sich hingemurmelt: »Die werden ohne eine kleine Schießerei nicht zurückzucken …« Erst kam es zu einer kleinen Schießerei, dann begannen schwere Kämpfe, und am Ende sahen Ungarn, Europa und die Welt anders aus als vor Beginn der Demonstration und dem Sturz des Stalindenkmals.

Ein Schlafwagen wird zum Panzerzug

Es war fast komisch, wie sich die unbekannte Stimme am Telefon bemühte, Bobas Nachnamen richtig auszusprechen.

»Herr Kersch … Kerscheko … Nun, Herr Boba?«

»Ja, nur zu, ich bin's, ich weiß, daß Ungarn meinen Namen nicht aussprechen können.«

»Wir haben uns kennengelernt, als Sie im Sommer in Ungarn waren. Szerencsés ist mein Name …« Szerencsés war als Journalist in Begleitung der Delegation Gerös nach Jugoslawien gekommen. »Ich bin geblieben, um noch einige Reportagen zu schreiben. Gemeinsame Freunde grüßen Sie und bitten, daß Sie mir helfen …«

Sie verabredeten sich im Belgrader Hotel »Exzelsior«. Szerencsés war ein junger Mann mit Querbinder. Vielleicht kannte er Eva. Er versuchte gerade, seiner Redaktion einen Text zu diktieren, kam dann sehr besorgt aus der Telefonzelle.

»In der Redaktion ist fast niemand. In Budapest haben Demonstrationen angefangen.«

Er entschuldigte sich, wollte jetzt in die ungarische Botschaft eilen, um Näheres zu erfahren. Vielleicht könne man sich abends um sechs wieder treffen? Boba wußte nicht, was er jetzt anfangen sollte, ging lustlos in ein Kino. Er dachte nicht daran, daß er einer der ersten Menschen in Belgrad war, die vom beginnendem Umsturz in Ungarn erfahren hatten. Am Abend hatte Szerencsés schon seine Koffer gepackt.

»In der Botschaft weiß man auch nichts. Botschafter Münich ist mit der Delegation nach Hause gefahren. Ich reise sofort ab.«

Boba hatte nicht einmal Zeit gefunden, nach Eva zu fragen. Er schaltete das Radio ein. Budapest sendete vor allem klassische Musik. Dann fiel ihm ein, daß es vielleicht möglich wäre, aus Ungarn zu berichten. Für die neugegründete Jugendzeitung *Mladost* hatte er schon Reportagen und Artikel geschrieben. Am nächsten Morgen lief er in die Redaktion, erzählte, daß er einen Teil des Sommers in Ungarn verbracht und viele gute Kontakte hergestellt hatte.

»Eine gute Idee«, sagte man. »Wann kannst du fahren?«

»Sofort.«

»Gut. Wir lassen dir einen Paß ausstellen und bereiten alles vor. Dann mußt du selber zur ungarischen Botschaft, dir ein Visum holen. Aber wie sollen wir so schnell Dollars auftreiben?«

»Brauche ich nicht. Gebt mir Dinars. Ich nehme einen Koffer voll Schokolade und Kaffee mit, dafür kann ich drüben alles haben.«

In der ungarischen Botschaft traf er Journalisten der beiden großen Tageszeitungen *Politika* und *Borba*, sowie einen Redakteur des jugoslawischen ungarischsprachigen Blattes *Magyar Szó*. Der Konsul zögerte, aber am Ende bekamen alle ihr Visum. Danach besorgte sich Boba Kaffee und Schokolade, packte einige Hemden und einen Pyjama ein. Die Badehose würde er diesmal nicht brauchen.

Der Schlafwagen war fast leer, er allein im Coupé. Beim Schaffner bestellte er türkischen Kaffee und Mineralwasser. Fuhr er in eine Revolution? Hatte er Grund, sich zu ängstigen? Würde er jetzt Mut beweisen müssen? Er gehörte zur Generation, die angeödet war von Geschichten über das Heldentum der Partisanen. Was konnte er schon tun? Er war den höchsten Berg Jugoslawiens, den Triglav, hochgeklettert, aber das war für bessere Bergsteiger kein Heldenstück. Er war von Split aus allein zur Insel Brač geschwommen. Und wenn ein Hai aufgetaucht wäre? Man sagte ihm, er hätte damit keinen Mut, sondern nur Dummheit bewiesen. Wenn er sich jetzt mutig verhalten würde, würde man wahrscheinlich nachher abwinken: Es war ja nicht dein Aufstand! Das Märchen vom Mann, der auszog, das Fürchten zu lernen, kam ihm in den Sinn.

Der Rhythmus des Zuges schläferte ihn ein.

Als er aufwachte, war es schon Tag. Hatte er die Grenze verschlafen? So höflich, ihn nicht zu wecken und zu kontrollieren, konnten die Beamten nicht sein. Rasch zog er sich an, fragte dann den Schaffner:

»Wo sind wir?«

»Wir fahren gleich in Subotica ein.«

»Hätten wir nicht längst in Ungarn sein sollen?«

»Doch. Morgens um zwei. Aber es ist ein größerer Schaden auf der Strecke, wir mußten einen Umweg über Sombor fahren …«

Das hatte ja gut angefangen. Er schlief wieder ein und wachte erst durch das Klopfen des Schaffners auf.

»Gleich sind wir an der Grenze. Der Zug aus Budapest ist nicht in Subotica angekommen.«

»Und was bedeutet das?«

»Wahrscheinlich, daß die Strecke unterbrochen ist. Wir fahren jedenfalls mindestens bis zur ungarischen Grenzstation Kelebia weiter …«

Der Bahnhof war fahnengeschmückt. An die zwanzig Männer, teils in Uniform, teils in Räuberzivil mit Armbinden in den Landesfarben, aber alle bewaffnet, beobachteten den Zug. Über den Lautsprecher ertönte es auf Ungarisch, Russisch und Deutsch:

»Wir bitten alle Reisenden nach Prag, Berlin und Warschau den Zug zu verlassen. In etwa dreißig Minuten fährt ein anderer Zug für sie ab. Bitte beachten Sie, daß dieser Zug nach Prag, Berlin und Warschau über Westungarn geleitet wird und nicht, ich wiederhole, nicht über Budapest fährt.«

Die Ausweise der aussteigenden Reisenden wurden auf dem Bahnsteig kontrolliert. Boba blieb mit dem Schaffner im Schlafwagen. Dann kamen Grenzpolizisten in den Waggon, die seriöser aussahen als die bewaffneten Männer auf dem Bahnsteig. Sie betrachteten Bobas Paß.

»Wo wollen Sie hin?« fragte der ältere Beamte.

»Nach Budapest.«

»Warum?

»Ich bin Journalist. Ich soll über die Ereignisse berichten.«

»Die Grenze ist auf Grund eines Regierungsdekrets gesperrt. Die Botschaft hätte Ihnen kein Visum ausstellen dürfen.«

Boba erinnerte sich an die Argumente, die die erfahreneren Journalisten in der ungarischen Botschaft in Belgrad vorgetragen hatten.

»Ungarn sollte eigentlich daran interessiert sein, daß unabhängige, jugoslawische Berichterstatter darüber schreiben, was wirklich geschieht. Darum hat man uns gestern das Visum ausgestellt ...«

»Sind Sie etwa nicht allein?«

»Meine Kollegen sind anscheinend mit dem Auto gefahren ...«

Der Offizier dachte einen Augenblick nach.

»Also von mir aus ... Jetzt sind Sie in Ungarn, aber wie wollen Sie weiterfahren? Der Eisenbahnverkehr ist fast ganz eingestellt. Es gibt nur Ausnahmen, wie den eben angekündigten Sonderzug für Ausländer.«

Der Schaffner zwinkerte Boba über die Schultern des Grenzpolizisten zu. Danach ging er mit einer Aktentasche in das Bahnhofsgebäude und kam mit einem breiten Lächeln zurück.

»Alles geordnet. Ich habe die Leute überzeugt. Mit drei Flaschen Schnaps. Wir bekommen eine eigene Lokomotive.«

Der Bahnhofsvorsteher mit der roten Kappe gab nur für sie das Zeichen. Alle Bahnhöfe, durch die sie fuhren, waren mit Fahnen geschmückt, auf den Bahnsteigen spielte Musik. Obwohl sie keinen einzigen anderen Zug sahen, war alles voller feierlich gekleideter Menschen, als sei ein Festtag. Dann ratterten sie parallel zu einer Landstraße und überholten eine endlose Kolonne mit russischen Panzern und Lastwagen.

»Sind Sie hungrig?« fragte der Schaffner.

»Und wie!«

»Wir können meine Butterbrote teilen. Und Slivowitz trinken. Auf Rechnung des Hauses. So bequem habe ich es schon lange nicht mehr gehabt. Nichts zu tun, aber Tagegeld in Valuta fließt …«

Sie hielten bis Czegléd, sechzig Kilometer vor Budapest, nicht mehr. Hier begann eine neue Diskussion mit dem Bahnhofsvorsteher, der sagte, er dürfe niemand in Richtung Hauptstadt durchlassen. Boba ging in das Restaurant voll neugieriger Gäste. Es waren augenscheinlich keine Reisenden, denn niemand hatte Gepäck. Auf die Frage, ob man etwas essen könne, lautete die Antwort, es gebe leider nichts.

»Und im Tausch für jugoslawische Schokolade?«

Für eine Tafel Schokolade und eine Schachtel Pralinen bekam er Lammpaprikasch mit Sauerkraut und einen halben Korb voll Speck, hartgekochter Eier und Wurst. Inzwischen stand der Bahnhofsvorsteher schon neben der Lokomotive und dem einsamen jugoslawischen Schlafwaggon.

»Fahrt langsam«, warnte er. »Ihr dürft euch nicht nur auf die Signale verlassen, sondern auf eigene Beobachtung.« Er bekomme jede halbe Stunde widersprüchliche Anweisungen. Erst hieß es, die Strecke sei ausschließlich für militärische Transporte reserviert. Dann, er solle machen, was er wolle. Endlich, um keinen Preis dürfe er militärische Transporte, am allerwenigsten sowjetische, durchlassen.

»Aber eines sage ich Ihnen, wenn die Russen mit einem Panzerzug kommen, habe ich nicht die Absicht, den Heldentod zu sterben. Dann gehe ich nach Hause. Ich habe den letzten Krieg nicht überlebt, um jetzt idiotisch umzukommen!«

Durch den sonnigen Herbsttag fuhren sie vorsichtig, fast sich vorantastend, als gehe es durch dichten Nebel. Boba packte seinen Korb aus. Jetzt konnte er den Schaffner einladen. Sie fuhren durch Fülöp-Szalas, durch Pilis. Boba überlegte, ob er sich diese Namen aufschreiben sollte? Auf einem kleinen Bahnhof blieben sie stehen. Der Ort hieß Vécses. Auf dem Bahnsteig stand nur ein alter Eisenbahner und teilte ihnen mit:

»Weiter geht es nicht. Die Strecke ist vollgestopft.«

»Wie lange wird es dauern?«

»Wer weiß …«

Boba und der Schaffner gingen ins Dorf. Auch hier flatterten Fahnen von fast allen Dächern. Vor einem etwas größeren Haus standen zwei Polizisten mit geschultertem Gewehr. Boba stellte sich als Journalist vor und erfuhr, daß in Budapest Kämpfe ausgebrochen seien. Aber man wußte nicht genau, wer gegen wen war, wie die Fronten verliefen. Hier war es ruhig. Zumindest jetzt noch. Die beiden Jugoslawen beschlossen, in ihrem Waggon zu übernachten. Auf dem Himmel zogen Wolken auf, als hätte sie ein Drehbuchautor für die nächsten Szenen bestellt.

Sie aßen im Abteil, tranken Bier, das der Schaffner noch in Reserve hatte. Boba zog seinen blauen Schlafanzug an und machte es sich bequem. Erst glaubte er, es donnere. Dann begriff er, daß es Kanonenfeuer in der Ferne war. Als er am Morgen aufwachte, stellte er fest, daß es im Waggon kein Wasser mehr gab. Er wusch sich am Brunnen hinter dem Bahnhof. Dann fragte er einen Eisenbahner:

»Wie weit ist es von hier nach Budapest?«

»Bis zum Zentrum so an die fünfzehn Kilometer.«

»Dann könnte ich doch zu Fuß gehen …«

»Ja, schon, aber es könnte gefährlich werden. Es wird geschossen…«

Er bat um die Erlaubnis zu telefonieren und wählte die Nummer der jugoslawischen Botschaft. Es dauerte lange, bis die Verbindung hergestellt war.

»Ich bin Korrespondent der Zeitung *Mladost* aus Belgrad und bin gekommen, über die Ereignisse zu berichten …«

»Na, Sie haben uns gerade noch gefehlt.«

»Ich befinde mich am Bahnhof Vécses. Könnten Sie mir einen Wagen schicken?«

»Sind Sie verrückt? In einer solchen Situation! Nein. Aber begeben sie sich nach Kecskemét.«

»Und wie?«

»Das ist Ihr Problem. Dort sind mehrere jugoslawische

Journalisten. Schließen Sie sich denen an. Für uns ist es einfacher, wenn ihr zusammen seid. Klar?«

»Und wie ist die Situation im Stadtzentrum?« Boba hatte Angst, der Aufstand könnte zu Ende gehen, während er in der Provinz herumfuhr und mit einem Schlafwagenschaffner aß und trank.

»Der Teufel ist los! Man schießt, mordet. Genug! Wir haben viel zu tun.«

Der Schaffner sagte, er gebe auf. Er war verantwortlich für den Waggon. Die Russen könnten auf die Idee kommen, ihn zu requirieren. Oder irgendwelche wilde Horden. Die Lokomotive würde ihn zurückziehen.

»Über Kecskemét?«

»Das ist der einzige Weg.«

»Dann komme ich mit.«

Wieder kamen sie durch Czegléd. Durch die Lautsprecheranlage wurde zu einer Kundgebung aufgerufen. Eine pathetische Stimme rief immer wieder:

»Wir alle unterstützen unsere heldenhaften Jugend, die in Budapest ihr Blut für die Freiheit vergießt!«

Auf dem Bahnsteig standen Eisenbahner mit rot-weiß-grünen Armbinden, einige von ihnen hatten rote Nelken angesteckt. Es wirkte eher wie ein Karneval oder eine Feier am ersten Mai. Aber dann marschierten ernste Soldaten mit Stahlhelmen auf, das Bajonett auf dem Gewehr. Eine neue, aber genauso blecherne Stimme, wie man sie von Ansagen auf allen Bahnhöfen und Flugplätzen auf der Welt kennt, flehte:

»Ungarische Soldaten! Eure ruhmreiche Aufgabe ist es, Volk und Vaterland zu verteidigen, nicht die Russen und ihre Knechte! Schließt euch uns an!«

Die unbewaffneten Eisenbahner rührten sich nicht. Die Soldaten machten noch einige Schritte, ihre Stiefel klopften auf dem Asphalt. Ihr Unteroffizier befahl endlich:

»Halt!«

Der Stationsvorsteher mit der roten Kappe gab eilig das

Zeichen mit der Kelle. Die Lokomotive mit dem Schlafwagen zog an.

Dann rannte ein Mann in blauer Uniform mit einer Pistole in der Hand aus dem Gebäude heraus. Boba hatte nicht genau gesehen, was inzwischen auf dem Bahnsteig geschehen war. Anscheinend stellten sich die Soldaten auf die Seite der Eisenbahner. Hatte der Unteroffizier, der die Soldaten anführte, den Mann in blauer Uniform bedroht? Er schoß, und der Unteroffizier fiel um. Dann knatterte Gewehrfeuer. Einige Soldaten beugten sich über den Körper ihres Kameraden. Der Mann in Blau rannte dem fahrenden, kurzen Zug nach. Schüsse peitschten in seine Richtung. Sie fuhren immer schneller, aber mit großer Mühe erreichte er ihren Waggon und kletterte hinauf. Der Schaffner versuchte zu protestieren.

»Das ist ein jugoslawischer Wagen, wir sind sozusagen exterritorial, Sie haben kein Recht ...«

Der Uniformierte stand keuchend mit der Pistole in der Hand im Gang. Dann steckte er die Waffe in die Pistolenhalfter, nahm die Mütze mit Goldband und rotem Stern ab, wischte sich den Schweiß mit einem sauberen, weißen Taschentuch von der Stirn und sagte:

»Hier geht es nicht um Recht, sondern um mein Leben. Und wenn es sein muß, beabsichtige ich, es so teuer wie möglich zu verkaufen. Aber wenn Sie schon Jugoslawen sind, haben Sie zufällig einen Slivowitz für mich?«

Der Schaffner war beruhigt.

»Wenn das das einzige Problem ist, das kann gelöst werden. Kaffee gibt es auch. Nehmen Sie Platz.«

»Hauptmann Németh«, stellte sich der Blauuniformierte vor.

»Er ist von der AVH«, erklärte der Schaffner, der sich in Ungarn auskannte.

»Was ist das?« fragte Boba.

»Staatssicherheit«, erklärte der Schaffner mit einer gewissen Hochachtung. »Wie unsere UDBA.«

Die Lok mit ihrem einzigen Waggon ratterte durch den

ungarischen Herbst. In einem Abteil, das der Schaffner mit einigen Handgriffen in ein Coupé zum Sitzen verwandelt hatte, hörten sie sich den Bericht des Hauptmanns an. In Czegléd hatte sich zuerst die Jugend versammelt, dann waren viele Fahnen gebracht worden. Die Polizei hatte keine Ahnung, woher sie aufgetaucht waren. Aus Budapest kamen keine klaren Anweisungen. Erst hieß es: Alarmbereitschaft. Dann: auf keinen Fall intervenieren und provozieren. Endlich kam ein Befehl, die Ordnung, wenn nötig mit Gewalt, wiederherzustellen. Aber die Straßen waren inzwischen schon vom Feind besetzt.

»Vom Feind oder vom Volk?« fragte Boba.

»Kann ich, bitte, noch einen Slivowitz haben?« Der Hauptmann des Geheimdienstes dachte nach. »Ich weiß es nicht. Ich weiß nichts mehr. Alle sind gegen uns. Wenn sie das Volk sind, was sind dann wir gewesen?«

»Und die Russen?« wollte Boba wissen.

»Die Russen!« Der Hauptmann schüttete den Schnaps in die Kehle. »Alle glauben, wir handeln auf Anweisung der Russen. Aber jetzt, da es ernst geworden ist, wollen die mit uns nicht einmal reden. Nicht einmal einen Rat geben, geschweige denn gemeinsam mit uns vorgehen. Wir haben gesehen, wie ihre Panzer am dreiundzwanzigsten zu Mittag Richtung Budapest abfuhren, aber uns haben sie kein Wort gesagt. Sie geben uns keine Erklärung. Auf die direkte Frage, was wir tun sollen, sagten sie uns: Haltet euch an die Weisungen aus Budapest. Aber die waren widersprüchlich. Als sich die Menschen vor dem Rathaus versammelten, bat ich die Russen um Hilfe. Sie sagten, sie hätten keine entsprechenden Befehle …«

Die beiden Jugoslawen schwiegen. Dann setzte ihr Gast fort:

»Wissen Sie, daß Gerö abgelöst worden ist? János Kádár ist jetzt der erste Sekretär!«

Er sagte es so bedeutsam, daß Boba fragte:

»Und wie kommentieren Sie das?«

»Ich verstehe nichts mehr … Hören Sie, vor einigen Jahren war ich als Leutnant in Budapest. Kommandeur einer Schicht von Gefängniswärtern. Untersuchungen habe ich nicht durchgeführt, ich war noch zu jung … Kádár war damals bei uns. Kádár! Verstehen Sie das? Für mich war er ein Häftling, ein Verräter, ein Mann Rajks. Das einzige, was ich damals nicht begriff, war, warum man ihn nicht schon verurteilt und hingerichtet hatte. Details wußte ich nicht. Für ihn sorgten höhere Chargen, Oberste, Genosse Farkas persönlich, was weiß ich … Ich war nur für das Einhalten der Gefängnisordnung zuständig. Jetzt sind Farkas und sein Sohn selber im Gefängnis und Kádár ist der erste Sekretär meiner Partei. Und wenn er jetzt beginnt, sich zu rächen?«

»Wer? Kádár?«

»Natürlich. Wenn er fragt, wer hat mich bewacht, wer hat mich gefoltert? Wer hat mich festgehalten, als man mir in den Mund gepißt hat?«

Boba betrachtete beunruhigt die Pistole im Halfter. Der Hauptmann zitterte. Kádár habe eine Rede im Radio gehalten, fuhr er fort. Charakteristisch für die Situation sei, hatte er gesagt, daß sich verschiedene Elemente vermischt hätten.

»Besten Dank, das sehe ich selber! Er behauptet, daß ein Teil der Jugend, der größte Teil, mit friedlichen Absichten demonstriert hat, aber nach einigen Stunden hätten sich konterrevolutionäre Elemente eingemischt und einen bewaffneten Angriff auf die Errungenschaften des Sozialismus begonnen. Sagen Sie mir nur, wie können einige wenige Konterrevolutionäre eine friedliche Massendemonstration in einen Aufstand verwandeln?«

»Das sollten nicht Sie uns fragen, Genosse Hauptmann!« antwortete der Schaffner ernst. »Wir sind hier Fremde. Sie sind ein Sicherheitsorgan dieses Landes. Sie müssen antworten.«

»Und das werde ich auch. Das ist alles Quatsch. Friedliche Demonstrationen gibt es nicht. Friedliche Bürger sitzen zu Hause und machen keine Unordnung. So wird alles zum

Teufel gehen. Bei uns regieren jetzt nur Schwächlinge. Und in der Sowjetunion auch. Als Genosse Stalin am Leben war, konnte so etwas nirgendwo auf der Welt geschehen!«

Sie schwiegen eine Weile. Der Offizier bemerkte Bobas besorgten Blick.

»Haben Sie Angst vor mir?«

»Nicht so sehr vor Ihnen persönlich als vor Ihrer Waffe.«

»So?« Mit einer hysterischen Geste schnallte der Polizeioffizier seinen Gürtel ab und warf ihn samt Halfter und Pistole zum Fenster hinaus. Dann zog er die Jacke aus und begann etwas ruhiger die Schulterstücke und die goldenen Knöpfe loszutrennen. Am Ende schleuderte er seine Offiziersmütze auch aufs Kukuruzfeld.

»So sieht man wenigstens nicht gleich, was ich war. In Kecskemét habe ich Verwandte, vielleicht kann ich für eine Weile untertauchen. Meine Frau und die Kinder sind in Budapest. Dort weiß man natürlich, wer ich bin. Hoffentlich läßt man sie in Ruhe.«

Er bekam noch ein Gläschen Schnaps, und da seine Gastgeber schwiegen, setzte er nachdenklich fort.

»Wenn Sie ein Land sehen wollen, das auseinanderfällt, als sei es ein Kartenhaus, dann machen Sie die Augen auf. Nagy als Ministerpräsident hat Standgerichte eingeführt und gleichzeitig eine Amnestie verkündet. Das ist doch ein Widerspruch! Die Zeitungen schreiben heute morgen begeistert vom neuen ersten Sekretär Kádár und vom Ministerpräsidenten Nagy, aber ich habe keine Weisungen bekommen. Wenn ich sie richtig verstehe, kann ich mich nur selbst umbringen, denn der Staat ist im Begriff, Selbstmord zu verüben.«

»Sie haben auf dem Bahnhof diesen Soldaten erschossen!« erinnerte sich Boba.

»Ja. Mag sein. Ich habe den Kopf verloren. Sonst hätten die wahrscheinlich mich erschossen. Das wäre sogar besser gewesen.« Jetzt nahm er die Slivowitzflasche und trank daraus.

»Sie sollten einen klaren Kopf behalten, Hauptmann. Sie werden ihn noch brauchen.«

»Wozu? Schauen Sie sich das an.«

Er fuchtelte mit einer Zeitung herum. Boba nahm sie ihm ab. Es war die *Népujság,* die »Volkszeitung« aus Kecskemét. Da stand etwas über das »wertvolle, ungarische Blut«, das nicht weiter vergossen werden dürfe, aber was meinte der Geheimdienstler? Er zeigte aufgeregt mit dem Zeigefinger auf eine Annonce:

»GÄNSELEBER

Die landwirtschaftliche Genossenschaft kauft Gänseleber I. Klasse für 120 Forint das Kilogramm auf. Jetzt zahlt es sich wieder aus, Gänse zu stopfen, allein für die Leber bekommen Sie mehr als 50% des Wertes der ganzen Gans.«

»Na und?«

»Das Leben geht weiter!« kreischte der Hauptmann. »Uns wird man umbringen, vielleicht erwischen sie in Budapest meine Familie, und die kümmern sich um Gänseleber! Das ist es, was Nagy will, Gänse stopfen! Schnaps haben Sie keinen mehr?«

»Es tut mir leid, unsere Vorräte sind verbraucht«, sagte der Schaffner streng.

Boba las die Zeitung. Bis 22.00 Uhr sollten alle Waffen abgegeben werden. Als sei keine Polizeistunde verordnet, wurde die Operette »Gräfin Mariza« angekündigt, in den Kinos gab man »Mexikaner«, »Herr Professor Hannibal«, »Die Millionen-Pfundbanknote«, »Othello« und »Fräulein Szenderi«. Ein Schiffskapitän in Ruhestand wollte Deutsch und Französisch unterrichten und ein Bürger ein Motorrad, 250 Kubikzentimeter, gegen Schlafzimmermöbel eintauschen, Angebote an die Redaktion.

Ihr kurzer Zug verlangsamte seine Fahrt. Boba warf einen Blick aus dem Fenster. Sie fuhren in Kecskemét ein. Er holte seinen kleinen Koffer.

»Es wäre gescheiter, wenn Sie mit mir zurück nach Hause fahren würden …«, sagte ihm der Schaffner

»Nein. Ich bleibe hier. Gute Reise.«

Der Hauptmann betrachtete sie mißtrauisch:

»Mir ist überhaupt nicht klar, was Jugoslawen in diesem Durcheinander zu suchen haben. Wenn ich noch die Macht hätte, würde ich euch verhaften. So kann ich mich nur für den Slivowitz bedanken. Ich springe auf der anderen Seite ab. Adieu!«

Auf einmal wirkte er ganz nüchtern. Er war weg, noch bevor der Zug stehen blieb. Boba verabschiedete sich vom Schaffner. Als er zum Bahnhofsgebäude ging, war er ziemlich unsicher, er fühlte sich, als hätte er soeben seine Heimat verlassen. Dann fragte er einen Eisenbahner:

»Wissen Sie vielleicht zufällig, ob es hier in der Stadt jugoslawische Journalisten gibt?«

»Oh, doch. Die waren im Komitatspalast.« Das hatte sich also herumgesprochen. Die Anwesenheit von Jugoslawen schien den Leuten bemerkenswert.

»Du, Sanyi, fährst du zum Zentrum? Hier ist ein Jugoslawe, kannst du ihn mitnehmen?« rief der Eisenbahner dem Fahrer eines Lastwagens zu, der sofort bereitwillig nickte. Als sie an einem großen Platz vorbeifuhren, sah Boba einen Menschenauflauf.

»Was ist hier los?«

»Man reißt das Denkmal der Roten Armee ab. Sagen Sie, ist es wahr, daß heute durch Czegléd zweimal ein jugoslawischer Panzerzug gefahren ist und Offiziere der Geheimpolizei vor der Wut des Volkes gerettet hat?«

So entstehen Gerüchte. Ihr einzelner Schlafwagen war schon zum Panzerzug geworden, die Flucht des einen Hauptmanns mutierte zur Rettungsaktion für die verhaßten Polizisten. Boba war froh, als sie ankamen und er dem mißtrauischen Blick des Fahrers entkommen konnte.

Vor dem Komitatsgebäude, das an ähnliche in seiner Heimatstadt Zrenjanin oder in Subotica erinnerte, wurden vor einem Zeitungskiosk Bücher verbrannt. Er schaute hin, es waren politische Broschüren, Parteiliteratur, aber er bemerkte auch sowjetische Romane, zum Beispiel *Wie der Stahl gehärtet wurde*. Vor dem Haus gab es keine Wachposten, aber im Flur standen Männer in derselben blauen Uniform, die der Hauptmann angehabt hatte. Diese hier waren mit Maschinenpistolen bewaffnet, ordentlich rasiert, ruhig. Boba zeigte seinen Paß, und sie schickten ihn in den ersten Stock, wo die älteren Kollegen waren, die zusammen mit ihm in Belgrad das ungarische Visum bekommen hatten. Sie begrüßten ihn lachend. Es schien ihm, daß es ein wenig ironisch klang.

»Von uns hier bekommst du erst einmal einen Tee«, sagte der älteste unter ihnen, Djuka Julius, der Korrespondent der Belgrader *Politika*.

Boba trat ans Fenster. Vom Dach des Hauses gegenüber wurde der große, fünfzackige rote Stern abmontiert.

»Was ist dort?«

»Das Offizierskasino.«

»Haben es die Aufständischen erobert?«

»Das glaube ich nicht«, sagte Djuka. »Auch vom Parteikomitee wurde der Stern auf Anweisung des Sekretärs entfernt. Weißt du, für die Ungarn ist der Stern mit der AVH verbunden, mit Rákosi und seinen Verbrechen. Und die Ungarn sind rachsüchtige Menschen ...«

Als die Abenddämmerung eintrat, standen sie noch immer am Fenster. Erst als die ersten Schüsse fielen, zogen sie sich ins Innere der Räume zurück. Es wurde bald still. Sie blieben trotzdem für alle Fälle im Dunkeln.

»So«, sagte Djuka. »Jetzt passiert nichts mehr, für heute Abend ist Schluß. Jeder kann es sich so bequem machen, wie es geht ...«

In der Toilette gab es wenigstens Wasser. Vlada von der *Borba* und Matyi von *Magyar Szó* legten sich auf die beiden Sofas. Boba rückte für sich zwei tiefe Sessel zusammen. Er war hungrig, aber dagegen konnte man wohl nichts machen. Sie waren allein im Parteikomitee, nur unten im Flur stand die Geheimpolizei Wache. Djuka fand keine Ruhe. Auf dem Schreibtisch im größten Zimmer befanden sich mehrere Telefone. Er versuchte es mit jedem einzelnen, aber die Leitungen blieben tot. Boba fror, er wickelte sich in einen kleinen Teppich ein. Der Staubgeruch störte ihn ein wenig. Djuka versuchte es immer von neuem, jetzt drehte er die Kurbel eines altmodischen Apparats und hatte endlich Erfolg.

»Hallo!« brüllte er siegreich. »Parteikomitee! Und dort? Die Grenzpolizei! Wunderbar! Ich bin jugoslawischer Journalist! Was haben Sie sich zu wundern, natürlich rufe ich mit Erlaubnis des Komitees auf dieser Leitung an. Ich habe da eine Bitte, Genosse!«

Boba begriff, daß Djuka eine direkte Verbindung mit der Grenze hergestellt hatte.

»Ja. Es ist eine außerordentliche Situation … Nein. Hier ist alles still. Und bei Ihnen? Gut! Also passen Sie auf. Sie können etwas Wichtiges für die gute Sache tun! Bitte, rufen Sie einen jugoslawischen Grenzpolizisten zu sich herüber … Natürlich weiß ich, daß Sie das nicht dürfen, aber ich kann hier keine andere Verbindung mit dem Ausland bekommen. Sagen Sie ihm, bitte, er soll zu Ihnen herüberkommen. Bitte! Freilich … Na, vielleicht traut sich keiner, wenn sie glauben, daß ihnen eine Falle gestellt werden soll, aber Sie kennen einander doch …«

So ging das zehn Minuten. Dann sagte Djuka:

»Ich danke Ihnen. Ja. Ich warte.«

Er erklärte Boba:

»Der Mann aus Röszke ist einen der Unsrigen aus Horgos holen gegangen …«

Endlich war wieder jemand in der Leitung.

»Wunderbar!« Djuka diktierte jetzt eine Nummer auf serbisch. »Rufen Sie von drüben diese Nummer an, das ist der Diensthabende der *Politika*, sagen Sie ihm, bitte, er soll mit dem schnellsten Wagen, den er auftreiben kann, einen Stenographen an die Grenze schicken. Ja. Und den bringen Sie zu Ihrem Kollegen nach Röszke zu diesem Telefon herüber. Was? Nein, es darf überhaupt nicht wichtig sein, ob der Stenograph einen Paß und ein Visum hat, Sie bleiben ja neben ihm und garantieren, daß er zurückgeht. So. Bitte, beeilen

Sie sich und sagen Sie denen in Belgrad noch, sie sollen drei Spalten für mich freihalten …«

Boba schlief ein. Das Telefon weckte ihn. Sein Rücken schmerzte, weil er unbequem gelegen war.

»Da bist du ja!« rief Djuka triumphierend. »Na, dann ist ja alles bestens gelungen. Und was ich dir jetzt durchgebe, diktierst du dann gleich weiter nach Belgrad, braver Junge! Nicht erst nach Hause fahren, dafür ist keine Zeit mehr. Kann ich anfangen? Na wunderbar, dann schreibe …«

Erst erzählte er, wie er die Verbindung dank zweier Grenzpolizisten hergestellt hatte, wo er sich befand. Dann flocht er in seinen Bericht vieles von dem ein, was Boba über das Gespräch mit dem Hauptmann der Geheimpolizei gesagt hatte. Und Boba begriff, daß er das Selbsterlebte nicht mehr für seine Wochenzeitung benützen würde können, der ältere Kollege von der Tageszeitung hatte es als Eigenes ausgegeben. Gestohlen? Jedenfalls war er der Schnellere gewesen. Boba hatte etwas gelernt: Die interessantesten Nachrichten verheimlicht man vor Kollegen lieber.

Teures ungarisches Blut

Die Tageszeitung *Népujság* in Kecskemét veröffentlichte am 26. Oktober 1956 statt eines Leitartikels eine Erklärung der Partei der Stadt und des Komitats:

»Das Exekutivkomitee des Komitats Bács und Kiskun hat auf seiner Sitzung am 25. Oktober die politische Situation behandelt und beschlossen, sich mit folgender Erklärung an die Bevölkerung des Komitats zu wenden:

Die Jugend von Budapest, angeführt von Studenten, hat am 23. Oktober ein großes Demonstrationsmeeting im Interesse fortschrittlicher und edler Ziele und mit annehmbaren und guten Forderungen organisiert. Sie wollte diesen Tag als bedeutsame Station auf dem Wege unserer demokratischen Entwicklung und als ruhmreiches Kapitel in der Geschichte unseres Volkes begehen. Unter der Maske der Demonstration kam es jedoch zur Explosion eines bewaffneten Aufstandes, eine feindliche Gruppe, klein an der Zahl, organisierte eine Provokation, so daß unter der Führung des Zentralkomitees unserer Partei die Regierung der Volksrepublik gezwungen war, auf den bewaffneten Angriff mit Waffen zu antworten.

Im Laufe der Nacht begannen sich zahlreiche Fehler der Vergangenheit zu rächen, so daß sich einzelne Personen, die bis zum heutigen Tag keine zufriedenstellenden Antworten auf ihre berechtigten Forderungen erhalten hatten, den bewaffneten Angreifern anschlossen. Von diesem Augenblick an war es schon notwendig, alle zur Verfügung stehenden Kräfte zu gebrauchen, um die Zukunft unseres Volkes, das Schicksal unseres Vaterlandes und den sozialistischen Aufbau zu verteidigen. Obwohl sich die Situation in der Zwischenzeit teilweise geordnet hat, dauern die Kämpfe noch an.

Es erfüllt uns mit Schmerz, daß im Rahmen der sinnlosen

Kämpfe teures ungarisches Blut vergossen wird und daß als Opfer viele unschuldige Menschen, unsere ungarischen Brüder und Schwestern, gefallen sind.

Das Komitatskomitee hat mit Befriedigung erfahren, daß Imre Nagy die Führung der Regierung unserer Republik übernommen und daß das Zentralkomitee János Kádár zum ersten Sekretär unserer Partei gewählt hat. Gleichzeitig sind wir der Meinung, daß diese tragischen Kämpfe und das Vergießen des Blutes unschuldiger Menschen hätten vermieden werden können, wenn die zentrale Führung mit solchen personellen Veränderungen schon früher ihre Unentschlossenheit beendet und wenn sie schon früher tatkräftig reagiert hätte, vor allem die Interessen des Volkes und seine Wünsche vor Augen.

Vollkommen einstimmig drückt unser Exekutivkomitee der Partei dem Genossen János Kádár, dem ersten Sekretär, und dem Genossen Imre Nagy, dem Präsidenten unserer neuen Regierung, das Vertrauen aus. Wir versichern ihnen, daß wir sie verstehen, und versprechen ihnen Hilfe in diesem schweren Augenblick, in dem sie die Verantwortung für die Führung unseres Volkes im Interesse seiner Zukunft übernommen haben. Wir glauben, daß sie die Fundamente für den Weg legen werden, der in eine bessere, sozialistische Zukunft unseres Volkes auf der Grundlage seiner besten nationalen Traditionen zwecks des Aufbaues des Sozialismus in Ungarn führt.

Das Exekutivkomitee des Komitats unserer Partei drückt allen Arbeitern der Stadt Kecskemét und des Komitats Bács-Kiskun seine große Dankbarkeit aus, die den Frieden vollkommen bewahrt und mit doppelter Kraft ihre Arbeit fortgesetzt haben, die nach Budapest Brot geschickt haben und auch weiterhin schicken, die kaltblütig jeden Versuch, die Ordnung und den Frieden zu verletzen, zurückgewiesen haben. Wir bedanken uns bei der Intelligenz, vor allem bei den Pädagogen, die in diesem schweren Augenblick alles getan haben, um gemeinsam mit der Jugend den Frieden zu be-

wahren und zu helfen, die Ordnung aufrechtzuerhalten. Und nicht zuletzt drücken wir unseren Dank der werktätigen Bauernschaft aus, die in dieser schweren Stunde in weiser Nüchternheit fortgesetzt hat, sich mit den herbstlichen landwirtschaftlichen Arbeiten zu beschäftigen, auf diese Art und Weise unser Brot für morgen sichernd.

Die neue Führung unserer Partei und das Programm der Reformen, das Genosse Imre Nagy ausgearbeitet hat, werden die Einigkeit des breitesten Kreises der patriotischen, nationalen Kräfte sichern. Es erfüllt uns mit Beruhigung, daß sie bestrebt sind, die Frage der ungarisch-sowjetischen Beziehungen auf der Grundlage der Gleichberechtigung und des Internationalismus zu lösen, worunter ebenfalls der Rückzug der sowjetischen militärischen Einheiten aus unserem Vaterland verstanden wird, wodurch die Ordnung und der Frieden wiederhergestellt werden. Auf diese Art und Weise werden sich die Beziehungen zwischen dem ungarischen und dem sowjetischen Volk aufrichtig freundschaftlich gestalten.

Wir rufen die Bevölkerung unseres Komitats auf, auch weiterhin besonnen zu sein, denn in diesen schicksalhaften Stunden sind der Friede und eine stete Produktion die sicherste Garantie für die ungarische Zukunft. Die Produktion darf für keinen einzigen Augenblick ruhen. Nur auf diese Art und Weise können wir die schöpferische Kraft unseres Volkes, den Staat unserer Arbeiter beschützen. Nur so können wir auf einem gesunden Weg fortschreiten, auf dem Weg der sozialistischen Demokratie.«

Die ersten Exemplare mit dieser optimistischen Erklärung der örtlichen Behörden konnten nicht einmal bis zum Gebäude des Parteikomitees gebracht werden. Die Bauern gingen zwar wie zu allen Zeiten, ohne Begriffe wie »weise Nüchternheit« zu bedenken, auf das Feld, aber in der Stadt war keine Rede von Frieden und schon gar nicht von einer »vollen Produktion« in den Betrieben. Im Gegenteil. Aus dem Gymnasium wurde auf alle Fußgänger auf dem Hauptplatz der Stadt geschossen. In Kecskemét tobten Straßenkämpfe. Das Komitee des Komitats hatte mit seinem Text nur seine komplette Ohnmacht und seine Unfähigkeit bewiesen, die Lage zu beurteilen.

In den meisten anderen Städten und Komitaten Ungarns war es noch schlimmer.

Ein Kuß auf einem Panzer

Den Kampf auf dem Hauptplatz von Kecskemét konnten sie wie eine Opernaufführung aus der Loge beobachten. Vor dem Komitatsgebäude war eine kleine Grünfläche, Blumenbeete, alte Bäume, das Laub in den traurigen, schönen Farben des Herbstes. Gegenüber das alte Gymnasium im Gelb der Donaumonarchie, wie überall zwischen nördlicher Adria und Galizien. Die seltenen Passanten mieden den kleinen Park, aber wenn jemand versuchte, ihn zu überqueren, fiel sofort ein Schuß. Die Reaktionen der überraschten Fußgänger waren unterschiedlich und meist komisch. Die einen warfen sich sofort auf das Pflaster und krochen bäuchlings zurück. Andere verstanden nicht, daß sie im Visier sein konnten, und wendeten erst neugierig den Kopf, bevor sie doch wegrannten. Getroffen wurde niemand. Die in der Schule versteckten Schützen waren entweder ungeschickt, oder sie wollten den Leuten nur Angst machen.

Außer den Polizisten im Erdgeschoß und den vier jugoslawischen Journalisten war noch immer niemand da. Nachdem er seinen Bericht erfolgreich losgeworden war, begann der immer unruhige Djuka, die Räume zu durchsuchen. In der Teeküche fand er Zucker und brühte ihn zu einem Scherbett, einem heißen, süßen Getränk auf.

»Guten Morgen!« Ein Oberleutnant der Staatssicherheit betrat den Raum. »Frühstück habe ich leider nicht einmal für meine Posten unten bekommen, sonst würde ich gerne auch Ihnen etwas anbieten. Man beschießt die Zugänge zu uns ...«

»Und was haben Sie vor?« fragte Vlada von der *Borba*.

»Wir werden etwas versuchen müssen. Im Frieden waren wir besser bezahlt, damit wir etwas wagen, wenn es einmal unsicher wird. Also sollten wir tapfer sein, aber ...«

»Aber?«

»Ich wüßte nur zu gerne, daß ich auf der richtigen Seite gefallen bin. Aber das ist mein Problem.«

Später sahen die Journalisten, wie der Oberleutnant seine Männer auf den Platz führte und sie hinter den Bäumen Stellung beziehen ließ. Sie schossen zurück. Sonnenstrahlen fielen auf das Gymnasium, die Fensterscheiben glänzten. Wenn eine getroffen wurde, konnten sie von ihren Logenplätzen aus zwar das Splittern des Glases nicht hören, aber der Reflex des Sonnenlichts verschwand plötzlich.

Die Polizisten bekamen zwei schwere Maschinengewehre als Verstärkung. Boba, der vor kurzem seinen Militärdienst geleistet und eine Ausbildung zum Reserveoffizier absolviert hatte, erinnerte sich an die entsprechende Übung: *Straßenkampf, Infanteriezug im Angriff*. Viel war nicht zu sehen. Manchmal etwas Staub, wenn eine aus der Schule gefeuerte Kugel auf einem der sandigen Pfade einschlug.

»Entweder sind sie sehr geschickt verteilt und sparen ihre Munition«, sagte Djuka, der im Krieg bei den Partisanen gewesen war. »Oder es sind nur wenige, die von einem Fenster zum anderen rennen.«

Die schweren Maschinengewehre verletzten die Fassade, Mörtel blätterte ab. Der Gefechtslärm war stark, bewirkte aber nicht viel.

»Sie paralysieren das Leben in der Stadt, um zu beweisen, daß es mit dem bisher herrschenden Regime zu Ende geht.«

Erst gegen Mittag rollten zwei sowjetische Panzer heran und nahmen mitten im Gras zwischen den Bäumen Stellung, die Kanonenrohre richteten sich drohend auf. Dann blitzte es, und neben einem Fenster war plötzlich ein rauchendes Loch in der Wand. Sofort danach ein zweites. Die Raupenketten zermalmten die letzten Herbstblumen im Park. Um auf die höher gelegenen Etagen schießen zu können und einen besseren Winkel zu bekommen, rollte ein Panzer etwas zurück und stürzte dabei eine Akazie um. Systematisch, als sei es tatsächlich nur eine Übung, zerstörten die beiden Panzer das Gymnasium, aus dem niemand mehr schoß. Plötzlich hörte das Feuer auf, und die Russen stürmten die Schule. Nach einigen Minuten führten die Soldaten zwei junge Burschen aus dem Tor, der eine war blond, der andere hatte dunkle Haare und war dicklich.

»Es waren nur zwei Kinder«, kommentierte Djuka. »Aber zwei Stunden lang haben ein Zug der Staatssicherheit und ein Zug der Roten Armee mit zwei Panzern durch die Gegend geballert, so daß die ganze Stadt glauben muß, es habe einen schweren Artilleriekampf gegeben.«

Dann kam ein Mann in einem Ledermantel und brachte zwei Brotlaibe, die noch warm waren, und Grammeln in einem Stanitzel.

»Ich bedaure, die jugoslawische Presse zu keinem Mittagessen einladen zu können, aber das Parteikomitee schickt fürs erste wenigstens dies. Die Russen haben die beiden Gymnasiasten, die aus der Schule gefeuert haben, uns überlassen. Wir könnten sie vor ein Standgericht stellen und öffentlich henken, aber es sind Kinder aus bekannten Familien. Und wenn wir sie heimlich erschießen, hat es keinen Effekt. Für Sentimentalität haben wir zwar keine Zeit, aber die Frage ist ohnehin: Was ist nützlich? Sie haben niemanden umgebracht, ja, nicht einmal verletzt. Am Ende werden wir sie wohl laufen lassen müssen …«

Er hatte den Aufruf des Komitees mitgebracht und fragte die jugoslawischen Journalisten nach ihrer Meinung.

»Wir haben nur zu berichten«, sagte Vlada. »Das sind Ihre inneren Angelegenheiten.«

»Nun«, meinte Boba vorlaut, »Sie reden da von Frieden, und während die Leute das lesen, dröhnt und knattert es von allen Seiten. Dadurch wird alles andere auch unglaubwürdig, und das scheint mir schlecht im Kontext des für Kádár und Nagy ausgedrückten Vertrauens …«

Der Parteifunktionär, der ihnen die Grammeln gebracht hatte, stellte sich als Károly Kiš vor und nickte traurig. Er hatte den Auftrag bekommen, sich nach Budapest durchzuschlagen und die Nachricht zu überbringen, daß man in der Provinz mit den verwirrenden Aufträgen nichts mehr anfangen könne.

»Heute morgen um halb acht kam die Nachricht, am 31. Oktober solle eine Sitzung des Zentralkomitees stattfinden. Um halb neun hieß es, sie werde verschoben, man könne sie erst in einigen Tagen einberufen. Um halb elf forderte das Politbüro alle Mitglieder des ZK auf, sofort zu kommen.«

Man habe überlegt, Waffen an Arbeiter zu verteilen, aber der Garnisonskommandant sei dagegen gewesen.

»Besteht Mißtrauen zwischen den Arbeitern und den Streitkräften?«

»Das auch, aber das Schlimmste ist, daß wir nicht wissen, wo was geschieht. Die Telefonverbindungen funktionieren nicht mehr. Wir sind auf Radio Budapest und leider auf den Sender ›Freies Europa‹ angewiesen.«

Gyurka lag auf einem Strohsack. Die ganze Nacht und den ganzen Tag hatte er Kisten mit Munition auf Lastwagen geladen. Neben ihm lag ein älterer Mann, den er Onkel András nennen durfte und der von der Revolution von 1848 erzählte. Gyurka hatte das in der Schule anders gelernt.

»Die Demonstration sollte am siebzehnten März stattfinden, das wäre ein Sonntag gewesen. Petöfi kam am vierzehnten aus der Provinz und erfuhr, sie sei verboten worden. Da es regnete, ging Petöfi mit einem Regenschirm bewaffnet erst zur juristischen, dann zur technischen Fakultät und setzte sich an die Spitze der Studenten. Dann ging er zur Druckerei Landauer und wollte sein Nationalgedicht und die Proklamation drucken lassen. Der Besitzer fragte nach der Genehmigung der Zensur. Petöfi wandte sich an die Arbeiter, erklärte die Maschinen für beschlagnahmt und ließ seine Texte drucken. Dann begab er sich ins Schloß, um mit den Behörden zu verhandeln. In sein Tagebuch notierte er: ›...den Herrschaften klapperten vor Angst die Zähne.‹ Die Menschen auf den Straßen waren lustig, Fahnen flatterten im

Wind, man trug rot-weiß-grüne Kokarden. So wie jetzt, Gyurka ...«

»Aber damals wurde nicht sofort geschossen?«

»Nein. Kossuth wollte nicht sofort alle Verbindungen mit Wien abbrechen, vor allem forderte er nicht die Freiheit für die anderen Völker in Österreich-Ungarn. Die Slowaken, Rumänen, Serben und Kroaten haßten deshalb die Ungarn nicht weniger als die Österreicher. Erst ein Jahr später, in Debrezin, proklamierte Kossuth die Abtrennung Ungarns vom Habsburgerreich, aber da standen schon die Armeen zweier Kaiserreiche gegen seine Truppen, der russische Zar kam dem jungen Kaiser Franz Joseph zu Hilfe. Petöfi verschwand als Adjutant des polnischen Generals Böhm nach der Schlacht von Segesvár. Man weiß nicht genau, wie er umgekommen ist. In Arad wurden nachher zwölf führende Generäle des Aufstandes gehenkt. Kossuth versuchte, vom Ausland aus den Kampf fortzusetzen, verhandelte mit allen möglichen potentiellen Verbündeten, sogar mit den Türken und den Amerikanern, er irrte in der ganzen Welt herum, aber nicht einmal der Ruhm der gefallenen ungarischen Helden konnte ihm helfen ...«

»Und wie ist das heute mit den Russen?« fragte Gyurka.

András überlegte. Als alten Gewerkschaftler hatte man ihn einmal zu einem Empfang eingeladen. Es gab verschiedene Vorspeisen, Kaviar und Lachs, Szarma, Hühnerpaprikasch, Braten, Torten, Cognac, Wodka, Wein, Krimsekt. Er beobachtete einen russischen General, der nach jedem Toast immer roter wurde. Er stützte sich auf einen eleganten, hübschen Leutnant, der auch für ihn dolmetschte. András bemerkte, daß der Leutnant zwar immer ein Glas hochhob, aber nicht daraus trank.

Es wurde gesungen. Russische Partisanenlieder auf ungarisch. András fand die Texte dumm. Er wollte den General fragen, warum man keine ungarischen Lieder sang, es gab doch so schöne, aber er konnte sich nicht bis zu ihm durchdrängen. Man sang schlecht. Ein Pfarrer kann seinen Beruf nicht ergreifen, wenn er kein gutes Gehör und eine leidliche Stimme hat. Wenn Parteifunktionäre singen müssen, sollte man sie auch nach diesem Kriterium auswählen und entsprechend schulen.

Endlich begann jemand ein altes Rebellenlied vom Knotenstock aus der Zeit Rákoczis. Einige Vorkriegskommunisten kannten es und fielen in den Gesang ein. Der General horchte verwundert auf, diese Melodie hatte er noch nie gehört. Dann stellte er sein Glas ab und rief:

»Zigeuner her!«

Als hätten sie nur auf diesen Befehl gewartet, rannten Zigeuner aus einem Nachbarzimmer in den Raum. Jetzt konnte der Mulatsag erst richtig beginnen. Ein Kellner im Frack sammelte die vollen Aschenbecher ein und brachte saubere. So haben früher die Aristokraten gefeiert, dachte András, aber die haben wenigstens aus eigener Tasche bezahlt. Aus eigener Tasche? Ihr Besitz war doch der Ausbeutung der Bauern und Arbeiter zu verdanken gewesen, oder? András hatte auch getrunken, er war nicht sicher, ganz klar denken zu können, fragte sich aber, wer bezahlt eigentlich für das, was wir hier essen und trinken? Der russische General war nicht mehr da. Vielleicht war er böse geworden, weil die Feier zu einem solchen Trinkgelage ausgeartet war, vielleicht war er schon so besoffen, daß ihn sein Leutnant diskret aus dem Verkehr ziehen mußte.

»Was die Rolle der Russen heute ist?« wiederholte András die Frage. »Sie haben die Kanonen, die Panzer und die Luftwaffe. Das ist ihre Rolle … Schlaf jetzt!«

Am Morgen sagte er Gyurka, er müsse bei seiner Mutter vorbeischauen, um sie zu beruhigen.

»Sie läßt mich sicher nicht mehr weg!« befürchtete der Junge.

»Darüber mußt du dich mit ihr einigen. Sie ist bestimmt schrecklich besorgt.«

Als sie die Donau über eine der vielen Brücken überqueren wollten, bemerkten sie eine Gruppe von Mädchen, die sich an den Händen hielten und den Weg versperrten. Von der anderen Seite her näherte sich ein russischer Panzer. Er bedrohte sie mit seinem Maschinengewehr, aber sie rührten sich nicht vom Fleck. Zehn Meter vor ihnen blieb das stählerne Ungeheuer stehen. Der Deckel auf der Kuppel öffnete sich, ein russischer Sergeant fuchtelte mit den Armen, brüllte etwas Unverständliches. Ein großes, mageres Mädchen im Regenmantel lief auf den Panzer zu, kletterte geschickt hinauf, nahm den Sergeanten an seinem Lederhelm und küßte ihn fest auf den Mund.

»So geht das nicht!« rief der Sergeant, nachdem er sich keuchend aus der Umarmung befreit hatte, in seinen Panzer hinunter. »Das sind doch keine Faschisten, das sind Weiber! Fahr zurück!«

»Wie, zum Teufel, auf einer Brücke im Rückwärtsgang? Ich kann doch nichts sehen!«

»Schön langsam. Ich gebe dir die Anweisungen.«

Zurück auf dem Platz vor der Brücke, ließ der Sergeant anhalten. Er mußte überlegen, wie er melden sollte, daß er den Befehl nicht ausgeführt hatte. In diesem Augenblick warf aus nächster Nähe jemand eine Handgranate auf den hinteren Teil des Panzers. Er ging sofort in Flammen auf. Die Besatzung verkohlte im Augenblick.

»Wir haben einen russischen Panzer vernichtet!« schrien die Leute. Auch die Mädchen am anderen Ufer.

Andere Panzer dagegen, die auf die Masse geschossen, die sie niedergefahren hatten, waren heil geblieben.

András begriff das. Gyurka sagte nichts. Zufällig hatten sie diesen Vorfall beobachtet, nun gingen sie durch ganz ruhige, friedliche Straßen. Vielleicht war es zu ruhig, wie an einem Sonntag sehr früh am Morgen. Sie sahen nur wenige Passanten. An einer Ecke hielt ein russischer Militärwagen. Ein Soldat sprang heraus und begann, Brot auszuladen. Er bot es allen Passanten an, aber niemand wollte es nehmen.

»Spricht hier jemand russisch?« rief eine ältere Frau.

»Ich!« meldete sich András.

»Sagen Sie ihm, bitte, wir wollen sein Brot nicht. Wir wollen nur, daß er nach Hause geht. Seine Mutter wird sich bestimmt auch freuen, wenn er wieder da ist.«

»Ich kann es ihm sagen, gute Frau, aber ich finde, Sie handeln nicht richtig. Das ist doch unser ungarisches Brot. Die Russen helfen nur, es zu verteilen ...«

Die Frau blieb hart:

»Sagen Sie ihm, aus seiner Hand wollen wir nichts!«

András übersetzte. Der Soldat war verwirrt. Er beriet sich mit dem Fahrer. Dann legten sie eine Decke auf das Pflaster und luden darauf das Brot aus. Erst als der russische Lastwagen hinter der Ecke verschwunden war, kamen die Frauen und holten sich das Brot.

In einem Haus war das Schaufenster eines Uhrmachers und Juweliers. Das Glas war zerbrochen, aber auf dem Plüsch lagen unversehrt einige Uhren und billiger Schmuck, Ohrringe, Ringe, Armbänder. Daneben ein Zettel mit der Aufschrift:

»Ungarische Kämpfer plündern nicht! Niemand rühre etwas an!«

Auf dem Gehsteig gegenüber ging ein ungarischer Major mit seiner Frau. Im Netz trug er einen Laib Brot und einen Karfiol. Das Rangabzeichen auf dem Schulterstück war in Ordnung, aber auf der Mütze hatte er eine Trikolore anstelle des roten Sterns.

»Was ist denn das für einer?« wunderte sich Gyurka.

»Das siehst du doch, ein Major.«

»Aber für wen ist der? Wenn er keinen roten Stern mehr tragen will, sollte er doch bei uns sein und kämpfen, er hat das gelernt. Und wenn er für die Russen ist, warum hat er dann den Stern abgerissen?«

»Er hat sich augenscheinlich für den Karfiol entschieden.«

Gyurka fand seine Mutter in der Küche, wie er sie vor einigen Tagen verlassen hatte. Sie schrie auf, umarmte ihn, am ganzen Körper zitternd. Der Junge wußte, jetzt würde sie nicht schimpfen.

»Die Zwiebeln habe ich auch mitgebracht, Mama. Bitte. Zwei Kilo. Nur das Kleingeld, das man mir herausgegeben hat, das habe ich nicht mehr ...«

»Wichtig ist nur, daß du lebst«, sie wischte sich die Augen. »Und der Herr ...?«

Der Junge nahm ein Küchenmesser und bohrte ein Loch durch den größten Zwiebelkopf.

»Mama, ich brauche ein Stück Zwirn!«

»Wozu?«

»Das wirst du gleich sehen.«

Er band sich die Zwiebel um den Hals.

»Das ist jetzt mein Talisman. Mutters Zwiebel bringt mich zurück nach Hause. Wollen Sie auch einen solchen Schutz, Onkel András?«

Der ältere Mann schmunzelte.

»Nein, danke. Ich verstehe nur nicht, warum du weinst, Kleiner?«

»Ich weine doch nicht!« empörte sich der Junge. »Die Tränen sind nur, weil ich die Zwiebel geschnitten habe. Wenn alles vorbei ist, kochst du mir mit diesen Zwiebeln ein Gulasch, Mama ...?«

»Gewiß. Hoffentlich gibt es dann auch Fleisch«, sagte die Mutter.

Das Radio brachte immer wieder Aufrufe von Imre Nagy, Appelle, das Blutvergießen einzustellen.

In Kecskemét herrschte jetzt vorübergehend Ruhe. Boba ging in eine Schule, er schrieb ja für eine Jugendzeitung. Die Schüler trugen rot-weiß-grüne Armbinden. Viele der Mädchen waren hübsch, vor allem aber sehr aufgeregt. Sie zeigten ihre Forderungen. Jeder schien Forderungen zu stellen. Boba wunderte am meisten, daß sie auch die Einführung des Religionsunterrichts forderten. Er hatte noch nie gehört, daß Schüler mehr lernen wollten, als verlangt wurde, er wäre an ihrer Stelle eher für die Streichung von Mathematik eingetreten.

Der Korrespondent der *Politika* war mit einem amerikanischen Ford der Redaktion gekommen, Matyi, der Redakteur von *Magyar Szó* mit einem Jeep. Mit dem ungarischen Genossen Kiš, der sie weiterhin betreute, beschlossen sie, für die Autos jugoslawische Fahnen nähen zu lassen, damit man sie von weitem erkennen könne.

»Ich würde aber nicht raten, daß sie den roten Stern auch benützen«, sagte Kiš.

»Wieso?« regte sich Boba auf. Er war der jüngste. »Der Stern ist Bestandteil unserer Staatsfahne. Und keiner der Aufständischen hat gesagt, er sei gegen den Sozialismus.«

»Meinst du? Vielleicht hat nur unser Radio das nicht gemeldet. Die Gefahr ist nicht auszuschließen, daß auf einen roten Stern sofort das Feuer eröffnet wird. Wollt ihr pragmatisch sein oder …«

»Oder?« fragte Djuka von der *Politika* streng zurück. Nach einer kurzen Pause fuhr er fort. »Sie wollten wohl fragen, pragmatisch oder prinzipientreu? Nun, Genosse Kiš, da wir miteinander aufrichtig umgehen, wollen wir natürlich sehr prinzipientreu sein, und das bedeutet, daß wir im Interesse der guten Sache pragmatisch sein müssen. Also keine roten Sterne! Die sind auch kompliziert zu nähen. Einfache Trikoloren, bitte, so wie die ihren, nur eben blau statt grün …«

Um sie von den harten Sofas und unbequemen Ledersesseln im Komitee zu erlösen, verteilte Kiš die Jugoslawen als Gäste auf verschiedene Genossen. Boba war schon so müde, daß er nicht mehr darauf achtete, mit wem er wohin ging. Erst als im Halbdunkel von irgendwoher Maschinengewehrfeuer ertönte und sein Führer zu laufen begann, rannte er selber im Zickzack los, wie er es in seiner Offiziersausbildung gelernt hatte.

Seine Gastgeber führten ihn in einen größeren Raum mit ovalem Eßtisch, der mit grüngemustertem Herendy-Porzellan gedeckt war. In den Tellern gab es nur eine dünne, rötliche Suppe. Aber Brot gab es genug.

»Sie müssen schon entschuldigen, wir haben nichts Besseres.«

Als Nachtisch gab es Kompott. Boba war dankbar und zufrieden, weil er nach einigen Tagen zum ersten Mal wieder etwas Warmes und mit Besteck gegessen hatte.

Später hörten sie Nachrichten im Radio.

»Wenn Gerö am dreiundzwanzigsten Oktober abgelöst worden wäre«, sagte der Hausherr, ein dicker Mann mit Schnurrbart, der Arbeiter gewesen war und sich zum hauptberuflichen Parteifunktionär emporgedient hatte, »hätte das ganze Land gefeiert, und alle wären zufrieden. Jetzt weichen wir nur Schritt für Schritt zurück, sitzen im Dunkeln, haben nichts zu essen, haben Angst. Statt daß alles gut wird, verwandelt sich die Situation in nationale Schande ...«

Boba sagte plötzlich in die Stille hinein:

»Ich stelle mir Petöfi vor. Achtundvierzig hat er irgendwo in Ungarn so eine Suppe gelöffelt. Radio gab es nicht, aber er hat Verse geschrieben, die das ganze Volk verstand und die wir immer noch zitieren.«

»Und danach haben ihn die Russen umgebracht«, die Hausfrau stand auf und trug die leeren Teller in die Küche.

»Früh um sechs kommt man Sie abholen«, meinte der Hausherr zu Boba. »Vielleicht sollten wir uns schlafen legen. Wie im Krieg. Jede Gelegenheit zum Schlafen, die sich einem bietet, muß man nützen!«

Man brachte ihn in ein schön eingerichtetes kleines Zimmer mit bereits aufgedecktem Bett.

»Es ist das Zimmer unserer Tochter«, sagte die Frau und sah plötzlich besorgt aus. »Sie studiert in Budapest. Es gibt keine Telefonverbindung, ich weiß nicht ... Gott gebe, daß sie gescheit genug ist und sich aus allem heraushält. Aber wenn sie ihrem Vater nachgerät, marschiert sie überall in den ersten Reihen mit ...«

Boba war glücklich, als man ihn in Ruhe ließ und er sich endlich wieder in einem richtigen Bett ausstrecken konnte. Kurz dachte er noch an Eva. Was sie wohl machte? Würde er sie in Budapest finden? Dann schlief er ein.

Im Nest der Rebellen

Der Ford fuhr voraus in Richtung Budapest. Neben dem Korrespondenten der *Politika* saß Kiš, der Parteifunktionär aus Kecskemét, Vlada von der *Borba* hinten. Ihnen nach folgte der Jeep, den Matyi, der Redakteur von *Magyar Szó*, fuhr. Boba hatte auf dem harten Sitz neben ihm Platz genommen. Der Frühnebel und ein leichter Herbstregen zwangen sie, langsam zu fahren. Die Dörfer wirkten gespenstisch, wie ausgestorben. Von Kirchtürmen, öffentlichen Gebäuden, aber auch von den Dächern fast aller Häuser hingen schlaffe, nasse, müde wirkende Fahnen.

Ziemlich lange waren sie allein auf der Straße, dann tauchte vor ihnen eine Kolonne mit militärischen Fahrzeugen auf. Auf dem hintersten war ein Vierlingmaschinengewehr montiert. Die Rohre, die erst gegen den Himmel gerichtet waren, wurden hinuntergekurbelt und bedrohten sie. Djuka verlangsamte die Fahrt, um die Distanz zu den Russen zu vergrößern.

Endlich kam eine lange gerade Strecke. Djuka gab das Blinkzeichen und setzte zum Überholen an. Der Jeep ihm nach. Man ließ sie gewähren. Mit Erleichterung konnten sie wieder achtzig Stundenkilometer fahren.

Bis Budapest war die Straße dann leer. Auf einem Feld, an dem sie vorbeifuhren, parkten viele Panzer. Am Straßenrand vor ihnen stand ein frierender, durchnäßter Posten mit geschultertem Gewehr.

Vor der Einfahrt in die Hauptstadt gab es eine Kontrolle durch blau uniformierte Sicherheitsbeamte. Kiš wies sich als erster aus. Sie durften weiterfahren.

Die Straße wirkte im grauen Licht des Herbsttages trüb. Boba dachte, so müsse eine Stadt aussehen, wenn alle ihre

Einwohner über Nacht an einer schrecklichen Krankheit gestorben sind. Hinter den toten Fenstern der Häuser schien sich nichts zu bewegen, meist waren Vorhänge vorgezogen oder Rolläden hinuntergelassen.

»Hoffentlich wissen die, wo sie hinwollen«, murmelte Matyi zu Boba. »Das ist nicht der kürzeste Weg ins Zentrum.«

Einige dumpf klingende Schüsse fielen. Dann ein dröhnender Schlag, das mußte eine Kanone gewesen sein. Der Ford bremste plötzlich, nur mit Mühe brachte auch Matyi seinen Jeep zum stehen. Sie waren von bewaffneten Leuten umringt.

»Aussteigen!« befahlen sie. »Hände hoch!«

Das ist kein Film, dachte Boba. Obwohl sie uns sagen, wir sollen die Hände hochheben, als spielten wir Räuber und Gendarm. Die Leute hatten Windjacken oder Regenmäntel an, Hüte oder Schirmmützen auf dem Kopf. Im Knopfloch rot-weiß-grüne Kokarden, wie Blumen. Komisch wirkte auf Boba ein etwa fünfzehnjähriger Junge, der eine Schnur um den Hals trug, an der als Schmuck eine Zwiebel befestigt war.

»Wir sind jugoslawische Journalisten!« verkündete Djuka laut. »Sie haben kein Recht, uns aufzuhalten. Die Rolle der internationalen Presse wird Ihnen wohl bekannt sein ...«

Die drei älteren Kollegen hatten neben ihren Reisepässen auch Presseausweise, Boba nur einen Paß. Die ungarischen Rebellen hatten keine Erfahrung mit der Überprüfung von Dokumenten, sie reichten sie einander und wirkten ein wenig verwirrt. Boba war klar, daß sich der Parteifunktionär Kiš wahrscheinlich in großer Gefahr befand. Wenn man seine wahre Identität feststellen würde, konnten auch sie selbst in den Verdacht geraten, daß sie ihn durchschmuggeln hatten wollen. Was ja tatsächlich der Fall war. Aber die Rebellen begnügten sich damit, daß sie einige Ausweise gesehen hatten und die Autos jugoslawische Kennzeichen trugen.

»Es ist schon gut, daß Ihr die Fahnen mithabt, sonst hätten wir vielleicht, ohne lange nachzudenken, das Feuer eröffnet. Aber ich begreife nicht, wie ihr zu uns durchgekommen seid!« sagte ein Mann im grünen Lodenmantel, der sich wie eine Art Führer benahm.

»Wieso?«

»Unser Straßenblock ist von russischen Panzereinheiten umzingelt. Sie sind wohl dank dem Nebel ganz zufällig durch die Gassen durchgelassen worden ...« Seine Stimme verfinsterte sich. »Falls es ein Zufall war!«

»Zufall oder nicht«, erklärte Djuka Julius von der *Politika* in bester Laune, »für uns ist es ein Glücksfall. Sie müssen uns ein Interview geben.«

»Auf welcher Seite stehen Sie?«

»Auf der Seite der Wahrheit.«

Der Mann dachte einen Augenblick nach.

»Wir könnten in unserem Stab einen Tee trinken.«

»Aber nur kurz. Wir sind in Eile.«

»Wie Sie wollen. Es ist aber ratsam abzuwarten, bis sich der Nebel auflöst. Sonst könnten Sie die Russen niedermähen – durch Zufall oder nicht«, äffte er Djuka nach. »Die feuern auf alles, was sich bewegt ...«

In der Nähe fiel ein Kanonenschuß, als wollte er diese Behauptung bestätigen.

Sie gingen an einem ausgebrannten russischen Panzer vorbei. Seine Maschinengewehre zielten auf den verhangenen Himmel. In der Luke saß schwarz wie Pech, aber noch immer aufrecht, die Leiche des Zielkanoniers. Auf dem Straßenpflaster lag eine andere Leiche. Auf ihrem Helm war der fünfzackige rote Stern fast unversehrt, aber Kopf und Schultern waren verkohlt, die Arme fast ganz verbrannt, der untere Teil des Körpers und die Beine in den Stiefeln wieder heil. Der Junge mit der Zwiebel um den Hals wandte sich an Boba, vielleicht, weil er der jüngste in der Gruppe war, und erklärte:

»Die haben wir mit einer Benzinflasche erledigt. Ganz einfach, du schleichst dich von hinten heran und wirfst sie auf die Luftritzen des Motors. Haben wir in der Schule gelernt, in der Wehrkunde.«

»Wie kannst du so reden? Das waren Menschen!«

»Ja, das schon. Aber was hatten sie in Ungarn zu suchen?«

Der Mann im Lodenmantel führte sie in eine Wohnung, sie nahmen um den Eßtisch Platz. Die Journalisten zückten ihre Notizbücher. Auch Kiš, um nicht aufzufallen. Boba hatte kein Papier mit. Er schämte sich. In seinen Krieg war er ohne Waffe gezogen.

»Was sind Ihre Forderungen?«

»Die Russen müssen unser Land verlassen. Die AVH muß die Waffen niederlegen. Danach wollen wir freie Wahlen unter Kontrolle der UNO. Ungarn will sein Schicksal selbst bestimmen. Eventuell kann man über eine Neutralitätsgarantie reden.«

»Wer sind Sie?«

»Das ist im Augenblick nicht wichtig. Wir hier sind revolutionäre Jugendliche und Studenten.«

»Sie selbst wirken nicht besonders jung.«

»Ich bin beauftragt, im Namen dieser wundervollen Jugend zu sprechen, die mich zum Kommandanten gewählt hat, nicht wahr?« Die drei jungen Männer, die mit Gewehren an der Wand standen, nickten stumm.

»Was halten Sie von der Regierung Nagy?«

»Wir sollten uns nicht täuschen. Nagy ist Kommunist. Er kann eine Übergangslösung sein, unter der Bedingung, daß er freie Wahlen ermöglicht. Ich persönlich wäre geneigt zu glauben, daß er ein ehrlicher Mensch ist und sich dem Volkswillen fügt, aber hat er die Kraft, sich durchzusetzen? Er redet mal dies, mal das …«

»Kann ich mich direkt an einen dieser jungen Herren wenden?« fragte Djuka und tat es, ohne eine Antwort abzuwarten. »Sie sind Student?«

»Ja.«

»Was studieren Sie?«

»Ungarische Sprache und Literatur.«

»Hervorragend. Was halten Sie vom Philosophen Georg Lukács, der bei Nagy Bildungsminister ist?«

»Lukács ist für uns unannehmbar!«

»Wieso?« wunderte sich der Journalist.

»Er war Stalinist. Er hat noch das letzte Werk Stalins, diesen lächerlichen Traktat über die Sprache, gelobt. Ist er nicht ein typisch jüdischer Denker?«

»Meine Aufgabe ist es, Ihre Meinung zu erfahren«, sagte Djuka leise. Er war selbst Jude und spürte die Zwischentöne in dem Gesagten schmerzlich. »Aber wenn Sie mich schon fragen, Lukács ist ein Mann von Weltrang, anerkannt sowohl im Osten als auch im Westen. Und soviel ich weiß, können Rákosi und er einander nicht leiden.«

»Glauben Sie, daß die Russen Budapest bombardieren werden?« fragte der Mann im Lodenmantel besorgt. Jetzt befragten die Rebellen die Journalisten. Waren Suslow und Mikojan in der Stadt? Die Jugoslawen wußten es nicht.

Ein Sonnenstrahl fiel durch das Fenster und beleuchtete die Tischgesellschaft, als habe man plötzlich starke Scheinwerfer eingeschaltet. Jetzt sah man, wie müde die Gesichter der Rebellen wirkten, dunkel, unrasiert. Und im selben Augenblick kam eine fröhliche, dicke Frau ins Zimmer. Sie brachte den Tee.

»Den habe ich mit Müh' und Not in der Nachbarschaft aufgetrieben. Und der Herr Doktor von drüben hat Ihnen eine Flasche Rum dazu geschickt.«

Wir haben es leicht, dachte Boba. Uns geht das alles ja nichts an. Wir stellen Fragen und beobachten. Djuka lehnte es ab, vom Lodenmantelmann Papiere entgegenzunehmen und an eine gewisse Adresse im Stadtzentrum weiterzuleiten.

»Wir müssen neutral bleiben. Die Übermittlung von Botschaften wäre eine Einmischung. Entschuldigen Sie, aber Sie würden es auch nicht gerne sehen, wenn wir uns als Kuriere für die andere Seite betätigen würden.«

»Das ist doch nicht dasselbe! Die Gerechtigkeit ist auf unserer Seite.«

»Mag sein. Aber unser Job ist die Berichterstattung.«

»Ich glaube, echte westliche Journalisten würden uns besser verstehen.«

»Das glauben Sie? Wie lange haben Sie im Westen gelebt?«

»Ich? Ich bin nie dort gewesen ...«

»Nun, ich habe mein halbes Leben lang aus New York, London und Berlin berichtet. Glauben Sie mir, kein seriöser Publizist würde sich anders benehmen, als wir es tun.«

»Gyurka!« rief der Mann. Der Junge mit der Zwiebel kam. »Ich möchte das Kind von hier wegschaffen. Können Sie wenigstens das für uns tun? Retten Sie den Jungen. Sonst sehe ich keinen Grund, warum wir Sie gehen lassen sollten ...«

Das war eine Drohung. Natürlich würde der Knabe die Botschaft mitnehmen.

»Gut«, sagte Djuka nach einer kleinen Pause. »Das Kind werden wir gerne mitnehmen.«

Alle standen auf. Boba fragte Djuka leise, warum er nachgegeben hatte.

»So etwas nenne ich einen Kompromiß«, erklärte er flüsternd. »Wir haben ja den Mann aus Kecskemét mit uns. Und nun auch einen von der anderen Seite. Damit ist das Gleichgewicht wieder hergestellt.«

Bei ihren Autos standen viele Menschen herum, auch Frauen und Kinder.

»Franzosen?« fragte ein Mädchen.

»Nein. Jugoslawen.«

»Jugoslawische Partisanen?«

»Nein!« wunderte sich Boba. »Wir sind Journalisten.«

»Und ich dachte schon, jugoslawische Partisanen kommen uns zur Hilfe!«

Djuka prüfte, wie die Fahne am Ford befestigt war.

»Es wäre nicht schlecht, wenn wir auch eine weiße Fahne schwenken würden. Haben Sie so etwas? Wo genau befinden sich die Russen?«

Ein Mädchen mit langen Zöpfen, die lustig unter einer Schirmmütze hervorbaumelten, führte sie durch enge Straßen. Sie wirkten wie Schluchten, weil sie von hohen Häusern gesäumt waren. Vor ihnen öffnete sich ein breiter, sonnenbeschienener Platz, von der anderen Seite begrenzt durch einen

Bahndamm, der die Straße, die in den Platz mündete, überbrückte. Boba zählte auf dem Platz mit einem Blumenrondell in der Mitte acht ausgebrannte Panzer, vor denen Leichen in russischen Uniformen lagen. Aus dem Rachen der Unterführung auf der anderen Seite drohte ein langes Kanonenrohr. Djuka seufzte auf:

»Ich sage euch, was ich für das Beste halte. Ich glaube, der Jeep sollte vorausfahren, weil er offen ist und die Russen sehen können, daß wir unbewaffnet sind. Jemand muß im Jeep die weiße Fahne schwenken. Der Ford fährt nach. Selbstverständlich bin ich gerne bereit, den Jeep zu fahren, Matyi, und ihr könnt mein Auto nehmen.«

»Ist nicht nötig. Jeder fährt seinen Wagen. Mit deinem Vorschlag bin ich einverstanden.«

Sie sprachen ungarisch miteinander, die Rebellen sollten sie verstehen, um keinen Verdacht zu schöpfen. Gyurka sagte:

»Ich könnte die weiße Fahne halten.«

»Gut. Man sieht ja, daß du noch ein Kind bist ...«

Die Frau, die den Tee gebracht hatte, kam jetzt mit einem weißen Laken, das auf einen Besenstiel gebunden war.

»Also schön langsam, Matyi«, Djuka hatte sich schon daran gewöhnt, Anweisungen zu geben. »Sei bereit, sofort zu bremsen, wenn sie es befehlen. Und wenn sie schießen, laß dich nicht verwirren. Wenn du nach dem ersten Schuß noch lebst, bedeutet das, daß sie absichtlich über unsere Köpfe hinweggeschossen haben, denn auf diesem Platz ein Auto zu treffen ist ein Kinderspiel. Wenn sie schießen, steigen wir mit erhobenen Händen aus. Fertig, los!«

Das Mädchen mit den Zöpfen winkte. Boba wunderte sich, daß er keine Angst hatte. Die ausgebrannten Panzer wirkten wie Kulissen, die Leichen wie Puppen. Langsam rumpelten sie über das Kopfsteinpflaster. Erst vor der Durchfahrt bemerkten sie einen russischen Soldaten in Deckung, der mit einer kleinen, roten Fahne, wie sie für Signale benützt wird, winkte und zeigte, wo sie stehenbleiben sollten. Ein anderer

Soldat, mit einer Maschinenpistole im Anschlag, bedeutete ihnen auszusteigen und brüllte nach hinten:

»Genosse Major! Zwei Wagen und sechs Zivilisten!«

»Bring sie zu mir.«

Sie marschierten durch die finstere Durchfahrt und kamen zu einem Kommandowagen, wo ein jung wirkender, breitschultriger Offizier seinem Soldaten befahl:

»Schultere die Waffe, Mann! Fuchtel' nicht so mit ihr herum. Vor wem fürchtest du dich?«

Boba atmete auf. Wer konnte sicher sein, daß so einem nervösen Russen, dessen bester Freund vielleicht tot auf diesem Platz lag, nicht der Finger am Abzug zittern würde?

»So, und jetzt, mit wem habe ich die Ehre?« Der russische Major wirkte wie ein gebildeter Mensch, sein Ton schien einigen Sarkasmus zu verraten.

Sie zeigten ihre Ausweise, Kiš holte jetzt das Dokument hervor, das ihnen bei der Einfahrt in Budapest geholfen hatte. Gyurka bemerkte es und schrie auf.

»Was ist das? Sie haben uns angelogen?«, aber niemand achtete auf ihn.

»Sie wollen zum Zentralkomitee?« brummte der Major. »Na schön, aber wie, zum Teufel, sind Sie zwischen die Banditen geraten? Und was ist das für ein Junge?«

»Den haben wir von dort mitgenommen, seine Mutter wartet auf ihn ...« sagte der Korrespondent der *Politika* korrekt. Wenn die Russen den Knaben durchsuchten, würden sie bei ihm bestimmt einen Bericht der Rebellen finden, was gar nicht angenehm wäre. Aber die Russen schrieben nur ihre Namen auf. Der Major bot ihnen Zigaretten an.

»Alles ist im Eimer«, sagte er leise, so daß ihn seine Soldaten nicht hören konnten. »Meine Männer werden umgebracht. Die dort drüben sind eine Bande, das ist mir klar. Wenn man mir einen entsprechenden Befehl geben würde, könnte ich sie in einer halben Stunde überrollen. Wir könnten auch die Luftwaffe einsetzen. Was haben die schon? Eine oder zwei Panzerabwehrkanonen. Das ist keine ernstzunehmende Feuerkraft. Sie sind nicht einmal richtig ausgebildet. Aber ich darf keine Häuser zerstören. Ich will Ihnen als Jugoslawen etwas sagen. Ich habe 1944 für die Befreiung Belgrads gekämpft und ich habe einmal auch schon dieses verfluchte Budapest eingenommen. In Belgrad habt ihr uns gefeiert, hier haßt man uns. Versteht Ihr das? Was habe ich hier zu suchen? Das Volk ist gegen uns! Soll ich auf das Volk schießen lassen? Können Sie mir darauf antworten?«

»Towarisch Major, ich bin fertig!« meldete der Sergeant, der schwitzend vor geistiger Anstrengung ihre Namen aus den Pässen in ein Notizbuch eingetragen hatte. Der Major beruhigte sich, eine Antwort erwartete er nicht.

»Gut. Sie können fahren.«

Jetzt fuhr wieder der Ford voraus. Die Sonne, die den großen Platz beleuchtet hatte, als wolle sie ihnen den heiklen Übergang von der einen auf die andere Seite erleichtern, verkroch sich wieder hinter Regenwolken.

Sie fuhren durch fast leere Straßen. Das Laub war nicht weggefegt. Das Gebäude des Zentralkomitees wurde von russischen Panzern bewacht, aber vor dem Eingang standen Matrosen der ungarischen Donauflotte, die interessiert die Fahnen auf ihren Autos betrachteten, während sie sich von Kiš verabschiedeten. Allerdings waren Fahnen nichts Merkwürdiges mehr, soeben fuhr ein großer, schwarzer Buick mit der amerikanischen vor.

Auf dem Zentralkomitee prangte ein riesiger roter Stern. Hier haben sie ihn nicht abmontiert, dachte Boba. Noch nicht?

Im eleganten, großen Hotel auf der Margaretheninsel wurde der junge jugoslawische Schriftsteller und Politiker Dobrica Ćosić von Kanonenfeuer geweckt. Schlaftrunken überlegte er, ob er sich in Gefahr befand. Er stand auf und notierte:

»Was ist Angst vor einer Schießerei? Ein Defekt des Reflexes, denn die Angst erwacht, wenn die Gefahr bereits vorbei ist. Sie kommt von der Unsicherheit unserer Reflexe, sie wird aus der Erwartung des nächsten Schusses geboren, denn die mit dem Geräusch, das man gehört hat, verbundene Gefahr, ist ja schon vergangen. Aber Angst hat man ausgerechnet zwischen zwei Schüssen, weil man instinktiv weiß, daß sich der Tod ausschließlich zwischen jenem Schuß, den man schon gehört hat, und jenem, den man nicht mehr hören wird, einstellen wird. Oder, nein, vielleicht gibt es diesen Defekt des Reflexes doch nicht. Und wenn sich das Schießen verdichtet, die Reflexe sich ordnen und ihre mechanische Bereitschaft wächst, erreicht das Bewußtsein die Geschwindigkeit des tödlichen Eisenstückes, und der Mensch beginnt zu denken und kann dann reagieren. So denke ich jetzt auch ... Es ist früh am Morgen, die Kanonade ist heftig. Es regnet, das ist ein klassischer, herbstlicher Kriegsregen. Budapest ist eingewickelt in dunkle, besessene Wolken. Budapest ist unglücklich und liegt in Ohnmacht. Die Donau ist schändlich nackt, sie ekelt sich, während Panzer einer hinter dem anderen über die Brücken hinwegrollen, als wären sie bloß auf einer Parade.«

Ćosić war Partisanenkämpfer der ersten Stunde. Er war zu einer internationalen Literatenveranstaltung nach Budapest gekommen. Aber statt sich akademisch mit der Theorie des sozialistischen Realismus auseinanderzusetzen, die er vor kurzem noch als Ideologe der serbischen Kommunistischen Partei verteidigt hatte und jetzt verachtete, war er in diese Geschichte hineingeraten. Ungarisch konnte er nicht, öffentlich russisch zu sprechen war nicht ratsam, er war von zufälligen Übersetzern abhängig. Irgendwie wollte er sich als Jugoslawe würdevoll verhalten, aber was forderte die Würde jetzt eigentlich von seinesgleichen? Er war verwirrt, unsicher, fürchtete sich, durfte das nicht zeigen und nannte deshalb seine Angst lieber einen Reflex.

Für Mut hielt er schon, daß er im Bett geschlafen hatte. Er wußte, so mancher hatte beschlossen, die Nacht lieber auf einer Matratze im Badezimmer, das keine große Fenster nach außen hatte, zu verbringen.

Er frühstückte am selben Tisch mit einem Kaufmann aus

der Schweiz, der ihn hartnäckig nach der Möglichkeit befragte, in Jugoslawien Gemüse en gros zu trocknen. Er sprach von Preisen, bot ein technisches Elaborat an, erklärte sich bereit, für eine größere Anlage Kredite zu beschaffen. Er benahm sich etwas hysterisch, wahrscheinlich, um seine Angst vor der Entwicklung in diesem ungarischen Nobelhotel und ringsherum in der Stadt zu verbergen. Ćosić, der eine Schule für Landwirtschaft absolviert, aber das meiste, was er dort gelernt, vergessen hatte, machte sich Notizen. Als Abgeordneter könnte er in seinem Wahlkreis im Herzen Serbiens vielleicht wirklich etwas für diesen aufgeregten Herrn aus der Schweiz finden, das wäre dann von doppeltem Nutzen.

Am Nachmittag konnte Ćosić wieder Gefechtslärm hören. Als erfahrener Kriegsteilnehmer unterschied er die Geschütze der Panzer und der Mörser, die jetzt auch aktiv waren.

Der regnerische Abend begann schon früh, das Tageslicht zu löschen. Nur Ausländer saßen in den Salons des Hotels. Keiner von ihnen hatte die relative Sicherheit hier im Haus verlassen wollen. Es war still geworden, möglicherweise hatten die Kämpfe aufgehört. Die Bürger aus westlichen Ländern bereiteten sich vor, am nächsten Morgen zu versuchen, nach Österreich zu gelangen.

Da keine offizielle Veranstaltung des Symposions, für das sie nach Budapest gekommen waren, stattfinden konnte, steckten die meisten aus dem Osten gekommenen Gäste ihre Köpfe zusammen und unterhielten sich auf russisch.

»Wird man in der Sowjetunion Trotzki, Bucharin, Sinowjew und Kamenew rehabilitieren?« fragte ein Pole und fügte hinzu: »Bei uns werden alle Kommunisten, die in den letzten Jahren verurteilt wurden, rehabilitiert.«

»Das ist euer Problem«, sagte der Russe.

Eine Rumänin, wahrscheinlich die schönste Frau im ganzen Hotel, die ein zauberhaftes Lachen und strahlend weiße, vielleicht etwas zu große Zähne auszeichneten, erklärte:

»Bei uns in Rumänien wurden solche Fehler wie in manchen anderen Volksdemokratien nie gemacht.«

Das war Ćosić, der sich sonst in Zurückhaltung übte, doch zu viel.

»So einen Blödsinn sollten Sie uns nicht einzureden versuchen!«

»Hören Sie, unser Genosse George Georghiu Dej ist ein sehr gescheiter Mensch und ein weiser Führer«, sagte die Rumänin. »Das, wofür Sie in Jugoslawien kämpfen, haben wir schon längst erreicht.«

»Das höre ich nun wirklich zum ersten Mal.«

»Wieviel Prozent des Bodens haben Sie bisher kollektiviert?« wollte ein Tscheche wissen. Die Rumänin war sich da nicht sicher, sie schätzte um die dreißig Prozent, und der Tscheche belehrte sie fröhlich: »Das genügt, um die Landwirtschaft zu ruinieren. Eine andere Frage: Wie viele Spione und imperialistische oder titoistische Agenten haben Sie in Rumänien gehenkt?«

»Bei uns wurden seit 1948 nur zwei Menschen erschossen«, behauptete die Rumänin. »Einen von den beiden habe ich persönlich gekannt. Vor Gericht wurde bewiesen, daß er ein Spion im Dienste des Westens war ...«

»Also in Rumänien sind nur zwei Menschen Opfer des Stalinismus geworden«, sagte der Pole. »Chruschtschow behauptet, in der Sowjetunion waren es viel mehr. Und bei uns in Polen wurden bestimmt auch mehr als zwei Menschen erschossen ...«

Der Tscheche lachte, der Russe nicht. Er und Ćosić verlangten nach einem Schachbrett und begannen zu spielen. Der Russe war viel besser. Dann ging Ćosić auf sein Zimmer, um sich den Verlauf des Gesprächs aufzuschreiben. In der Abgeschiedenheit dieses Luxushotel konnte er nichts von dem Aufstand, der um sie herum tobte, verstehen.

»Von hier habe ich es nicht mehr weit!« sagte Gyurka. »Vielen Dank fürs Mitnehmen.«

»Paß auf dich auf!« schrie ihm Matyi nach. Sie beschlossen, erst in die Botschaft zu fahren und danach eine Unterkunft zu suchen. Die meisten Hotels in Budapest waren fast leer. Boba war besorgt, weil er kein ungarisches Geld hatte, aber seine älteren Kollegen trösteten ihn, jeder Hotelportier würde sich freuen, seinen Kaffee und seine Schokolade weiterzuverkaufen.

In der Botschaft lief er zuerst Ružić über den Weg, der sich nicht einmal besonders wunderte und ihn sofort in ein schön eingerichtetes Büro bat. Leider fragte er nicht, ob er Hunger hatte – Boba hatte den ganzen Tag noch nichts gegessen – sondern ließ nur türkischen Kaffee kommen.

»Komische Zeiten«, sagte er. »Man springt von der Gefängnispritsche direkt in den Ministersessel. Aber immerhin gibt es in der neuen Regierung Nagy auch zwei weltweit anerkannte Wissenschaftler, den Urologen Antal Babits und den Philosophen Georg Lukács ...«

»Den mögen die Studenten nicht«, fiel ihm Boba ins Wort.

»Wer sagt das?«

Boba berichtete über seine Erlebnisse, und Ružić schmunzelte.

»Sieh da, du interessierst dich also nicht mehr nur für Sport und Sportlerinnen ...«

Als Boba nebenbei fragte, wie er am besten seine Schokolade für Geld eintauschen könnte, lachte der Diplomat.

»Da hast du erst einmal zweitausend Forint ...«

»Aber das ist schrecklich viel ...«

»Das ist heute hier fast nichts.«

Endlich fuhren sie zum Hotel »Béke«, dessen Name Frieden bedeutete. Es gab Zimmer für alle, und Boba lief schnell, sich die Hände zu waschen. Dann ging er ins Restaurant. Die Tische waren ordentlich gedeckt, aber außer einem Kellner niemand im Saal.

»Ist der Herr Gast unseres Hauses?«

»Ja, das bin ich. Kann ich, bitte, die Speisekarte haben?«

»Wir haben keine. Es gibt nur Kalbsbraten oder Schweinebraten.«

»Dann nehme ich Kalbsbraten. Und ein Bier.«

Seine Kollegen drängten sich im Foyer um die beiden Telefone. Sie mußten genau so hungrig sein, aber ihnen war die Berichterstattung wichtiger. Er rechtfertigte sich damit, daß er ja für eine Wochenzeitung arbeitete. Der Kellner kam zurück.

»Leider haben wir nichts zu essen.«

»Nichts?«

»Nichts. Vielleicht später. Falls etwas kommt. Aber das glaube ich kaum. Die Polizeistunde hat schon begonnen.«

Das war ein Schock.

»Haben Sie wenigstens etwas Brot?« fragte Boba leise und fügte noch leiser hinzu: »Ich könnte eine Tafel jugoslawischer Schokolade erübrigen.«

»Ach, der Herr ist aus Jugoslawien? Ich werde sehen, ob sich etwas machen läßt.«

Boba holte die Schokolade. Der Kellner brachte einen Korb mit altbackenem Brot und auf einem schönen Porzellanteller drei dünne Scheiben Salami geschmückt mit Gurkenscheiben und Petersilie.

»Es tut mir wirklich leid, mein Herr, aber … Für morgen hoffe ich, daß wir irgendwie versorgt werden.«

Nachdem er gegessen hatte, stellte Boba fest, daß keiner der jugoslawischen Journalisten mehr da war. Auch ihre Autos standen nicht mehr vor dem Hotel. Sie hatten ihn sitzengelassen. Der Portier sagte ihm, das Telefonnetz in Budapest funktioniere manchmal, Ortsgespräche könne er auch aus seinem Zimmer führen.

Zuerst versuchte er es mit Eva. Es schien bei ihr zu läuten, aber niemand meldete sich. Sie hatte ihm diese Nummer noch im Sommer gegeben, aber gebeten, nur in besonderen Fällen anzurufen, ihre Vermieter mochten es nicht besonders, wenn sie das Telefon benützte. Diese Situation war nun wirklich als besonderer Fall anzusehen. Dann rief er Zsuzsa an. Die mürrische Stimme eines älteren Mannes meldete sich.

»Entschuldigen Sie, ist Zsuzsa zu Hause?«

»Wer sind Sie?«

»Ich bin ein Bekannter aus Jugoslawien.«

»Aus Jugoslawien!« Boba glaubte seine Mißbilligung zu spüren. »Tut mir leid. Sie ist nicht zu Hause, obwohl die Polizeistunde schon begonnen hat. Wir sind sehr besorgt. Wissen Sie vielleicht, wo sie sein könnte?«

»Ich bin eben erst in Budapest angekommen. Seit dem Sommer habe ich sie nicht gesehen.«

Von der anderen Seite der Leitung ertönte ein schwerer Seufzer.

»Und sie hatten nichts Gescheiteres zu tun, als in unsere verfluchte, arme Stadt zu kommen? Versuchen Sie es morgen wieder ...«

Das Zimmer war viel einfacher, als im noblen Hotel »Gellért«. Ein eigenes Badezimmer hatte er nicht. Er warf einen Blick durch das Fenster. Dann zog er den Vorhang zu und gönnte sich selbst etwas von seiner Schokolade.

Vier Monate waren seit diesem wunderschönen, heißen Sommer vergangen. Nie vorher hatte er in so einem Hotel wie damals gewohnt. Es hatte mehrere eigene Schwimmbecken, wenn er nichts anderes zu tun hatte, ging er hinunter, betrachtete die Mädchen in ihren knappen Bikinis. Nie hatte er besser geschlafen, als in seinem großzügigen Hotelzimmer nach seinen Besuchen bei Eva. Nun hatte er einige Nächte im Schlafwagen, auf den Sesseln des Parteikomitees in Kecskemét und erst die letzte wieder in einem Bett verbracht. Im Zimmer dieser unbekannten Tochter seiner Gastgeber in Kecskemét. Er hätte dort seine Gastgeber bitten können, ihm ein Foto von ihr zu zeigen. Wie sollte er sich das Mädchen vorstellen, in dessen Bett er geschlafen hatte? Schlank, mit kastanienbraunen Zöpfen, schmaler Taille, aber vollen Brüsten? ...

Nein, dachte er, ich habe die Pubertät schon hinter mir, ich brauche nichts zu erfinden, mir nichts auszudenken, ich befinde mich mitten in einer authentischen Revolution – oder Konterrevolution – oder wie immer man diese Ereignisse einmal in Schulbüchern nennen wird … aber auf keinen Fall muß ich mir etwas zusammenphantasieren, etwas erfinden, die Wirklichkeit ist aufregend genug. Aus der Ferne war tatsächlich wieder Schießen zu hören.

Irgendwo in derselben Stadt saßen jetzt besorgte Menschen beisammen, faßten Beschlüsse, schickten Panzerwagen los, blickten durch Nachtzielfernrohre, planten Angriffe für morgen früh. Und viele von ihnen würden morgen sterben. Die größten Mächte der Welt beobachteten die Ereignisse, an denen er unmittelbar teilnahm, Generalstabschefs und Außenminister, die Leiter der Geheimdienste und müde Sekretäre in den Büros der Staatschefs ließen sich stündlich berichten. Vielleicht befand sich die Welt am Rande des großen Krieges, des nächsten Weltkriegs, und Boba lag in einem kalten Hotelzimmer auf einem durchgelegenen, unbequemen Bett und überlegte, ob er an unbekannte Mädchen denken sollte.

Was sollte er sich vorstellen, bevor er sich dem Schlaf überließ? Warum denkt sich der Mensch immer etwas aus, was er nicht hat, was nicht vorhanden ist und mag sich nicht mit der Wirklichkeit begnügen?

Angst und Haß

Der ungarische Staatssicherheitsdienst AVH hatte seine Leute in jede Zelle der Gesellschaft eingeschleust. Zur Zeit der Kollektivierung der Landwirtschaft war der Bauer, der sein Gut behalten wollte, der Feind. Im Kampf gegen die Bourgeoisie waren nicht nur Ärzte, Advokaten, Pfarrer und Kaufleute verdächtig, sondern auch tüchtige Handwerker oder Menschen, die Seidenkrawatten oder Querbinder bevorzugten, Damen mit Hüten, alle, die sich nicht proletarisch kleideten. Aus diesen verängstigten Schichten war es nicht schwer, Mitarbeiter zu rekrutieren.

Weitaus schwieriger war es mit den eigenen Genossen. Nach der Verhaftung und Hinrichtung des ersten Innenministers nach dem Krieg, Lászlo Rajk, suchte man Feinde auch in den eigenen Reihen.

Das Ziel war klar, auch hinsichtlich der Mittel gab es keinen Zweifel: Den sowjetischen Dienst als Beispiel zu nehmen, »Schild und Schwert der Revolution« zu schmieden. Das Ergebnis war Angst. Mit ihr rechnete man, sie war notwendig für den Erfolg. Ein zweites Ergebnis war der Haß. Die Mitarbeiter des Dienstes wußten von ihm, glaubten, mit ihm leben zu müssen.

Wenn in einem Büro der AVH eine Verhaftung beschlossen wurde, nützte man alle Möglichkeiten, Folter, Hunger, Lüge, um den Willen des Angeklagten zu brechen, ein Geständnis zu bekommen. Anderseits konnte die AVH eine Wohnung zuteilen, eine gutbezahlte Arbeit oder ein Studium im Ausland vermitteln, ausländische Getränke besorgen, notfalls Suiten in guten Krankenhäusern beschaffen. Und selbstverständlich benützten die Offiziere des Dienstes solche Privilegien auch für sich selbst und ihre Familien. Sie trugen blaue

Uniformen. Aber auch die geheimen Mitarbeiter verrieten sich manchmal absichtlich selbst, um ihren Einfluß zu betonen und andere zu erschrecken.

In Ungarn sollte auch dann kein Zweifel aufkommen, als man davon hörte, wie in Rußland Beria getötet wurde. Zumindest öffentlich nicht. Innerhalb des Geheimdienstes war es jedoch sofort klar, daß man nun entsprechende Opfer in den eigenen Reihen finden mußte. In den höheren Etagen begann jeder jeden zu beobachten. Bis tief in die Nacht wurden Kartotheken gesichtet, Dossiers der höheren Funktionäre durchblättert, man setzte Spitzel aufeinander an und hatte nur noch wenig Zeit für etwas anderes. Die niedrigeren Chargen beobachteten ihre unmittelbaren Vorgesetzten. Gehorsam war nicht mehr gefragt. Niemand wollte mit einem anderen ins Verderben gerissen werden. Dadurch wurde die Kontrolle der Bewegungen in der Gesellschaft geschwächt, besonders die inoffiziellen Mitarbeiter an den Universitäten und unter den Intellektuellen hielten sich erschrocken zurück. Der Geheimdienst beschäftigte sich hauptsächlich nur noch mit sich selbst.

In der Öffentlichkeit ließ die Angst nach, aber der Haß wuchs. Man sprach offener von eigenen Erfahrungen, die fast in jeder Familie, in jeder Firma oder Schule, gemacht worden waren. Man erzählte einander von ungerechtfertigten Verhaftungen, nächtlichen Verhören, Folter, Drohungen, Druck auf dem Arbeitsplatz und scheute sich nicht, über Freunde, Nachbarn, sogar die eigenen Eltern Negatives zu berichten.

Zehn Jahre lang wurde der Samen des Hasses gesät. Jetzt blühten seine giftigen Blumen. Die Demonstration, die am 23. Oktober angefangen hatte, wurde vor allem vom Sieg über die Angst und von der Kraft des Hasses getragen.

Es erschienen viele Zeitungen. Boba kaufte alle, die er bekommen konnte, und stürzte sich, bequem in einem Ledersessel in der Hotelhalle vor einem großen Fenster sitzend, auf die Lektüre.

Der alte Stil, die überholten Phrasen, die Unbeholfenheit des Gedankengangs sprachen schon für sich, das Schlimmste jedoch war, die Redakteure schienen noch nicht begriffen zu haben, daß das System nicht reformfähig war.

Georg Lukács, Philosoph, Professor, eben neuernannter Minister, schrieb:

»Liebe junge Freunde!

Ihr wißt gut, daß ich seit langem unzufrieden mit dem bin, was unsere Partei und unsere Regierung in den letzten Jahren getan haben. Diese Unzufriedenheit habe ich offen auch zu Rákosis Zeiten ausgedrückt. Meine berechtigte heftige Unzufriedenheit war durch den undemokratischen Charakter der Politik, die geführt wurde, sowie auch durch die Vernachlässigung der nationalen Unabhängigkeit, der nationalen Tradition und der nationalen Eigenschaften hervorgerufen. Deshalb halte ich es für verständlich und berechtigt, daß die Unzufriedenheit der Jugend am Ende explodiert ist. Die berechtigte Unzufriedenheit hat leider solche Formen angenommen, daß sie zahlreiche Opfer verursachte, so daß sich wiederum Raum für reaktionäre Strömungen, die in unserem Vaterland noch existieren, öffnete. Diese Feststellung darf jedoch nie die Tatsache vernebeln, daß die Mehrzahl der demokratischen, unabhängigen und nationalen Forderungen der Jugend berechtigt sind und daß sie erfüllt werden können und erfüllt werden müssen. Die wichtigste Aufgabe der neuen Regierung wird sein, ein solches demokratisches und nationales Programm auszuarbeiten.

Jeder einzelne muß die schreckliche Lektion der vergangenen Tage lernen. Die dringendsten Lehren sind: die Neugestaltung des staatlichen, gesellschaftlichen, wirtschaftlichen und kulturellen Lebens im Geiste einer echten Demokratie. Diese echte Demokratie wird fähig sein, wie mit einem Besen alle Überreste des Stalinismus wegzufegen. Der Aufbau einer demokratischen Freiheit, einer in jeder Hinsicht auf Selbstverwaltung beruhenden Macht des Volkes, ist die einzige Grundlage, auf der wir den ungarischen Weg zum So-

zialismus finden, seine Verwirklichung auf ungarische Weise in allen Lebensbereichen realisieren werden.«

So seicht waren die Gedanken des Philosophen, so blaß die Sprache des weltberühmten Literaturkritikers. Als wollte sie erklären, weshalb, erinnerte die Redaktion in der kurzen Biographie, die sie dazu veröffentlichte, daran, daß Lukács schon 1919 Kommissar für Volksbildung der ungarischen Räterepublik gewesen war.

Auf der ersten Seite der Sonderausgabe der Zeitung *Freie Jugend*, deren Gast Boba im Sommer gewesen war, wurden drei charakteristische Fotos veröffentlicht. Das erste zeigte eine gewaltige Menschenmasse und die Legende lautet: *»So hat es begonnen.«* Auf der zweiten war eine umgestürzte Straßenbahn zu sehen, darunter stand: *»So ging es weiter«*. Und auf der dritten raste ein Sanitätsauto, der Text dazu war: *»Jetzt ist es genug!«*

Die Sitzung des Zentralkomitees begann am 27. Oktober am frühen Nachmittag, einem Samstag, ohne die Mitglieder seiner Militärkommission. Nagy forderte, man solle die militärischen Aktionen gegen die Aufständischen unterbrechen. Er vertrat die Meinung, die gemeinsamen Ziele könnten nur mit »politischen Mitteln« erreicht werden. Das Zentralkomitee zauderte. Die Mehrheit schien geneigt, Nagys Vorschlag anzunehmen. Er hatte noch nichts getan, ohne vorher die Zustimmung des Zentralkomitees einzuholen. Gegen fünf Uhr am Abend kamen die Mitglieder der Militärkommission an und forderten energisch die Fortsetzung des Kampfes. Sie bekamen von der wieder unschlüssig gewordenen Mehrheit die Ermächtigung, mit den bewaffneten Aktionen fortzufahren. Überzeugt davon, daß das falsch war, daß die Entwicklung der Situation seiner Einschätzung recht gab, drohte Nagy am 28. Oktober am Morgen mit seinem Rücktritt, wenn nicht sofort jegliche militärische Aktion gegen eines der Zentren der Rebellen am Corvin-Platz eingestellt werde. Man gab nach. In dieser Situation wollte niemand riskieren, den populären Ministerpräsidenten zu verlieren.

Obwohl er persönlich über das Radio die Einführung der Polizeistunde, des Ausnahmezustandes und von Standgerichten verkündet und betont hatte, verführten Rebellen, die die Waffen niederlegen, würde alles verziehen, setzte Imre Nagy immer neue Fristen und Ultimaten. Dadurch untergrub er die Autorität seiner Regierung. Zaudern war das Schlimmste in dieser Situation. In seiner Eigenschaft als Ministerpräsident gab er am 28. Oktober den Streitkräften und allen Sicherheitsorganen die Weisung, sofort und bedingungslos das Feuer einzustellen, und er rief im Radio die sowjetischen Einheiten auf, Budapest zu verlassen. Er sagte:

»Die Regierung weist alle jene Erklärungen zurück, die die jetzige gewaltige nationale Bewegung eine Konterrevolution nennen.«

Das bedeutete im Klartext, daß der Regierungschef, der bis zu diesem Augenblick von der Gruppierung, die er als Gegner der bestehenden Ordnung betrachtete, gefordert hatte, die Waffen niederzulegen, jetzt mit einer einsamen und plötzlichen Geste selbst den Kampf einstellte – die Seite, die bis zu diesem Augenblick geglaubt hatte, eine bedingungslose Kapitulation fordern zu können, verkündete jetzt, als Zeichen des guten Willens, ihrerseits die bedingungslose Kapitulation.

Die schicksalsschwere Frage war, würden die sowjetischen Einheiten in Ungarn bleiben oder abziehen? Zur selben Zeit glühten auch im Büro des Botschafters Andropow die Köpfe. Aus Moskau kamen mehrmals die Politbüromitglieder Mikojan und Suslow angeflogen und fuhren wieder nach Hause. Sie unterrichteten ihren Botschafter und die Oberbefehlshaber der sowjetischen Truppen in Ungarn über Einsichten in das Geschehen auf anderen Meridianen. Der sowjetische Geheimdienst verfolgte Bewegungen der israelischen Truppen. Aus Paris und London kamen Nachrichten, daß man den ägyptischen Schritt, den wichtigsten Schiffahrtsweg für das Erdöl zu nationalisieren, nicht hinnehmen werde. Aufmerksam beobachtete man, was die westlichen Rundfunkstationen über den ungarischen Herbst berichteten. Der Kreml bemühte sich, den Verlauf der Dinge global zu sehen.

Und man wußte genau, daß die ungarische militärische Führung keineswegs einheitlich war. Am Morgen des 28. Oktober, als Nagy die Einstellung der Kampfhandlungen proklamierte, organisierten die Mitglieder der Militärkommission eine gemeinsame Aktion ihrer loyalen Einheiten mit sowjetischen Panzertruppen. Die ungarischen und sowjetischen Kommandanten schlürften einen heißen Tee mit Rum nach dem anderen und beugten sich über Stadtpläne von Budapest und Straßenkarten von Ungarn. Dann begann die Artillerievorbereitung für die Eroberung aller Stützpunkte der Aufständischen in der Stadt.

Punkt halb sieben erreichte die ungarischen Offiziere der Befehl, die Aktion augenblicklich abzubrechen. Die Soldaten waren schon bereit, die feindlichen Stellungen zu stürmen. Man mußte ihnen etwas sagen. Um sie nicht vollkommen zu demoralisieren, behaupteten einige Kommandanten auf eigene Faust, der Sturm sei überflüssig geworden, weil die Rebellen die Waffen schon niedergelegt hätten. Es kam aber auch im Offizierskorps zur Kollision. Die einen begannen selbst an eine Verschwörung gegen Nagy zu denken, sie wollten ihn absetzen und verkünden, daß die Streitkräfte die Macht übernähmen. Andere, so zum Beispiel der Kommandant der Killian-Kaserne, früher Maria-Theresia-Kaserne, die eine wichtige strategische Position in der Stadt hatte, der populäre Oberst Pál Maleter, ging offen auf die Seite des Aufruhrs über. Maleter war 1941 als ungarischer Offizier an der Ostfront in Gefangenschaft geraten, meldete sich aber freiwillig, um gegen den Faschismus zu kämpfen, absolvierte eine russische Partisanenschule und zeichnete sich durch besondere Tapferkeit aus – er hatte 17 Fallschirmeinsätze hinter den feindlichen Linien für die Russen unternommen. Er kannte die Rote Armee besser als irgend ein anderer Ungar, wußte, was er von ihr erwarten konnte und zu befürchten hatte.

Radio Freies Europa bestellte den Aufständischen:

»Wer die Waffen hat, hat auch die Macht! Gebt eure Gewehre nicht ab!«

Aber während die amerikanischen Verwalter der Rundfunkstation bei München noch glaubten, der Kampf der ungarischen Aufständischen habe Aussicht auf Erfolg, war man sich dessen in Washington nicht so sicher. Im Weißen Haus, genau wie im Kreml, brannten bis spät in die Nacht die Lichter der Arbeitszimmer. Der amerikanische Außenminister John Foster Dulles referierte Präsident Eisenhower mehrmals am Tag persönlich den Stand der Dinge. Die Herren durften nicht einmal daran denken, sich dieses Wochenende frei zu nehmen, was besonders Eisenhower ärgerte. John Foster wiederum ließ sich von seinem jüngeren Bruder Allan Welsh die neuesten Nachrichten durchgeben. Allan war Chef des Geheimdienstes CIA, den er mitgegründet hatte. Im Augenblick machten ihnen die Verbündeten größere Sorgen als die andere Weltmacht.

»Wir dürfen uns nicht verleiten lassen, falsche Schlüsse zu ziehen, nur weil die Russen zur Zeit im ungarischen Dreck feststecken, Mister President!« warnte der Außenminister. »Offen gesagt, ich bin wegen Ägypten und dem Suezkanal nervös und, was die Engländer dort anstellen werden ...«

»Ich weiß, was Krieg ist«, brummte der alte General und lehnte sich müde im Sessel zurück. »Und ich weiß, durch welche Hölle die Russen marschiert sind. Ich denke nicht daran, ihnen Ungarn streitig zu machen, wenn wir dadurch den Weltfrieden gefährden.«

Dulles konnte es nicht leiden, wenn sein Präsident so unseriös daherredete, und versuchte, ihn auf den Teppich zurückzuholen:

»Selbstverständlich, selbstverständlich. Aber das ist nicht der Weg, den ich vorschlagen möchte. Nein, wir müssen den Sowjets schon so viele Probleme in den Weg stellen, wie wir nur können, zur Zeit also vor allem in Ungarn. Natürlich mit dem strategischen Ziel, später, wenn wir mit ihnen über den nahen Osten verhandeln, eine bessere Ausgangspositionen zu haben.«

»Ach, John«, sagte Eisenhower. »Ich muß jetzt schlafen. Einzelheiten überlasse ich Ihnen. Aber merken Sie sich, mit mir ist kein neuer Weltkrieg zu machen …«

Bohnensuppe im Zentralkomitee

Ein düsterer Morgen, dünner Tee, das Brot hart, mehrere Tage alt. Die meisten Frühstücksgäste im Hotel wirkten, als hätten sie sich tagelang nicht rasiert. Ein Löffel Marmelade unbestimmter Farbe mit undefinierbarem Geschmack. Aber alles auf gutem Porzellan, das Eßbesteck aus schwerem Silber. Und der alte Kellner tadellos angezogen, wie es seiner Zunft entsprach. Boba wünschte sich etwas Deftigeres, ein Rührei mit Speck zum Beispiel, ein anständiges Stück Fleisch. Seine älteren Kollegen hatten beschlossen, jeder möge für sich arbeiten, täglich um fünf am Nachmittag wollten sie sich treffen und die interessantesten Nachrichten austauschen.

»Du hast doch sicher auch deine eigenen Kontakte«, sagte ihm Djuka.

»Das schon, aber ihr habt es viel leichter, ihr habt Autos ...«

»Und was schlägst du vor? Soll ich dir meines geben und selber zu Fuß laufen?«

Boba versuchte es zuerst wieder bei Eva. Es meldete sich niemand. Es war noch vor neun und die Polizeistunde dauerte bis zehn. War sie noch in der Stadt? Lebte sie überhaupt? Dann rief er Erdész an. Der meldete sich sofort.

»Du in Budapest? Fabelhaft. Wo bist du? Fein. Ich wohne in der Nähe, ich komme gleich.«

»Und das Ausgangsverbot?«

»Wer fragt schon!«

Erdész kam in Schaftstiefeln, einem Jägerrock, auf dem Hut hatte er eine Kokarde in den nationalen Farben. In der Hand ein leeres Einkaufsnetz. Boba erkannte ihn kaum.

»Bist du ein Aufständischer?«

»Ich? Was fällt dir ein! Oder höchstens halbwegs. Aber so

ein Anzug ist heute der sicherste Ausweis. Meine Frau hat mir aufgetragen, etwas Eßbares zu finden, kommst du mit?«

»Deine Frau?« Boba erinnerte sich, vor einigen Monaten war er noch geschieden gewesen, hatte aber mit einer Rothaarigen zusammengelebt.

»Ja. Das hättest du eigentlich ahnen können. Ich habe inzwischen zum zweiten Mal geheiratet, obwohl es heißt, wer zum zweiten Mal heiratet, hat es nicht verdient, geschieden worden zu sein …«

Sie gingen den Boulevard entlang. Trotz des Ausgangsverbots war die Straße voll. Jedermann hatte ein Einkaufsnetz oder einen Korb mit. Die Glaskabine, von der aus Polizisten den Verkehr geregelt hatten, war umgestürzt. Auch die Leitungen der Straßenbahn hingen herab. Ein Sanitätswagen raste mit heulender Sirene vorbei.

»Anscheinend transportieren beide Seiten Munition in solchen Autos«, sagte Erdész und zeigte eine umgekippte Ampel. »Panzer brauchen keine Verkehrspolizei, die haben eine andere Logik.«

»Wo sind sie?«

»Wer?«

»Die russischen Panzer.«

»Weiß der Teufel. Es heißt, sie hören auf Nagy und ziehen sich zurück. In der Stadt sieht man keine mehr … Wir verwandeln uns anscheinend in ein großes Niemandsland …«

Vor einer Delikatessenhandlung war eine nur kurze Schlange. Sie stellten sich an. An der Kasse saß ein Polizist.

»Was ist hier los?«

»Heute morgen hat niemand aufgemacht, die Leute haben aber gewußt, daß es hier Nahrungsmittel gibt. Jemand hat sich bei der Polizei beschwert und sie hat aufgeschlossen.«

Erdész blieb in der Schlange, Boba fragte den jungen Leutnant an der Kasse, wie so etwas möglich sei.

»Vielleicht wohnen die Verkäufer weit weg. Vielleicht haben sie Angst. Oder es ist ihnen etwas zugestoßen. Wir haben beschlossen, uns an keine Vorschriften zu halten, weil es für solche Situationen keine Vorschriften gibt. Wenn alle Waren verkauft sind, werden wir ein Protokoll aufsetzen, und wenn jemand auftaucht, der dafür verantwortlich ist, kann er sich das Geld in der Polizeidirektion holen. Ich glaube, es ist nützlicher, wenn wir uns um die Versorgung der Bürger kümmern, als wenn wir nur durch die Stadt spazieren.«

Erdész zeigte stolz zwei Gulaschkonserven, zwei mit Erbsen, ein großes Paket mit Nudeln und ein Glas Gurken.

»Meine Frau wird sich freuen.«

»Warum nimmst du nicht mehr? Wenn du nicht genug Geld dabei hast, kann ich dir gerne aushelfen …«

»Geld habe ich schon, aber andere sollen auch etwas kaufen können. Zur Zeit ist Solidarität besonders wichtig.«

»So ist es!« lobte der Polizist an der Kasse.

Boba schlug vor, in das Hotel zurückzukehren. Er wollte Erdész Schokolade geben. Der Portier winkte ihm zu und sagte:

»Eine Dame wartet auf sie.«

Es war Zsuzsa. Er hatte Mühe, seine Enttäuschung zu verbergen, als er das sommersprossige Mädchen umarmte. Der Kellner, dem Boba am Vortag die Schokolade gegeben hatte, flüsterte ihm zu:

»Wir haben Kaffee …«

Sie setzten sich ins Restaurant. Boba sagte, was für ein schönes Beispiel die Begebenheit im Delikatessengeschäft gewesen sei.

»Ja schon«, meinte Erdész, »aber gestern wurde bereits geplündert. Sicher, geplündert hat man auch während der französischen Revolution, nur hat man uns das im Geschichtsunterricht nicht erzählt …«

»Ich habe Angst!« sagte Zsuzsa. Sie war nervös und ganz anders als im Sommer, hatte sich sorgfältig, aber zu stark geschminkt, trug ein dickes Kostüm, einen komischen Hut auf dem Kopf, als wolle sie älter und damenhaft wirken.

»Wovor?« wollte Boba wissen.

»Mein Vater ist Parteimitglied, Hauptabteilungsleiter im Finanzministerium. Wenn jetzt eine Hexenjagd beginnt …«

Endlich stellte Boba die für ihn wesentlichste Frage:

»Weiß jemand von euch, was mit Eva los ist?«

»Eva ist schrecklich!« rief Zsuzsa aufgeregt.

»Du hast sie doch nie gemocht.«

»Du hast keine Ahnung! Sie führt eine Gruppe an. Vor solchen wie ihr habe ich Angst. Sie könnte meinen Vater abholen lassen, weil sie mich nicht leiden kann.«

Boba bemerkte, daß Erdész auffällig schwieg.

»Sie haßt Juden!« fuhr Zsuzsa fort. »Sag, Boba, hast du mich etwa deshalb verschmäht, weil ich Jüdin bin?«

»Du bist verrückt! Das wußte ich doch nicht, und außerdem interessiert es mich nicht.«

Unangenehmes Schweigen trat ein. Zsuzsa holte ein Taschentuch aus der Handtasche. Starker Parfumgeruch breitete sich aus. Sie tat, als sei ihr etwas ins Auge gefallen. Boba fragte Erdész:

»Was sagst du dazu? Warum schweigst du?«

»Antisemitismus gibt es«, sagte er bedächtig.

Der alte Kellner kam wieder an ihren Tisch:

»Es wird Sie bestimmt interessieren, Sie sind ja von der internationalen Presse ... Soeben war ein Bekannter aus Sopron da. Er sagt, die Grenze zur Tschechoslowakei ist zu, nur sowjetische Truppen, die sich zurückziehen, fahren durch. Sie bewegen sich von Sopron in Richtung Györ ...«

»Vielleicht, um vom Nordwesten her auf Budapest zu stoßen«, sagte Zsuzsa mit Hoffnung in der Stimme.

»Gott behüte!« murmelte der Kellner entsetzt und zog sich schnell zurück.

Boba holte die Schokolade für seine Freunde. In Deutschland konnte man unmittelbar nach dem Krieg alles für Zigaretten eintauschen. Ein Kilo Speck für ein Päckchen amerikanischer Zigaretten. Eine Prostituierte für fünf Zigaretten. Die ungarische Revolution erwies sich als anders, als süß.

Nachdem er sich von Zsuzsa und Erdész verabschiedet hatte, ging er noch einmal langsam durch die Straßen. Wie war es in Paris 1789 oder auch hier in Budapest 1848 gewesen? Später einmal würde man auch das, was jetzt geschah, als Geschichte lernen. Aber die Menschen, die Mädchen, die Kinder? Die einen weinen, weil jemand gefallen ist. Andere marschieren stolz hinter Fahnen her. Boba fühlte sich überflüssig. Seine älteren Kollegen, die »echten« Journalisten, rannten hinter den neuesten Nachrichten her. Die Welt war neugierig. Man mußte diese Neugier stillen. Das war ein seriöses Geschäft. Doch er wußte nach all den Gesprächen des Tages überhaupt nicht, was er für die Jugendzeitung, die ihm die Fahrkarte bezahlt hatte, schreiben sollte.

Unsicher war auch der viel erfahrenere Dobrica Ćosić. Um sechs Uhr früh weckte ihn eine Granate, die von der Margarethenbrücke abgefeuert worden war und in der Nähe des Hotels einschlug. Schaden richtete sie nicht an. Er beobachtete den Regen durch das große Fenster und notierte:

»Schon lange, schon viele Jahre lang waren meine Träume nicht so schmutzig wie in den letzten beiden Nächten. Ich habe keine Lust zu analysieren, auch habe ich die Freudschen Formeln und bedingten Symbole vergessen. Zum Frühstück keine Neuigkeiten. Die Tschechen bereiten sich vor abzufahren. Sie laden mich ein mitzukommen. Ich lehne ab. Ich will das Ende abwarten ...«

Er konnte nirgendwo hingehen. Aber der ehemalige Partisanenkommissar und Chefideologe mochte auch nicht nur so herumsitzen. Er war beunruhigt und wollte etwas tun. Ungarn wurde zerstört, Panzer rollten durch die Stadt, es wurde geschossen, gestorben, gesungen, und er saß in einem Luxushotel an der Donau herum.

Das Hotelpersonal berief eine Sitzung ein, um einen Arbeiterrat zu wählen. Die Kellner in ihren Fräcken, die Köche mit den hohen weißen Mützen, die Stubenmädchen mit ihren Spitzenschürzen, die Portiere in Uniformen, mit denen sie Admirälen glichen. Zwei Jugoslawen, die sich langweilten, nahmen an ihrer Sitzung teil, Ćosić und der zufällig anwesende Vertreter einer staatlichen Import-Export-Firma.

Der Vorsitzende wandte sich am Anfang seiner Rede an die beiden:

»Freunde, wir beginnen heute mit kleinen Schritten in Kinderschuhen. Ihr seid erfahrener, ihr habt als erste Arbeiterräte gegründet. Bitte, sagt uns etwas über die Arbeitsweise, die Pflichten der Arbeiterräte bei euch.«

Ćosić notierte später:

»Wir haben gesprochen, sie haben zugehört, wir waren stolz und bescheiden. Dann interessierten sie sich für die politischen und gesellschaftlichen Beziehungen in Jugoslawien, den Lebensstandard, Preise, Löhne. Unseren Lebensstandard haben wir nicht gelobt, und das hat Eindruck auf sie gemacht. Sie haben einen Verwaltungsausschuß, bestehend aus fünf Personen, gewählt, in ihm ist auch das Zimmermädchen, daß sich um mein Zimmer kümmert. Sie haben den alten Direktor bestätigt. Die Konferenz löste sich auf, als das Artilleriefeuer heftiger wurde.«

Die Tschechen und andere Ausländer konnten nicht weg. Ćosić war auf boshafte Weise schadenfroh. Er saß am Fenster und dachte über die jugoslawischen Arbeiterräte nach, für deren Einrichtung er keineswegs aufgeregt oder bewegt im Parlament seine Hand gehoben hatte, ohne daran zu denken, daß man irgendwo für Arbeiterräte auf die Barrikaden gehen würde. Der Wind befreite die Pappeln von der leichten und wunderbaren Last ihres Todes. Der wiederholbar, aber immer aufregend war.

Der Blick des Schriftstellers und Parteifunktionärs ruhte auf dem Zimmermädchen, dem neugewählten Mitglied des ersten Arbeiterrates. Weniger, wahrscheinlich, auf dem Spitzenhäubchen auf dem kastanienbraunen Haar, mehr auf dem Knie im schwarzen Seidenstrumpf, das sie zeigte, zum ersten Mal an einem Tisch auf einer Tribüne sitzend. Solche Beine hätten bestimmt die Blicke der Revolutionäre aller Zeiten gefesselt.

Kinder spielten auf einem ausgebrannten Russenpanzer. Als

ein großes schwarzes Auto mit der Aufschrift »Sozialdemokratische Partei Ungarns« vorbeifuhr, hörte Boba einen Passanten mit einem Netz voller Erdäpfel murmeln:

»Bisher ist uns nur Rákosis Partei im Nacken gesessen, jetzt wird es ein Dutzend Parteien sein ...«

Ein junger Mann verteilte Flugblätter, aber nichts Politisches stand darauf, es war Lyrik in ungeschickten Reimen. Boba erfuhr, daß die verschiedensten bewaffneten Trupps in Druckereien gingen und drucken ließen, was sie wollten. Eine Gruppe von Studenten wollte eine eigene Zeitung herausgeben. In der Druckerei wunderten sich die jungen Leute, als man nach Texten fragte. Manuskripte hatten sie noch gar nicht angefertigt.

Boba war hungrig und beschloß, ins Hotel zu gehen. Vielleicht würde es im Restaurant etwas geben. Vor dem Eingang wartete Matyi im Jeep.

»Wo treibst du dich herum? Steig ein!«

»Wohin?«

»Ins Zentralkomitee. Vielleicht empfängt uns Imre Nagy. Es wirkt besser, wenn mehrere von uns kommen.«

Auf dem Platz vor dem Zentralkomitee war alles wie am Vortag. Russische Panzer, vor dem Eingang Matrosen. Boba erinnerte das an Filme über die Oktoberrevolution. Als habe er diese langen Flure, diese bewaffneten Männer, diese altmodischen Maschinengewehre, die in der Halle auf den Eingang gerichtet waren, schon irgendwo gesehen.

Man führte sie in ein schönes Büro. Es war mit einem kleinen Konferenztisch mit sechs Sesseln, einem gewaltigen, aber leeren Schreibtisch, einem großen Panzerschrank eingerichtet, an den Wänden hingen Porträts von Marx und Engels, und es gab zwei hellere Rechtecke. Da waren vor kurzem bestimmt noch die Bilder Stalins und Rákosis gewesen.

»Ich fürchte, Sie werden warten müssen«, sagte ein freundlicher Zivilist. »Ich weiß, daß Ihnen Genosse Nagy ein Gespräch versprochen hat, aber er ist nicht hier und seine Sekretärin im Parlament weiß auch nicht, wo er sich zur Zeit befindet.«

»Danke«, antwortete Djuka. »Wir sind dankbar, wenn er mit uns spricht, wann immer er Zeit dafür findet.«

»Haben Sie Hunger?«

»Ja«, beeilte sich Boba. »Tagelang haben wir nichts Warmes gegessen.«

»Dann glaube ich, Sie angenehm überraschen zu können«, freute sich der Mann und ging.

Bald brachte ein Matrose einen blauen Kochtopf mit Bohnensuppe und Geselchtem und ein Backblech mit Käsestrudel. Er stellte Blechteller auf die Mahagoniplatte des Konferenztisches, Blechlöffel, einen Laib Brot, ein einziges Messer mit Holzgriff und wünschte guten Appetit. Sowie er weg war, begannen sie zu essen. Boba hatte lange nichts mehr so gut geschmeckt.

»Jetzt fehlt nur noch Bier«, murmelte Djuka. »Was ist das für eine Revolution ohne Bier?«

In einer Ecke entdeckten sie hinter einer spanischen Wand ein Waschbecken und konnten wenigstens Wasser trinken. Dann machten sie es sich in den Sesseln bequem und warteten. Der Regen, der auf die Fensterscheiben trommelte, und die angenehme Sattheit schläferten sie ein, nur Djuka hatte wieder keine Ruhe:

»Wenn dieser Waffenstillstand andauert, könnte noch ein Wunder geschehen, aber das glaube ich nicht. Gott verflucht, wir müßten wissen, ob Mikojan wieder da ist und mit wem er verhandelt. Ist jetzt Nagy vielleicht mit ihm? Ziehen sich die Russen wirklich zurück? Und wenn ja, aufrichtig und endgültig oder aus Taktik?«

Er dachte weiter laut nach, als könne er seine eigene Gedanken besser überprüfen, wenn er sie aussprach.

»Werden die Russen es zulassen, daß in Ungarn statt der sozialistischen Ordnung eine westliche Mehrparteiendemokratie entsteht? Und wenn ja, welche Folgen hat das auf andere osteuropäische Länder? Auch auf Jugoslawien, auch auf

Tito? Gibt es Kontakte zwischen Nagy und Kardinal Mindszenty?«

Plötzlich wurde die Tür geöffnet:

»Vom Ministerpräsidenten haben wir noch immer keine Nachricht, aber der erste Sekretär unserer Partei, Genosse Kádár, hat gehört, daß Sie da sind und bittet Sie zu sich ...«

Sie gingen durch lange Gänge, über Treppen hinauf. Das Licht war gedämpft. Vor einer Tür standen zwei Matrosen der Donauflotte mit Gewehren und Patronengurten. János Kádár war gebeugt vor Müdigkeit, seine Augen rot unterlaufen, die Krawatte hing schlaff vom zerdrückten Kragen.

»Entschuldigen Sie, ich weiß, wie ich aussehe ...« begann er sofort. »Seit wir aus Jugoslawien zurück sind, hatte ich keine Zeit, nach Hause zu gehen, nicht einmal die Schuhe auszuziehen. Ich freue mich, daß Sie da sind, es ist sehr wichtig, was Sie der Welt darüber melden werden, was hier wirklich vor sich geht. Setzen Sie sich, bitte ...«

Boba hatte plötzlich Magenkrämpfe. Er hatte die Bohnen zu gierig in sich hineingelöffelt. Aber er saß dem Führer einer Partei mitten in einem Aufstand gegenüber. Über Robespierre, Kossuth, Lenin hatte er so viel gelesen. Was würde man eines Tages über diesen todmüden, augenscheinlich überfordeten Menschen denken? Hielten diese weißen Hände zahllose Fäden, die über Leben und Tod bestimmten? Hatte er die Macht, weitere Tausende und Abertausende Menschen in eine Schlacht zu schicken oder vor dem Tode zu bewahren? Boba wußte, daß er wahrscheinlich nie mehr im Leben einen so wichtigen Augenblick erleben würde, daß er seine ganze Aufmerksamkeit jeder Kleinigkeit widmen sollte, aber er mußte alle Kräfte sammeln, um nicht aufzustehen und zu fragen, wo, um Himmels willen, in diesem Zentralkomitee die nächste Toilette war.

»Haben wir einen wirklichen Waffenstillstand?« fragte Djuka.

»Nein. Die Kämpfe werden in der ganzen Stadt und im ganzen Land fortgesetzt. Die einen sind Nagys Aufruf, das

Feuer einzustellen, gefolgt, andere haben die Ruhe mißbraucht. In Budapest werden schwere Kämpfe vor allem um die Killian-Kaserne geführt. Es gibt viele Tote.«

»Wer kämpft gegen wen?«

»Im Augenblick ist das nicht mit wenigen Worten zu beschreiben. Wenn sich heute ein paar Eisenbahner zusammensetzen, sich als Revolutionskomitee konstituieren und erklären, sie wollen Lajos Bebrics nicht mehr als Verkehrsminister, so muß er zurücktreten. Wer soll die Versorgung gewährleisten, wenn niemand für den Transport sorgt? Wer Rohstoffe verteilen, damit die Produktion nicht stillsteht? Das ist nur ein Beispiel. Die Regierung hat die Situation nicht mehr im Griff. Morgen ist Montag, morgen sollte ein Werktag sein …«

Boba hatte ganz vergessen, die Tage zu zählen. Jeder neue Tag brachte neue Unsicherheit.

Kádár sagte, Nagys Vorgehen führe praktisch nicht zu einer Demokratie westlichen Typs. Wenn heute freie Wahlen wären, könnten die Kommunisten höchstens zwei Prozent der Stimmen bekommen. Aber wie sollte man an Wahlen denken, während die Straßen von unidentifizierbaren bewaffneten Horden beherrscht wurden, die taten, was sie wollten, und Presse und Radio demagogisch wirkten? Das alles führe zu keiner Demokratie, sondern zu einer faschistischen Restauration mit Mindszenty an der Spitze, die ein System wie das Regiment Salazars in Portugal als Ergebnis haben könnte. Die Aufständischen würden die Waffen bestimmt nicht niederlegen, wenn sich die Russen zurückzögen. Im Gegenteil, dann würden sie die Hauptstadt und damit auch das ganze Land in Besitz nehmen.

Die Stimme Kádárs klang nicht einmal pathetisch. Er hielt keine Rede. Er sprach, ohne einzelne Worte besonders zu akzentuieren, vielleicht war er zu müde, vielleicht ein schlechter Redner. Gerade deshalb wirkte es noch dramatischer. Auf seiner Stirn spiegelte sich das Licht des verschwenderischen Kronleuchters, der besser zu einer anderen Atmosphäre gepaßt hätte.

»Also, wie gesagt, wenn ich Nagy weiter gewähren lasse, haben wir hier einen Faschismus wie in Portugal. Und wenn ich die Russen zurückrufe, gerate ich als Henker des ungarischen Volkes in die Geschichte. Sagt den Genossen in Jugoslawien, die Sache des Sozialismus in Ungarn ist so und so verloren.«

So und so, *igy is, ugy is*, hieß das auf ungarisch. Die Worte fielen hart, als klopfe ein Hammer auf Stein. Bis zu diesem Augenblick hatten nicht nur Boba, sondern auch die anderen jugoslawischen Journalisten geglaubt, daß Nagy und Kádár am selben Strang zogen. Aber jetzt war es nicht zu überhören, daß Kádár Nagy nicht leiden konnte; so leidenschaftslos er diese schweren Worte auch gesagt hatte, so stark schwang doch eine Abneigung mit, wenn er den Namen Nagy erwähnte. Und er sprach in der ersten Person, er war sich seiner Verantwortung durchaus bewußt. Boba suchte wieder Vergleiche mit der französischen Revolution herzustellen. War das der Zeitpunkt, wo man beginnen würde, einander auf die Guillotine zu schicken? Djuka jedoch dachte viel praktischer:

»Genosse Kádár, so etwas haben Sie uns natürlich nicht als Journalisten anvertraut?«

Die Frage klang fast vorwurfsvoll, aber Kádár schien darauf gefaßt zu sein:

»Wenn ich jugoslawischen Kommunisten etwas sage, weiß ich, daß sie es nicht mißbrauchen werden.«

Djuka sagte, er habe verstanden. Es werde am besten sein, wenn sie sich sofort ins Auto setzen und nach Jugoslawien fahren würden. Er bat um Benzin und bewaffnete Begleitung durch die Stadt. Erst würden sie in die Botschaft fahren, aber das wesentlichste dem Geschäftsträger nicht mitteilen. Djuka sah dabei Kádár an, und der nickte zufrieden.

In der Kellergarage des Zentralkomitees tankten sie ihre beiden Autos auf und bekamen noch zwei Kanister voll Benzin dazu.

»Ihre Begleitung kommt in zwanzig Minuten vor die Botschaft«, sagte ein Hauptmann.

In der Botschaft konnte Boba endlich aufs Klosett rennen und blieb so lange, daß Djuka schon an der Tür pochte.

»Was hast du? Wir müssen los!«

Vor der Botschaft stand ein Auto der russischen Marke »Pobeda«, aber mit einer kreisrunden Öffnung im Dach, an der ein Maschinengewehr montiert war.

»Leutnant Bakonyi«, stellte sich ein junger Offizier vor. »Ich habe Befehl, bis nach Csepel vor Ihnen zu fahren.«

Boba kletterte zu Djuka, die beiden anderen fuhren im Jeep zu ihrem Hotel. Sie wollten hierbleiben. Morgen konnte etwas Wichtiges geschehen, wovon man berichten mußte. Ohne Schwierigkeiten rasten sie durch die nächtlichen, leergefegten Straßen von Budapest. Das Auto mit den Polizisten blieb zurück. Man winkte einander zu. Dann erstreckte sich vor den Scheinwerfern die Landstraße und Djuka gab mehr Gas. Angespannt starrten sie in die Dunkelheit vor dem hellen Kegel, den sie vor sich herschoben. Hinter jedem Strauch, hinter jeder Straßenkreuzung in den zahlreichen Dörfern konnte ein Heckenschütze mit Handgranaten auf unbekannte Autos warten. In einem Dorf hielt Djuka, weil er nicht sicher war, in welche Richtung er weiterfahren mußte. Nur Hundegebell war zu hören. Endlos breiteten sich vor ihnen Stunden und Kilometer aus.

Endlich waren sie an der Grenze. Djuka kannte die Beamten auf beiden Seiten. Den ungarischen Diensthabenden redete er mit »Onkel Toth« an.

»Wir haben Befehl, die Grenze hermetisch abzuriegeln, aber wir gehorchen nicht. Ich halte niemanden auf, ich will nicht schuld sein, wenn jemand umgebracht wird, weil er bleiben muß ...« Er erzählte, daß es auch im nahen Szeged Unruhen mit Toten und Verwundeten gegeben hatte. »Wer ist heute ein Faschist?«

»Nun, was ist Ihre Meinung?«

»Ich weiß es nicht, ich weiß nur, ich schieße auf niemanden. Ich stehe nur deshalb weiter hier an der Grenze, damit kein schlechterer kommt als ich.«

Auch auf der jugoslawischen Seite interessierte sich niemand für ihre Pässe, sondern nur, was es in Budapest Neues gäbe. Djukas Berichte in der *Politika* las man regelmäßig.

In Palić fuhren sie zu einer Staatsvilla. Obwohl es zwei Uhr früh war, erwartete sie Hühnersuppe, Backhuhn mit Bratkartoffeln und Salat, Schnaps, Wein, Sodawasser. Nach mehreren Tagen nur kalter Kost war es das zweite Festessen innerhalb weniger Stunden. Aus Novi Sad waren Géza Tikvicki, der Sekretär des Gebietskomitees der Partei, und ein finsterer Mann, der sich nicht vorstellte, gekommen.

»Ich informiere jetzt einmal die Genossen und dann schreiben wir einen Bericht«, sagte der unermüdliche Djuka zu Boba. »Du kannst dich ausruhen.«

In der Villa gab es mehrere Suiten. Boba hatte auch ein Radio am Nachttisch. Vor den Fenstern waren geblümte Vorhänge. Einen Pyjama hatte er nicht mit. Nachdem er geduscht hatte, kroch er nackt unter die warme Daunendecke.

Am Morgen wachte er als erster auf. Der Salon war noch nicht aufgeräumt, neben den benützten Kaffeeschalen und gebrauchten Gläsern stand eine Schreibmaschine. Auch Papier war da. Er schrieb seine erste Reportage über den Aufstand in Ungarn. Von hier aus konnte er sie sicher nach Belgrad schicken.

»Möchten Sie frühstücken? Wir haben da gleich daneben einen anderen angenehmen Raum …«

Es gab Schinken mit Kren, Rührei, ganz frische, noch ofenwarme Semmeln, Kaffee. Bald erschienen Djuka und der Unbekannte, der fragte:

»Wollt ihr Pistolen mitnehmen?«

Boba gefiel der Vorschlag. Das Abenteuer wäre vollkommener. In der Offiziersschule hatte er gelernt, mit Waffen umzugehen, aber Djuka lehnte ab.

»Als Journalisten müssen wir neutral sein. Bei einer Leibesvisitation wären wir nur verdächtig. Außerdem wäre wahrscheinlich jeder potentielle Gegner der bessere Schütze …«

»Dann nehmt wenigstens Nahrungsmittel und Geld mit.

Forint und Dollar. Wir haben vier Pakete vorbereitet, auch für eure Kollegen in Budapest …«

In den Paketen war Salami, Dauerwurst, Speck, Konserven mit Ölsardinen, Zwieback, Keks, Löskaffee. Der Reservetank des Autos wurde aufgefüllt. Erst als sie wieder unterwegs waren, fragte Boba, wer der Mann gewesen war, der ihnen das alles gegeben hatte?

»Ein Genosse«, sagte Djuka verschlossen.

An der Grenze waren jetzt andere Beamte, und die Fragerei ging wieder los. Obwohl es Werktag war und es nicht mehr regnete, arbeitete niemand auf den Feldern. In den Dörfern standen Menschen herum, vor allem vor den Kirchen. Oft glaubte Boba verwunderte Blicke zu bemerken, aber niemand hielt den Ford mit der jugoslawischen Fahne auf. Kistelek, Kiskunfélegyháza, Kecskemét …

Obwohl er die nächtliche Beratung verschlafen hatte und während des Gesprächs der Kollegen mit dem Geschäftsträger der Botschaft in Budapest auf dem Klosett gewesen war, war er doch überzeugt, an etwas sehr Wichtigem teilgenommen zu haben. Auch wenn er nur ein Staubkorn auf einem Bauern war, so glaubte Boba voll stolz, sich doch persönlich auf dem großen Schachbrett der Geschichte zu bewegen.

Wieder setzte Regen ein.

Die Kontrolle vor Budapest war streng, es waren russische Soldaten, die ihre Pässe sehen wollten, keine ungarischen Polizisten. In der Stadt war jetzt etwas mehr Verkehr. An den Wänden stand mit großen weißen Buchstaben:

»Freiheit!«

»Unabhängigkeit!«

»Es lebe die revolutionäre Jugend!«

»Russen raus!«

»Schau, dort!« rief Djuka und bremste scharf. Dort stand:

»Tod der AVH und den Juden!«

»Warum den Juden?« fragte Boba.

»In Deutschland gab es einen Witz«, erzählte Djuka weiterfahrend, »ein Mann kommt ins Reisebüro und will eine

Flugkarte, egal wohin, nur schnell muß es sein, denn er hat gehört, daß man wieder die Juden und die Radfahrer umbringen will ...«

Boba begriff noch immer nicht und fragte:

»Warum die Radfahrer?«

»Das ist es ja eben«, antwortete Djuka mürrisch. »Warum die Juden? Es ist einfach ein Unglück für Ungarn, daß Rákosi, Gerö und Farkas Juden sind ...«

Endlich kamen sie im Hotel »Béke« an. Boba fühlte sich fast, als sei er zu Hause angekommen. Er eilte ins Zimmer, um dem alten Vorrat an Schokolade die vielen neuen Nahrungsmittel hinzuzufügen. Jetzt war er bestens versorgt, jetzt konnte es weitergehen.

Chruschtschows Flug durch den Sturm

Veljko Mićunović, der jugoslawische Botschafter in Moskau, befand sich gerade auf Urlaub in Belgrad, als ihm das Büro des Präsidenten der Republik telefonisch mitteilte, Chruschtschow und Malenkow kämen inkognito in einem kleinen Flugzeug des Typs IL-14. Tito erwarte sie am späten Nachmittag oder am Abend auf der Adriainsel Brioni.

Die Begegnung sollte streng geheim bleiben. Die Gäste kamen auf dem Flugplatz Pula im Schutz der Dunkelheit an.

Im Tagebuch von Veljko Mićunović werden die Ereignisse präzise, wie es für einen ehemaligen Funktionär des Geheimdienstes üblich ist, notiert:

»Zu Genosse Tito gegen 16.00 Uhr gerufen. Genossen Rankovic und Kardelj schon da. Niemand aus dem Außenministerium. Wir alle der Meinung, Russen kommen unter solchen Umständen nur wegen Ungarn. Die Situation dort immer chaotischer. Um Programm der Regierung Imre Nagy noch mehr Konfusion als vor einigen Tagen. Budapest in Umkesselung abwartender Truppen.«

Chruschtschow und Malenkow wurden aus Pula mit einem Schiff in den kleinen Hafen unter Titos Villa gebracht. Die Nacht war pechschwarz, die Hand nicht vor den Augen zu sehen, Sturmwind, Regen, das Meer tobte peitschend über die Sandbänke. Tito, Kardelj, Rankovic und Mićunović stiegen zum Kai hinunter, um die ungewöhnlichen Gäste zu empfangen. Chruschtschow und Malenkow sahen mitgenommen aus, besonders Malenkow, der sich kaum auf den Beinen halten konnte. Die Russen küßten alle anwesenden Jugoslawen auf beide Wangen. Die ersten Worte der Gäste waren, es sei das schlimmste Flugwetter in ihren Leben gewesen. Es wehte ein schrecklicher Wind. Chruschtschow sagte, es sei übler gewesen als im Krieg. Anscheinend war ihnen die kurze Fahrt übers Meer auch nicht gut bekommen. Die jugoslawischen Sicherheitsorgane und Offiziere aus Titos Garde hatten sie auf Weisung von Rankovic durch tosende Wellen und durch die Finsternis länger auf der See herumgefahren, als unbedingt notwendig war, so daß sich die beiden wirklich schlechtfühlten.

Trotzdem wollten sich die Gäste so rasch wie möglich an den Tisch setzen, um zu reden. Nach einer Verschnaufpause von einer halben Stunde begannen Gespräche auf der ersten Etage von Titos Villa. Chruschtschow und Malenkow waren allein, weder ihr Botschafter in Jugoslawien noch sonst irgend jemand begleitete sie. Sogar ihre wenigen Notizen machten sie sich selbst. Auf der jugoslawischen Seite des Tisches saßen Tito, Kardelj, Rankovic und Mićunović. Sonst war niemand im Raum, kein Protokollführer, keine »Technik«, keine Dolmetscher, auch die Jugoslawen sprachen russisch.

Mićunović wunderte sich und schrieb später in sein Tagebuch: »Eigentlich sollte man solche Gespräche auf Band aufnehmen, nicht die offiziellen, wenn je zwanzig Russen und unsere Leute am Tisch sitzen und sich jeder etwas aufschreibt, meist aber nichts Bedeutendes. Der Tisch war leer, es lagen keine Dokumente darauf. Niemand machte sich Aufzeichnungen, und nur hin und wieder schrieb sich einer von uns auf einen Zettel Stichworte zu dem, was er sagen wollte, und wenn er damit fertig war, zerriß er das Stück Papier und warf es in den Aschenbecher. Als bemühten wir uns alle, daß von diesem Gespräch zwischen den Spitzen Jugoslawiens und der UdSSR keine Spur übrigbleibe. Obwohl ein Protokoll dieser Begegnung interessanter wäre als von jeder anderen, die je zwischen Russen und Jugoslawen stattgefunden hat.

Alles höchst ungewöhnlich. Ereignisse entwickeln sich wie im Krieg, und es ist ja auch Krieg, es wird noch mehr davon geben zwischen dem ›ersten und größten Land des Sozialismus‹ und den Bürgern des ›sozialistischen Bruderlandes‹

und Mitglieds des Lagers. Das geschieht zum ersten Mal in der Geschichte des Sozialismus!«

In den Panzern um Budapest hatten nervöse Kommandeure und Zielkanoniere keine Ahnung, worum es ging. In den alten Häusern der eingeschlummerten Hauptstadt Ungarn träumten euphorische Burschen und Mädchen von unbestimmtem Ruhm, während in Nachbarzimmern Frauen ihre sinnlos gefallenen Kinder beklagten.

Viele wachten am Radio, drehten seine Knöpfe, suchten neue und immer neue Sender, um etwas anderes zu hören, hofften auf die Nachricht, daß die Russen abziehen würden, warteten auf die Worte von Kardinal Mindszenty.

Selbst in Samarkand, wo längst der Tag angebrochen war, dachte man im Haus des Kolchosen-Präsidenten an dessen Sohn Dschingis, der als Panzersoldat irgendwo weit weg war, nur die Feldpostnummer hatte die Familie, wo das war, wußte sie nicht. Den Namen von Budapest konnte hier keiner aussprechen, lange hatten sie auf der Landkarte Europas suchen müssen, um diese Stadt überhaupt zu finden.

In München, im von den Vereinigten Staaten finanziertem Sender, gab es eine Auseinandersetzung zwischen den vorsichtigeren Kommentatoren und jenen ihrer Kollegen, die einst Offiziere des faschistischen Horthy-Regimes gewesen waren, ob man über Nagy kritisch berichten oder ihm noch eine Chance geben sollte.

Boba schlief in dem Hotel, das »Frieden« hieß, und hatte keine Ahnung davon, daß der Bericht, bei dessen Entstehung er als Statist dabei gewesen war, auf die Folge der Ereignisse Einfluß haben würde, daß alles, was Kádár gesagt hatte, schon auf Titos Tisch lag, bevor Chruschtschow mitteilte, er sei gekommen, sich wegen der Situation in Ungarn zu beraten beziehungsweise die jugoslawischen Genossen darüber zu unterrichten, was er tun wolle.

Das Gespräch in Titos Sommerresidenz dauerte von abends

um sieben bis in die frühen Morgenstunden. Chruschtschow beschrieb aus seiner Sicht die Ereignisse, die zur ungarischen Konterrevolution geführt hatten. Er begann höchst emotionell, ohne eine Analyse auch nur zu versuchen, sagte, in Ungarn würden Kommunisten umgebracht, gehenkt. Er erwähnte zornig den Appell Nagys an die UNO und die vier Großmächte und den Austritt Ungarns aus dem Warschauer Pakt. Das sei eine Restauration des Kapitalismus! Ob Nagy das Werkzeug westlicher Interessen sei oder ein alter Agent, sei unklar und nicht einmal wesentlich.

»So laufen nun einmal die Dinge. Was tun?« fragte Chruschtschow. »Wenn wir nachgeben, glaubt der Westen, daß wir dumm oder schwach sind, was dasselbe ist. Das können wir nicht zulassen, weder als Kommunisten-Internationalisten noch als UdSSR, als Staat. Sonst kommen die Kapitalisten an unsere Grenzen.«

Tito ließ den verärgerten Gast erst einmal weiterreden.

»Truppen sind genug angesammelt«, sagte Chruschtschow. »So geht das nicht weiter! Wir haben beschlossen, dieser Entwicklung in Ungarn Einhalt zu gebieten. Ein bis zwei Tage werden genügen. Eine Restauration des Kapitalismus können wir schon aus unseren innenpolitischen Gründen nicht zulassen. Ich höre bereits von vielen Seiten den Vorwurf, unter Stalin hätte es keine Erschütterungen gegeben, ihm habe jeder gehorcht, aber jetzt, seit die gottverfluchten Schwächlinge am Ruder seien, komme es zu einer Niederlage nach der anderen, Polen, Ungarn, das sei der Zerfall! Und man behauptet, das geschehe, weil ich Stalin verurteilt habe. In der Armee rumort es schon, und das ist einer der Gründe, warum wir intervenieren müssen.«

Chruschtschow berichtete, die militärischen Vorbereitungen seien abgeschlossen. Er erwähnte, Kommandant der Operation in Ungarn würde Armeegeneral Malinin sein. Günstig für den Zeitpunkt einer neuen Intervention in Ungarn sei der Druck Englands und Frankreichs auf Ägypten. In der UNO würde es großes Geheule geben, aber weniger, wenn Großbritannien, Frankreich und Israel Krieg gegen Ägypten führten.

»Die stecken dort fest wie wir in Ungarn!«

Malenkow fügte hinzu, in der Sowjetunion sei auch politisch alles für eine sofortige Intervention gegen die Regierung Nagy bereit. Die Stimmung sei gut.

Die Jugoslawen begriffen, daß die Russen frontal und sehr scharf intervenieren würden, wußten aber auch, daß sie vom ungarischen Volk vollkommen isoliert waren. Tito flüsterte Rankovic zu:

»Die haben keine Ahnung davon, daß das Volk gegen sie ist.«

Chruschtschow bemerkte die Tuschelei und räusperte sich beleidigt. Vielleicht hatte er doch etwas verstanden, denn er erwähnte Arbeiter in der Stadt Miskolc, die bereit seien, sich gegen die Konterrevolution zu wehren.

»Bergleute haben dort von den Tschechen Waffen bekommen. Dort kann man einen politischen Schlag gegen Nagy versuchen … In Kombination mit den Bergleuten. Ungarn hat zweimal in Koalition mit dem Westen gegen Russen gekämpft. Die Meinung der sowjetischen Armee ist, daß Ungarn wieder mit dem Westen gegen uns marschieren will. Das werden wir nicht dulden.«

Tito ergriff bedächtig das Wort. Er habe die Entwicklung in Ungarn mit größter Aufmerksamkeit verfolgt. Revolte und Aufruhr des Volkes seien eine Explosion der Unzufriedenheit wegen der Politik Rákosis und den Sünden der Vergangenheit. Wenn man rechtzeitig etwas unternommen hätte, wäre das alles zu vermeiden gewesen …

»Wir sind auch wegen der Abweichung der Dinge nach rechts besorgt, zur Konterrevolution hin, denn was ist das für eine Regierung, wenn Kommunisten gehenkt werden …« sagte Tito. »Intervenieren muß man, wenn das in Ungarn eine Konterrevolution ist. Man sollte sich aber nicht nur auf sowjetische Waffen stützen. Es wird zum Blutvergießen, zum Kampf des Volkes gegen die sowjetischen Truppen kommen, weil eine Kommunistische Partei in Ungarn, wegen all dem, was in der Vergangenheit getan wurde, nicht mehr existiert. In der gegebenen Situation sollte man eine politische Vorbereitung anstreben, versuchen zu retten, was zu retten ist, eine aus Ungarn zusammengesetzte revolutionäre Regierung bilden oder ernennen, die sich mit einem Programm an das Volk wendet«.

Chruschtschow meinte, Ferenc Münich, früher Botschafter in Moskau, vor der Rebellion zum Botschafter in Belgrad ernannt, solle die neue ungarische Regierung bilden. Und dann gebe es ja auch noch Kádár.

»Was sagen Sie dazu?«

Tito konnte sich nicht an Münich erinnern. Rankovic beschrieb seine Begegnungen mit Münich.

»Es wäre aber doch besser, wenn Kádár die neue revolutionäre Regierung bildet, nicht Münich!«

Chruschtschow und Malenkow waren sichtbar mehr für Münich, aber sie sträubten sich nicht zu sehr. Tito hatte den Eindruck, sie beugten sich den Argumenten. Deshalb erläuterte er seine Meinung ausführlicher:

»Viel wird davon abhängen, wie das Programm der neuen Regierung aussieht. Sie sollte scharf und kategorisch die vergangene Politik Rákosis und Gerös, die zu all dem geführt hat, als Ganzes verurteilen.«

Chruschtschow und Malenkow stimmten widerwillig zu. Man gewann den Eindruck, sie würden lieber über die jetzige Konterrevolution und den Westen sprechen, nicht über die Fehler der Vergangenheit, aber sie nahmen die jugoslawischen Vorschläge an. Chruschtschow schimpfte auf Rákosi, fluchte und griff mit den schlimmsten Worten Gerö an, der sich zum ersten Sekretär hatte wählen lassen, danach zum Urlaub auf die Krim und später nach Jugoslawien gefahren war, während hinter seinem Rücken alles zusammenbrach. Rákosi, der schon in der Sowjetunion war, habe sich in Moskau gemeldet, um in Budapest zu helfen, aber Chruschtschow habe ihm gesagt, er solle nur ruhig hinunterfahren, wenn er vom Volk gehenkt werden wolle. Rákosi wollte daraufhin eine telefonische Verbindung mit Budapest, aber der Mann an der sowjetischen Telefonzentrale habe sie nicht durchgestellt. Malenkow sagte, der Telefonist habe sich dadurch als politisch reiferer Mensch erwiesen als Rákosi, dieser Idiot verstünde die elementarsten Dinge nicht …

Gegen zehn gingen Tito und Chruschtschow mit ihren Mitarbeitern ins Nachbarzimmer, um zu speisen. Tito vergaß nicht, ein guter Gastgeber zu sein. Sein ganzes Leben lang war er der Bauernsohn aus Zagorje geblieben, für den Gesetz ist, daß der Gast in seinem Haus gut essen und trinken, bequem sitzen und mit schönen Gegenständen umringt sein soll.

Bei Tisch erneuerte Chruschtschow die Diskussion, wer in Ungarn die Regierung bilden solle. Es war unübersehbar, daß er sich nur schwer mit Kádár in dieser Funktion anfreunden konnte. Er lobte Münich wieder. Münich sei stets gegen Rákosi gewesen, ein alter Kommunist, er, Chruschtschow, kenne ihn seit mehr als zwanzig Jahren, als Offiziere hätten sie in den dreißiger Jahren gemeinsam an einer militärischen Übung in Rußland teilgenommen, im selben Zelt geschlafen. Es schien beinahe so, als hätten die Russen die Regierung schon zusammengestellt und Münich stehe als ihr Ministerpräsident fest.

Als dem Rang nach jüngster in der Gesellschaft, vergewisserte sich Botschafter Mićunović erst mit einem Blick in Richtung Titos, ob dieser nichts dagegen habe, bevor er sich zu Wort meldete:

»Ich kenne Münich gut, wir waren oft in Moskau zusammen. Er war ja zu Rákosis Zeiten Botschafter in Moskau. Aber Sie müssen bedenken, Kádár war zur gleichen Zeit im Zuchthaus in Budapest. Für jeden Ungarn spricht das entscheidend zu Kádárs Gunsten.«

Chruschtschow zuckte nervös die Achseln:

»Sie könnten Recht haben. Na gut. Wir stellen ihm Münich als Aufpasser zur Seite. Dann werden wir weitersehen.«

Die Erklärung Kádárs über die tragische Entwicklung der Ereignisse in Ungarn wurde auch erwähnt. Kádár fürchtete, der Sozialismus und die Arbeitermacht in Ungarn würden auf jeden Fall zusammenbrechen. Chruschtschow sagte, Kádár sei zwar gutwillig, aber viel zu ängstlich für einen Kommunisten. Das Gespräch wurde über den Terror fortgeführt, den man zu Rákosis Zeiten gegen Kádár angewendet hatte. Besonders Farkas junior habe Kádár persönlich gefoltert. Chruschtschow wurde wieder wütend und brüllte:

»Dieses Miststück!«

Die ganze Nacht lang sprachen Tito und Chruschtschow über die Zukunft Ungarns. Im Sommer waren sie viel zusammen gewesen, hatten einander gut kennengelernt, wußten nun im voraus, wie der andere reagieren würde. Inzwischen war es Herbst geworden. Das Adriatische Meer brandete geduldig und unermüdlich, stark, ausdauernd und unerbittlich am Stein des Kais, am Fels der Insel, wie seit Jahrhunderten. Es war dieselbe See, duftete nach demselben Salz, wurde von denselben Winden gepeitscht wie zu Zeiten, als römische Herren in ihren Villen auf der Insel Brioni saßen und erörterten, was zu tun sei wegen dieser Unordnung dort weit weg oben im Norden und Nordosten des für sie immer viel zu kalten Europas.

Das Gespräch war erst um fünf Uhr morgens zu Ende. Manchmal schwieg man. Manchmal war die Stimmung peinlich, und es gelang nicht mehr, die Aufmerksamkeit auf die wesentlichen Themen zu lenken. Die politischen Fragen waren erschöpft. Zum Abendessen hatten die Politiker fast keinen Alkohol getrunken, und im Laufe des Gesprächs wurde nicht einmal einer angeboten. Die erschöpften Männer warfen manchmal einen Blick auf das sturmgepeitschte Meer. Sie waren sich nicht mehr bewußt, daß es nicht um ihr persönliches Prestige ging, sondern um das Leben von Millionen.

Chruschtschow und Malenkow verhielten sich zurückhaltend, bereit aufzugreifen, was von der jugoslawischen

Seite gesagt wurde, ohne Rücksicht darauf, was sie tatsächlich dachten. Ihr Ziel war augenscheinlich, die Begegnung im Zeichen des Einverständnisses zu beenden, obwohl im Verlauf des ganzen Gesprächs klar war, daß die Ansichten über die Ursachen der blutigen Ereignisse in Ungarn einander diametral entgegengesetzt waren.

Tito bestand kategorisch darauf, Rákosi zu verurteilen, und das bedeutete, auch die UdSSR als schuldig an der derzeitigen Katastrophe in Ungarn zu bezeichnen. Auf dieser Grundlage wurden von der jugoslawischen Seite auch andere Interventionen vorgenommen: wer die neue Regierung bilden solle, daß man auf Imre Nagy vor der unvermeidbaren, neuen Intervention der Sowjettruppen Einfluß ausüben müsse, um zu retten, was noch zu retten sei und um die Opfer und das zu erwartende neuerliche Blutvergießen in Ungarn in Grenzen zu halten.

Die beiden hohen sowjetischen Funktionäre verabschiedeten sich todmüde, wurden mit einem kleinen Boot zurück nach Pula gebracht und flogen sofort ab. Die Flugbedingungen waren außerordentlich schlecht. Den wenigen Jugoslawen, denen sie begegnet waren, dem Personal am Flughafen, den Matrosen, dem Wachpersonal, den Kellnern und Funkern, wurde eingebleut, daß dieser Besuch unbedingt geheimgehalten werden mußte.

Im Laufe des darauffolgenden Tages legte sich der Sturm, das Meer beruhigte sich, Tito machte einen Spaziergang zu seinem privaten Zoo auf der Insel und versuchte, mit den Tieren spielend, auf andere Gedanken zu kommen.

Gehenkt wegen gelber Schuhe

Unter dem Kommando des AVH-Leutnants György Varkonyi meldeten sich zwei Züge, bestehend aus zwei Unteroffizieren und vierzig Mann, zum Schutz des Stadtkomitees der Partei. Dessen Gebäude befand sich im Wohnblock zwischen der Rakoczy-, der Luther- und der Kenyérmezö-Straße, von allen Seiten war es leicht zugänglich, daher schwer zu verteidigen. An Bewaffnung brachten sie zwei Maschinenpistolen, vierzig Gewehre und zwei Pistolen mit. Das Feuer sollten sie nur eröffnen, wenn es zum unmittelbaren Angriff auf das Komitee kommen würde. Der Sekretär des Komitees Imre Mezö schüttelte den Kopf. Den Schutz hielt er für ungenügend, aber er und seine Mitarbeiter würden sich notfalls selbst verteidigen. Deshalb bat er das Verteidigungsministerium um weitere fünfzig Gewehre, drei Kisten Munition und zwei Kisten mit Handgranaten. Die Waffen verteilte er persönlich an seine Leute.

Vor dem Haus befanden sich auch drei russische Panzer.

Mezö war über fünfzig. In den zwanziger Jahren war er aus Horthys Ungarn geflohen, hatte in Antwerpen gearbeitet, war dort Mitglied der Kommunistischen Partei Belgiens geworden. Er organisierte die belgischen Spanienkämpfer, fuhr selbst mit ihnen mit, wurde 1936 bei Madrid verwundet, danach Mitglied der Parteiführung der internationalen Brigaden. Um den Kampf fortzusetzen, trat er in die französische Fremdenlegion ein und gelangte so nach Syrien. Im besetzten Frankreich war er später unter dem Pseudonym Edgard Mitglied der Widerstandsbewegung.

Aber als er ins befreite Ungarn zurückkehrte, war dieser Kommunist, der fast zehn Jahre lang ununterbrochen mit der Waffe in der Hand gekämpft hatte, Rákosi nicht geheuer.

Schon, daß er fließend deutsch, flämisch, englisch, französisch und spanisch sprach, war verdächtig. Er wurde nur Stellvertreter des Parteisekretärs von Budapest und 1953 mit der Anschuldigung abgelöst, daß es in seiner Tätigkeit in Spanien und Frankreich »unklare Momente« gebe. Erst vor kurzem war er zum Parteisekretär von Budapest ernannt worden. Ein Mann mit solcher Vergangenheit hatte keine Angst vor den Aufständischen. Er versammelte alle im Haus anwesenden Mitarbeiter:

»Wer nicht mit einer Waffe umgehen kann, möge die Hand heben.«

Es waren viele. Er bat die beiden Unteroffiziere, alle sofort, so gut es ging, auszubilden. Als er mit dem Leutnant allein geblieben war, sagte der junge Offizier:

»Ich verstehe nichts mehr. Alle sind gegen uns. Muß ich mich tatsächlich wegen dieser Uniform schämen?«

»Jetzt haben wir keine Zeit für die Theorie des Marxismus-Leninismus. Daß es in deinem Dienst schwere Entgleisungen gab, solltest du wissen. Aber über unsere Fehler werden wir später reden, jetzt müssen wir aufpassen, daß wir keine neuen machen. Und das bedeutet, wenn wir keine klaren Direktiven haben, müssen wir uns auf unser Bewußtsein und unser Herz verlassen.«

Aus allen Stadtbezirken meldeten sich die Parteikomitees, verlangten Waffen und Schutz. Aus Ujpest und Csepel forderte man sogar Panzer an. Mezö konnte diese Wünsche nur an das Verteidigungsministerium weitergeben. Er war in Versuchung, sich direkt an die Russen zu wenden. Aber er kannte sie aus Spanien nur zu gut und beschloß, gerade ihnen gegenüber besonders vorsichtig sein.

In den Fabriken wurden Arbeiterwehren gebildet, aber niemand wußte, auf wessen Seite sie kämpfen würden. Mezö ließ seine Parteiaktivisten wissen, sie sollten sich solchen bewaffneten Gruppen anschließen und versuchen, sie zu beeinflußen. Aber die meisten alten Genossen verhielten sich passiv.

Er durfte nicht zeigen, daß er selbst zauderte. Und er hatte niemanden, mit dem er sich beraten konnte. Er versuchte, über die Sonderleitung für hohe Funktionäre die Verbindung mit dem Chef der Budapester Polizei herzustellen. Diese besondere Telefonzentrale war nach russischem Vorbild eingerichtet worden, um abhörsichere, vertrauliche Gespräche zu ermöglichen. Zufällig konnte er aber selbst einen Wortwechsel mithören, in dem jemand sagte: »Nagy ist augenscheinlich Gefangener der Moskowiten geworden …« und eine andere Stimme antwortete: »Nagy muß sich endlich von diesen Schweinereien abgrenzen und auf der Seite des Aufstandes Farbe bekennen …« Mezö schmerzte nicht nur, daß man Nagy schon einen »Moskowiten« nannte, sondern vor allem, daß augenscheinlich auch die vertraulichen Telefonleitungen von den Aufständischen kontrolliert wurden.

Anstelle von Waffen schickte man ihm mehrere Stabsoffiziere zur Verstärkung. Er verfügte jetzt über ein halbes Dutzend Kommandanten, aber noch immer nur über vierzig Polizisten.

Am 29. Oktober am Abend, am siebenten Tag des Aufstandes, kam János Kádár in das Stadtkomitee und zog sich mit Mezö für eine halbe Stunde zurück. Als der Gast gegangen war, gab sich Mezö seinen Mitarbeitern gegenüber sehr wortkarg:

»Das Zentralkomitee tagt. Von ihm haben wir nichts zu erwarten. Wir sind allein auf uns gestellt. Kádár ist der Meinung, wir müssen Beweise sammeln, daß es sich um keinen Volksaufstand mehr handelt, sondern tatsächlich um die Konterrevolution.«

Er gab Weisung von der Staatssicherheit, Lebensmittel anzufordern. Der Mitarbeiter, der die Verbindung herstellte, meldete danach:

»Sie können uns nichts mehr schicken, soeben ist ein Dekret über die Auflösung der Staatssicherheit erschienen.«

Daraufhin rief Mezö korrekt die zum Schutz seines Komitees zugeteilten Männer zusammen:

»Es wurde mir gerade mitgeteilt, daß euer Dienst aufgelöst

ist. Es hindert euch daher nichts mehr daran, nach Hause zu gehen. Nur wer freiwillig bereit ist zu bleiben, soll das tun.«

Alle Polizisten blieben, aber es ließ sich nicht verbergen, daß sie beunruhigt waren.

Auf dem Weg zur Botschaft schien Boba, daß sich wieder mehr Menschen auf den Straßen befanden, daß sich das Leben normalisierte. Im Schaufenster eines Kinos wurde für den Film »Irene, geh nach Hause!« geworben. Jemand hatte den Namen durchgestrichen und stattdessen »Russe« hingeschrieben. Auf einen ausgebrannten sowjetischen Panzer hatte jemand die Inschrift gemalt: »Garçonniere zu vermieten«.

Von der Botschaft aus versuchte er wieder, Eva anzurufen, aber es meldete sich niemand. Er telefonierte mit Erdész, der ihm mitteilte, die ungarische Mannschaft sei zu den Olympischen Spielen nach Melbourne gefahren. Da die französische Chartermaschine nicht wagte, in Budapest zu landen, waren die Sportler mit Autos nach Prag gebracht worden. Das einzige Problem war noch, mit welcher Fahne sie aufmarschieren sollten, mit der bisherigen amtlichen, oder mit der von den Aufständischen benützten mit dem Kossuth-Wappen.

Ružić kam vorbei und sagte:

»Ich fahre morgen im Auto nach Belgrad. Willst du mitkommen?«

»Nein. Danke. Und warum gehen Sie? Ich habe eine Losung gesehen, ›Tötet Angehörige der AVH und die Juden‹ ...«

»Warum erzählst du das ausgerechnet mir?« fragte Ružić sehr scharf.

»Sie interessieren sich doch für alles. Ich dachte ...« Boba war verwirrt. »Sind Sie nicht auch ...?«

»Was? Jude? Na und? Zufällig Halbjude, wenn du es so genau wissen mußt. Ich fühle mich von den faschistischen Parolen nicht mehr gefährdet als jeder andere anständige Mensch ...«

Dann beruhigte er sich und erzählte, die reichsten Menschen in Ungarn seien bis in das neunzehnte Jahrhundert hinein die Adeligen gewesen. Aber während die deutsche Aristokratie den Ruf der Zeit besser verstand, hielt der ungarische Adel Bankwesen, Industrie, Bergwerke, überhaupt Geldverdienen, für nicht standesgemäß. In Deutschland hatten Juden Einfluß auf die Textilindustrie, auf Warenhäuser, aber Stahl und Kohle sowie die großen Finanzinstitute übernahmen Fürsten und Barone. In Ungarn hatten Juden deshalb viel mehr Raum, weil sich die Aristokraten die Hände nicht schmutzig machen wollten. Für Ungarn wurden die Juden zum Symbol des Kapitalismus.

Die Kinder der reichen Juden stellten sich oft gegen ihre Väter. So gelangten sie unter die Kommunisten und einige an die Spitze der Arbeiterbewegung. Der ungarische Faschismus, geführt vom »Admiral ohne Meer«, Miklos Horthy, hatte es leicht, den Kampf gegen das Kapital, personifiziert im häßlichen Juden, mit dem Kampf gegen die Partei des Proletariats zu verbinden. Und mit seinem Antisemitismus brachte dieses Regime die Juden dazu, Antifaschisten zu werden. Alles, was man haßte, war mit Judentum verbunden: Kapitalismus, Wuchermieten, Bolschewismus, Unfreiheit.

Das war ein wichtiger Grund, warum nach dem Krieg die Russen die Macht vor allem mit vielen Juden organisierten. Sie hatten nur wenige andere linksstehende Intellektuelle in Ungarn zur Verfügung. So wandte sich der Haß gegen die Russen nun auch gegen die Juden. Zwischen lauter Juden im Politbüro, wie Rákosi, Gerö und Farkas, war Lászlo Rajk der »waschechte« Ungar. Der Prozeß gegen ihn konnte so als Intrige der Juden gegen einen Ungarn ausgelegt werden.

»Ich sage dir das nur, damit du den Hintergrund besser verstehst«, brummte Ružić zum Abschied. »Eine Entschuldigung für solche Sprüche ist das natürlich nicht.«

Der Geschäftsträger Dalibor Soldatić ließ Boba in sein Büro bitten. Zum ersten Mal gab er dem jungen Mann Gelegenheit zu einem persönlichen Gespräch.

»Haben Sie Verbindungen zu der Jugend in der Stadt?«

Boba sagte, im Sommer habe er viele Kontakte hergestellt.

Sein Problem sei nur, daß nicht alle Telefonverbindungen funktionierten und er zu Fuß in der großen Stadt nicht überall hinkonnte, öffentliche Verkehrsmittel oder Taxis gab es nicht.

»Genosse Tito hat eine wichtige Erklärung abgegeben«, sagte Soldatić. »Sie wird morgen veröffentlicht. Uns interessiert, wie hier junge Menschen darauf reagieren. Ich kann Ihnen morgen dafür ein Auto mit Fahrer zur Verfügung stellen ...«

Boba fand in einer seiner Taschen die Visitenkarte von Szerencsés, jenem Journalisten, der ihm in Belgrad vor einigen Tagen als erster erzählt hatte, daß in Budapest etwas im Gange war. Er traf sich mit ihm in einem Café in der Stadt.

»Ich habe einen Freund, der einem engen Mitarbeiter Nagys nahesteht«, erzählte der Mann. »Nagy wurde nachträglich aufgefordert, Gerös Bitte an die Russen, in Budapest einzumarschieren, zu unterschreiben. Er hat das abgelehnt. Aber wir wissen jetzt nicht mehr, wofür er überhaupt noch verantwortlich ist.«

»Wer?«

»Imre Nagy. Hat er wirklich die Ausgangssperre befohlen, die Standgerichte eingeführt?«

»Moment!« rief Boba überrascht aus. »Hat er das nicht persönlich im Radio verkündet? Man wird seine Stimme doch kennen?«

»Gerade das ist verdächtig, daß er es persönlich gesagt haben soll. Warum sollte ein Ministerpräsident das tun? Und seine Stimme imitieren ist nicht schwer. Nun, wenn Sie meine Meinung hören wollen, es ist höchste Zeit, daß er eine eigene, wirklich unabhängige, provisorische Regierung bildet, mit dem einzigen Ziel, die Russen aus dem Land zu schaffen und freie Wahlen auszuschreiben ...«

Boba wunderte sich. Vor nur einer Woche hatte Szerencsés als treuester Anhänger des Gerö-Regimes gewirkt. Aber er erinnerte sich an Djukas Prämisse, ein Journalist habe nicht zu diskutieren, sondern Fragen zu stellen.

»Und was wünscht Ihrer Meinung nach die Mehrheit des ungarischen Volkes?«

»Neutralität! So zu leben wie die Österreicher!«

»Ausgerechnet Österreich ist Ihr Vorbild? War nicht gerade die Revolution Kossuths, auf die sich heute hier so viele berufen, gegen Wien gerichtet?«

»Heute sind die Verhältnisse anders ...«

Das Thema schien Szerencses nicht ganz geheuer, daher wechselte er es schnell. »Sehen Sie diese Männer dort am Tisch? Das sind unsere berühmtesten Schauspieler. Sie haben einen Streik begonnen. So lange die Russen im Lande sind, wird nicht mehr Theater gespielt. Warum lachen Sie?«

Boba konnte es einfach nicht fassen.

»Und Sie glauben, die Russen werden deswegen sehr traurig sein? Wer würde jetzt überhaupt ins Theater gehen? Am Abend gilt doch ohnehin die Polizeistunde!«

Ein älterer Kellner beugte sich zu ihnen:

»Wir haben soeben Würstel bekommen, Herr Redakteur. Ich kann Ihnen bis zu zwei Paar pro Person servieren.« Und stolz fügte er hinzu, »mit frischen Semmeln!«

Der Kren war so scharf, daß Boba, der gierig zugelangt hatte, die Tränen in die Augen schossen. Szerencsés sagte vertraulich:

»Hier ganz nahe in Richtung des Ostbahnhofs, wo auch die Züge aus Belgrad ankommen, ist der Platz der Republik und dort das Parteikomitee von Budapest. Man hat erfahren, daß sich im Keller des Hauses Zellen befinden, in denen Hunderte von politischen Gefangenen auch heute noch gefoltert werden.«

Das wunderte Boba: »Im Parteikomitee? Hat die Polizei keine Gefängnisse für solche Sachen?«

»Das ist es ja! Das beweist die Verbindung der Partei mit den staatlich lizenzierten Mördern, mit denen von der AVH. Morgen wird eine Aktion zur Befreiung dieser Opfer organisiert. Das sollten Sie sich als jugoslawischer Journalist nicht entgehen lassen ...«

Boba ging den breiten Lenin-Ring entlang in Richtung seines Hotels. Vorbei an einer Straßenbahn, die aus den Schienen gesprungen war. Auf dem breiten Bürgersteig hatte sich eine große Menschenmenge angesammelt. Er drängte sich vor, um zu sehen, was ihre Neugier anzog. Vielleicht ein interessantes, geistreiches Plakat mit neuem Inhalt?

Auf der Akazie, die noch nicht ihr ganzes Herbstlaub verloren hatte, war ein toter Mensch geknüpft. Sein Gesicht war fast schwarz geschlagen, von blutigen Wunden bedeckt, wirkte es wie eine schwarz-rote Maske. Kurz geschorenes Haar. Der Oberkörper in einem grünen, blutbefleckten Pullover. Augenscheinlich hatte man ihn verprügelt, bevor man ihn gehenkt hatte. Dunkle Hosen, gelbe Halbschuhe. Seine Hände hingen leblos herab. An der Brust war ein Pappkarton mit der Aufschrift befestigt:

»So wird es jedem Mitglied der AVH ergehen!«

Die Menschen, die den gehenkten jungen Mann betrachteten, benahmen sich wie das Publikum auf einem Jahrmarkt. Boba versuchte im Ausdruck ihrer Gesichter Bestürzung, Entsetzen, wenigstens Verwunderung zu finden. Sie schienen aber eher belustigt, das Ereignis war für sie eine Sehenswürdigkeit, wie vor Jahrhunderten, als Hinrichtungen ein Schauspiel für die Massen gewesen waren. Den toten Burschen betrachtete auch ein dreizehn- oder vierzehnjähriger Junge mit einer Schirmmütze, ein älterer Bauer mit rostrotem Hut und Schurrbart, ein glatzköpfiger, gut angezogener Herr sowie ein magerer Beau mit hübschem Schal. An der Litfaßsäule daneben war ein Plakat angeschlagen, das eine Lesung des Dichters Gyula Illyés ankündigte, auch für Ausstellungen, Operetten und einen Liebesfilm wurde geworben.

»Wann ist das geschehen?« fragte Boba.

»Soeben.«

»Warum?«

»Er war Mitglied der AVH«, antwortete der gutgekleidete Herr. »Sie sehen doch selber, er hat gelbe Schuhe an.«

»Ich verstehe noch immer nicht. Entschuldigen Sie, ich bin Ausländer.«

»Sie werden doch trotzdem wissen, was die AVH ist, oder?

Nun, den inoffiziellen Mitarbeitern dieses Dienstes wurden unter anderem solche gelben Schuhe verteilt.«

»Und deshalb haben sie den da gelyncht?«

Boba schienen die Blicke, die sich nun auf ihn richteten, plötzlich bedrohlich. Er nickte kurz und ging schnell weiter.

Steva Ružić war nicht mehr in der Botschaft. Boba wußte nicht, wem er die Geschichte von den gelben Schuhen erzählen sollte. Er wählte wieder Evas Nummer, obwohl er nicht mehr erwartete, daß sich jemand melden könnte. Niemand hob ab. Heute würde nichts mehr geschehen. Langsam schlenderte er durch den Oktoberabend zum Hotel. Der Tag war ruhig gewesen, aber jetzt vernahm man wieder entfernten Kanonendonner. Er zwang sich, ganz langsam durch die Dämmerung zu gehen. Am liebsten wäre er gelaufen, weil er vor der Finsternis Angst hatte, aber wer läuft, macht sich verdächtig.

Was ging ihn dieser fremde Aufstand an? Er hatte einen jugoslawischen Paß in der Tasche. Kossuth und Petöfi, russische Panzer und junge Leute mit Gewehren, die Geschichten über politische Häftlinge, die AVH, Folterzellen im Parteikomitee, Sünden der Geheimpolizei und der Rákosi-Clique, auch Hinrichtungen von Leuten wegen gelber Halbschuhe oder die Frage, unter welcher Fahne die ungarischen Sportler in Australien im Olympiastadion aufmarschieren würden, bildeten für ihn nur Material für Reportagen und die Chance, sich endlich als seriöser Journalist profilieren zu können. Er war weder Angehöriger der AVH noch Jude, er trug schwarze Schuhe – gelbe hatte er nie gemocht – es gab keinen Grund, warum sein Herz so aufgeregt klopfte, und er blieb stehen, um sich zu beruhigen, und atmete durch. Er stand in der Budapester Dunkelheit und wartete, bis sich sein Herzschlag beruhigt hatte.

Endlich war er im Hotel. Mit einem Blick umfaßte er die schon bekannte Hotelhalle. Vor der Rezeption standen einige Männer, die wie zur Jagd gekleidet schienen, aber mit rotweiß-grünen Armbinden. Unter ihnen war ein Mädchen in enganliegender Schihose und einer grauen Jacke. Alle drehten sich dem Eingang zu. Noch hatte er sie gar nicht bewußt erkannt, als Eva auf ihn zuging, mit sehr hoch erhobenem Kopf, sehr selbstsicher – so hatte sich Boba gar nicht an sie erinnert. Es schien sie überhaupt nicht zu stören, daß alle Anwesenden sie neugierig betrachteten, daß sie das Zentrum der Aufmerksamkeit bildete. Ihr Mund war, noch bevor sie sprach, leicht geöffnet, das war dieses Kindliche an ihr, trotz der vollen Lippen.

»Wie kommst du her?« fragte sie laut. »Wohnst du hier? Übrigens, ich habe ohnehin damit gerechnet, daß du früher oder später auftauchst.«

»Ich versuche schon tagelang, dich telefonisch zu erreichen.«

»Kann sein, ich habe selten Zeit, nach Hause zu gehen. Warte!« sagte sie in einem Ton, der keinen Widerspruch duldete, und ging wieder zu der Männergruppe. Boba zog den Mantel aus, auf einmal war ihm sehr warm geworden. Eva schien Befehle zu geben. Vielleicht hatten diese strengen Männer auch schon jemanden gehenkt, weil er gelbe Schuhe trug, Boba hätte es ihnen zugetraut. Eva sprach leise, aber energisch, Boba konnte nicht verstehen, was sie sagte, einer der Männer versuchte sie anscheinend zu unterbrechen, aber mit einer Handbewegung wies sie ihn in die Schranken. Die Männer nickten, gingen zum Ausgang, schauten Boba verwundert an, einer tippte mit dem Finger grüßend an die Hutkrempe. Boba nahm in einem Sessel Platz und wartete, bis sie sich zu ihm gesellt hatte.

»Bist du eine Neuauflage von Robin Hood in weiblicher Gestalt oder so etwas?« fragte er.

»Wo können wir in Ruhe reden?« In der Halle standen und saßen viele Menschen herum und hatten nichts anderes zu tun als zu lauschen.

»In meinem Zimmer, wenn es dir nicht unangenehm ist ...« er erinnerte sich, daß sie im »Gellért« nicht mit ihm auf das Zimmer hatte gehen wollen, obwohl sie dort niemand so beobachtet hatte, wie es hier alle taten.

»Hast du auch etwas zu essen? Ich bin hungrig.«

Boba holte sich seinen Schlüssel. Noch waren sie nicht im Aufzug, als von allen Seiten der Halle Menschen zum Portier gingen, gewiß, um zu fragen, wer Boba sei.

Die Gänge des Hotels waren vernachlässigt. Auf Sesseln in den Nischen türmten sich gebrauchte Bettwäsche, Handtücher, auf dem Fußboden standen volle Aschenbecher herum.

Als sie im Zimmer angelangt waren, sagte Eva:

»Küß mich doch endlich!«

Er umarmte sie langsam und küßte sie auf den Mund. War er nicht deshalb nach Budapest zurückgekommen? Mit der einen Hand hielt er sie im Nacken fest, der schlank aus der Wolle des Pullovers auftauchte, mit der anderen fuhr er den Stoff der Jacke entlang, suchte den Weg darunter, unter den Pullover, unter die Wäsche, wollte ihre Haut finden, aber da war in der hinteren Hosentasche etwas Festes, Hartes. Metall. Im ersten Augenblick war er verwirrt, dann lachte er und ließ sie, den Revolver hervorziehend, los.

»Ehrenwort, bewaffnete Damen habe ich noch nie geküßt ...«

»Du bist auch noch jung ...«

»Das ist doch kein Spielzeug für kleine Mädchen, man kann sich damit verletzen ...«

»Die Zeit, in der wir leben, ist eben nicht sehr günstig für kleine Mädchen ...«

Der Sommer konnte nicht wiederholt werden. Nichts läßt sich wiederholen. Schon damals hatte er das gewußt, als er zwischen Schlaf und Wachsein serbische Worte geflüstert hatte, die sie nicht verstehen konnte. Jetzt schwiegen sie. Fast verbittert. Nur ihr Atem ging im selben Rhythmus. Damals hatte sie ihm, als sie miteinander im Bett lagen, mit einer Zigarette eine kleine Wunde in den Arm gebrannt. Er hatte den Impuls sie zu fragen, ob das Absicht gewesen war, tat es aber nicht.

Nur vier Monate waren seither vergangen. Es war dieselbe Stadt, aber kein heißer Sommer mehr, sondern nasser, trüber

Herbst. Sie schmiegte sich an ihn. Er erinnerte sich wieder an das Märchen vom Mann, der auszog, das Fürchten zu lernen. Vielleicht war er deshalb nach Budapest gekommen. Vielleicht hatte er erfahren wollen, wie er sich im Angesicht von Gefahr verhalten würde, und nicht, um bei Eva zu liegen. Den Pullover aus grober Wolle hatte sie anbehalten, darunter waren ihre festen, muskulösen Beine einer Schwimmerin, nackt bis zu den Hüften. Der Oberteil gehörte zu einer Frau, die gesetzten, bewaffneten Männern Befehle gab, unten war ein Mädchen, sein Mädchen, und der Kopf, der auf seiner Schulter lag, war der Kopf eines Kindes, das fragte:

»Was wird mit uns geschehen?«

Eva weinte. So weint ein Kind, wenn man ihm versprochen hat, am Sonntag einen Ausflug zu machen, es aber in Strömen regnet und man zu Hause bleiben muß. Vergeblich tröstet man es, nächste Woche fahren wir bestimmt! Sieben Tage scheinen ihm unendlich lang, es weint weiter, weil es sich mit dem Unabänderlichen nicht abfinden will. Das Hotel, in dem Eva so verzweifelt war und die Welt nicht verstehen konnte, hatte den sinnlosen Namen »Frieden«, und auf dem Nachttisch lag ihr schwarzer Revolver neben Bobas Paß. Es war kein fröhlicher Ausflug, der ihn diesmal nach Budapest geführt hatte.

Zum Glück dauern Jammer und Klage bei Kindern und jungen Mädchen nicht lange. Eva stand auf, ging zum Waschbecken, wusch sich unbefangen, lachte wieder und sagte mit gespieltem Schmollen in ihrer Stimme:

»Du hast mich mit dem Versprechen verführt, daß du mir zu essen gibst, und ich bin immer noch am Verhungern ...«

Es war ihm angenehm, daß er seine Hände beschäftigen konnte und nicht sprechen mußte. Er riß das Papier vom Zwieback, öffnete geschickt die Dose mit den Ölsardinen, schnitt mit seinem Taschenmesser Käse und Salami auf.

Eva aß, und jetzt redete Boba. Sie solle sich hüten, das Opfer einer Manipulation zu werden. Sie müsse sich beruhigen und der Wahrheit ins Antlitz schauen. Zwischendurch fragte er sich, ob auch Jeanne d'Arc jemand geraten hatte, sich nicht manipulieren zu lassen, und ob im alten Rom zur Zeit des Aufstandes des Spartakus jemand einer jungen Sklavin erklärt hatte, sie solle der Wahrheit ins Antlitz schauen?

»Ich muß ja zugeben, ich weiß nicht, was ich jetzt tun würde, wenn ich Ungar wäre«, sagte Boba und wurde nicht unterbrochen – Eva mußte wirklich sehr hungrig gewesen sein und aß mit großem Appetit.

»Aber vielleicht sehe ich eure Probleme gerade aus meiner Distanz umso besser. Bitte, Eva, geh jetzt nach Hause, vergiß, daß du je im Leben einen Revolver in der Hand gehalten hast und warte ab, bis alles vorbei ist. Im Sommer hast du gesagt, daß du alles, was mit Politik zu tun hat, haßt. Warum läßt du dich jetzt von politischen Phrasen verführen, wenn sie aus der entgegengesetzten Richtung kommen?«

Obwohl sie nicht antwortete, spürte er an ihrer Haltung, daß sie nicht einverstanden war, und seufzte auf:

»Vielleicht ist jedem von uns bestimmt, seine eigene Rolle zu spielen …«

»Wir spielen nicht. Wir kämpfen!« sagte Eva.

»Gut. Du glaubst, daß du nicht spielst. Aber andere spielen mit dir und spielen dir mit, Eva …«

Er wußte nicht, was er noch sagen sollte. Nichts war wie im Sommer und nie wieder würde es so sein. Wie nennt man so etwas? Liebe? Liebe war es nicht. Etwas, das fühlte er, verband ihn mit ihr, aber drängte ihn auch von ihr weg. Angst? Angst war es nicht. Sie verstanden einander nicht mehr, sie kamen von zwei verschiedenen Seiten der Welt aufeinander zu. Derselben Welt? Was war das für eine Welt?

»Ich habe mich wirklich gefreut, als ich dich dort unten in der Halle gesehen habe«, sagte Eva und wischte sich den Mund mit einem Zipfel des Bettlakens ab. »Ich habe dich sofort erkannt und war überhaupt nicht überrascht, wirklich. Ich sagte dir schon, ich wußte, daß du kommen würdest, nur war ich überzeugt davon, du würdest auf unserer Seite mitkämpfen …«

»Du hast wohl gedacht, ich komme hoch auf einem weißen Roß angeritten und schwenke deinen Unterrock auf einem Besenstiel als Banner der Revolution?«

Er wollte sie beleidigen. Sie nahm es nicht zur Kenntnis.

»Ich liebe dich«, sagte sie.

»Ich liebe dich auch«, antwortete er. Dieser Dialog war der erste, den er dank amerikanischer Filme auch auf englisch gelernt, aber in dieser Sprache noch nie angewendet hatte. Es klang auch auf ungarisch nicht sehr überzeugend. Eva merkte es wohl.

»Also, wenn du mich liebst, dann mach mir noch so ein jugoslawisches Sandwich zum Mitnehmen. Ich muß los!«

»Jetzt, mitten in der Nacht? Bleib bis zum Morgen, dann werden wir weitersehen. Ich kann dich jetzt nicht weglassen.«

»Dann komm mit! Hast du genug, um mir etwas von den Lebensmitteln mitzugeben?«

Ihr Mund stand noch immer offen. Boba wußte, daß jugoslawische Schokolade und Ölsardinen in einem Stab der ungarischen Aufständischen zu einem politischen Fall werden konnten. Dafür hatte der geheimnisvolle Mann in Palić ihm die Nahrungsmittel nicht mitgegeben. Jemand konnte zum Schluß kommen, die Rebellen würden aus Jugoslawien versorgt. Aber er sagte nichts davon und gab ihr die Hälfte seines Vorrats. Erst als etwas lauter als die ganze Zeit über aus der Nacht ferner Kanonendonner zu ihnen ins Hotelzimmer drang, fragte er Eva:

»Wo kann das sein?«

»Ich glaube, in Csepel.«

Sie traten ans Fenster. Er hielt sie umarmt. Obwohl er es unterdrücken wollte, zitterte er. Sie war ganz ruhig. Etwas Einförmiges, Metallschweres rollte heran, die Straße dröhnte, das Fensterglas erzitterte. Über die Ringstraße um die Ecke fuhr eine Panzerkolonne. Er wußte, sie fuhr nicht spazieren. Sie würde irgendwo das Feuer eröffnen. Auf Menschen.

»Warst du dort auf der Straße, wo man diesen Mann mit den gelben Schuhe gehenkt hat?« fragte Boba.

»Ja. Das ist gut. Als Einschüchterungsmaßnahme.«

»Es war ein Mensch.«

Eva verstand, was dieser Satz bedeutete.

»Du kommst also nicht mit mir?«

»Wenn du nach Hause gehen würdest, würde ich dich selbstverständlich begleiten. In deinen Stab oder wie du das nennst kann ich nicht mitkommen.«

Boba hatte Angst. Aber es war nicht nur Angst. Er gab ihr ihren Revolver, den sie fast vergessen hätte. Sie vereinbarten, um zehn Uhr vormittags miteinander zu telefonieren. Sie würde am Morgen nach Hause gehen, um sich umzuziehen und einige Stunden zu schlafen. Es war also kein Abschied für immer, und das fanden beide tröstlich.

Er begleitete sie hinunter auf die Straße und blickte ihr nach. Die wolkenverhangene Nacht war jetzt wieder still. Wäre Djuka mit ihr mitgegangen, um im Stab etwas Neues zu erfahren? Wahrscheinlich, höchstwahrscheinlich. Eva ging, ohne sich umzuwenden, immer schneller. Sie würde mitten in der Nacht an dem Gehenkten vorbeigehen müssen, falls man ihn nicht vom Baum abgenommen hatte, aber sie schien sich vor nichts auf der Welt zu fürchten. Obwohl sie soeben noch geweint hatte.

Boba kehrte in sein Zimmer zurück. Jetzt war er hungrig und aß langsam, kaute gründlich. Zählte seine Vorräte. Schokolade war knapp geworden, sonst hatte er noch immer von allem reichlich. Es schien ihm, er habe unendlich viel Zeit. Und als habe er Zeit aufs Brot gestrichen, nicht Butter. Es schmeckte ihm.

Der Verrat

Am 30. Oktober 1956 veröffentlichten die ungarischen Zeitungen eine Erklärung des jugoslawischen Staatspräsidenten Marschall Tito zur Lage im Nachbarland:

»Die jugoslawische Öffentlichkeit begrüßt wie mit einer Seele die Aufstellung der neuen staatlichen und politischen Führung Ungarns am 28. dieses Monats. Die wesentlichen Elemente der politischen Plattform der neuen politischen und staatlichen Führung Ungarns, wie zum Beispiel die Demokratisierung des öffentlichen Lebens, die Einführung der Arbeiterselbstverwaltung und der demokratischen Selbstverwaltung überhaupt, die Ordnung der Beziehungen zwischen sozialistischen Ländern auf der Grundlage der Gleichberechtigung und Achtung der Souveränität, die Initiative zu Verhandlungen über den Abzug der sowjetischen Truppen usw. sowie die reale Einschätzung des Charakters der Ereignisse in Ungarn, die in der erwähnten Regierungserklärung abgegeben wurde, sind Beweise, daß die Politik der jetzigen staatlichen Führung und die wahrhaftig sozialistischen und demokratischen Bestrebungen der ungarischen Menschen zusammengeflossen sind.

Unter solchen Bedingungen würde ein weiteres Blutvergießen den werktätigen Menschen Ungarns und dem Sozialismus nur Schaden zufügen. Es würde nur den Zielen der Reaktion und der bourgeoisen Deformation nützen ...«

Die Botschaft kam zu spät an. Obwohl sich die sowjetischen Panzer vorübergehend in ihre Stützpunkte zurückgezogen hatten, dauerten die Kämpfe an. Zwischen Vertretern der Regierung Nagy und hohen russischen Offizieren begannen Verhandlungen über den Abzug der sowjetischen Einheiten aus dem ganzen Land. Die Ungarn hatten am Anfang den Eindruck, daß diese Verhandlungen gut vorangingen. Insbesondere, als die amtliche sowjetische Nachrichtenagentur TASS meldete, die Sowjetunion sei bereit, die Frage der Stationierung der Truppen in den Mitgliedsstaaten des Warschauer Paktes zu erörtern.

Früh am Morgen des 30. Oktober griffen israelische Truppen ohne Vorankündigung Ägypten an und drangen etwa 150 Kilometer auf sein Territorium vor. Großbritannien und Frankreich stellten Ägypten ein Ultimatum und begannen erst danach den Angriff mit dem Ziel, bis zum Suezkanal vorzustoßen. Der amerikanische Präsident Eisenhower war überrascht, sogar bestürzt. Sofort gab er dem Vertreter der USA im Sicherheitsrat der UNO die Weisung, Israel aufzufordern, die militärischen Aktionen einzustellen.

Englische Bomber tauchten auf dem Himmel über uralten Städten auf. In Kairo, Alexandria, Port Said, Suez und Ismailia heulten die Sirenen. Dann fielen Bomben. Über den historischen Bauten wackelte der moderne Tod mit seinen Flügeln. Außer sich vor Schrecken liefen Menschen, Frauen und Kinder Schutz suchend durcheinander. So wie in Ungarn niemand an die Schiffahrtswege des Erdöls dachte, dachte hier niemand an Ungarn, die wenigsten wußten überhaupt, wo es lag und was dort geschah.

Viele Jahre später erzählte János Kádár über sein letztes Gespräch mit Mezö:

»Ich ging dorthin, um zu erfahren, was im Parteikomitee von Budapest los war, ich wollte mich über die Situation auf dem Platz der Republik orientieren, aber es leitete mich natürlich auch persönliche Sympathie für Mezö. Ich kannte ihn gut, wir waren alte Freunde ... Es waren schwierige Tage und es war nicht ganz klar, wie die Frontlinien verliefen.«

Nachdem Kádár sich verabschiedet hatte, kam der Kommandeur der drei russischen Panzer, Hauptmann Kutikow, um sich abzumelden. Er sollte sich in den Stützpunkt in Mátyásföld zurückziehen. Nur einer der drei Panzer kam heil an, die anderen beiden wurden von Aufständischen unterwegs in Brand gesetzt.

Der Kommandeur der kleinen Polizeitruppe im Parteikomitee, Leutnant Várkonyi, sagte:

»Imre Nagy ist zur Konterrevolution übergelaufen. Das ist Verrat!«

Mezö verbot ihm, so zu sprechen.

Statt der Russen kamen auf zwei Lastwagen fünfzig Kadetten der Artillerieakademie. Sie waren gut bewaffnet. Mezö gab ihnen die Weisung, das Theater auf der anderen Seite des Platzes zu besetzen, um von dort aus den Eingang ins Komitee zu beobachten und notfalls zu beschützen. Etwas später kam vom Kommandanten der Akademie ein neuer Befehl, die Kadetten verließen ihre Stellungen und zogen ab.

Am Nachmittag erschien vor dem Komitee ein ungarischer Radpanzer und parkte vor dem Eingang. Er hatte eine Besatzung von fünf Mann, die dort in ihrem Fahrzeug übernachteten. Am Morgen des 30. Oktober erhielt aber auch er den Befehl abzuziehen.

Der Parteisekretär von Budapest, Mezö, und der rangälteste Offizier im Haus, Oberst Asztalos, versuchten vergeblich festzustellen, wer alle diese Rückzugsbefehle erteilt hatte. Mitten in der Hauptstadt waren sie auf einmal allein.

Auf der Kreuzung Kisfaludy-Straße und Praterstraße stand eine verlassene russische Flakbatterie. Kinder, einige trotz der Herbstkälte und des Regens ohne Strümpfe und in kurzen Hosen, spielten auf den Geschützen. In mehreren Fassaden auf der Ringstraße gleich nebenan gähnten Löcher, die Granaten geschlagen hatten. Als Warnung für die Täter stand gleich davor ein ausgebrannter Panzer. Vor der Oper lagen Leichen auf der Straße.

Neue Losungen wurden an die Wände geschlagen:

»Ritter Horthy, kehre auf deinem Schimmel zurück!«

Und gleich daneben:

»Die Fabriken geben wir nicht zurück!«

Als Antwort auf beide Botschaften, von Hand angefügt:

»Lügt nicht!«

Auf dem Baross-Platz parkten zwei Lastwagen, der eine aus Györ, der andere aus Mosonmagyarovar, mit jungen Männern, die absprangen und sofort von allen Passanten nicht nur Ausweise forderten, sondern sie auch durchsuchten. Wer einen Parteiausweis bei sich hatte, wurde verhaftet.

Im Stadtkomitee hörte man davon. Várkonyi gab Befehl zu erhöhter Wachsamkeit. Als eine Gruppe von jungen Männer durch die Kenyérmezö-Gasse nahte, ließ er eine Handgranate vor sie werfen und stürmte mit einigen seiner Polizisten aus dem Komitee. Es waren Schüler. Die meisten ergriffen die Flucht, einer wurde erwischt und in das Komitee geschleppt.

»Das wird euch nichts nützen«, sagte der Gefangene frech. »Die sowjetischen Truppen ziehen sich zurück. Ihr seid der letzte Stützpunkt der Kommunisten, wenn wir euch liquidiert haben, gehört Budapest uns!«

Mezö kontrollierte die Posten persönlich. Einer von ihnen hatte mehrere Bücher vor sich:

»Wie heißt du?«

«Pál Szabo, Genosse Sekretär.«

»Was liest du da?

»Ich bereite mich auf das Abitur vor.«

»Ausgerechnet jetzt?«

»Ich nütze jeden freien Augenblick. Ich möchte nachher studieren ...«

Mezö lobte seinen Optimismus. Ihn stimmten die Nachrichten, die von allen Seiten eintrafen, eher pessimistisch. Várkonyi schlug vor:

»Am besten ist wohl, wenn wir im Lauf der nächsten Nacht auseinandergehen ...«

»Nein!« beschloß Mezö. »Wir beginnen keinen Streit, aber

wir bleiben auf unseren Posten und wehren uns, wenn wir angegriffen werden.«

Er fühlte sich elend. Ein Arzt war da, untersuchte ihn in seinem Büro und war sehr besorgt:

»Sie sind ernsthaft krank.«

»Nur müde. Wenn ich einige Stunden schlafe, bin ich wie neugeboren, Sie werden mich nicht wiedererkennen ...«

Dienstag früh gegen halb sieben versammelten sich die Aufständischen auf dem Platz der Republik. Die Regierung hatte einen Waffenstillstand für alle verkündet. Sowjetische Einheiten waren zumindest im Stadtzentrum nicht mehr zu sehen. Gyurka hatte zu Hause geschlafen. In den letzten Tagen war er oft dagewesen, dann war er wieder gegangen, seine Mutter hatte sich daran gewöhnt. Besorgt war sie natürlich noch immer, aber nicht mehr so verzweifelt wie in den ersten Tagen.

»So lange ich die Zwiebel um den Hals hängen habe, kann mir nichts geschehen ... Mama, verstehst du, diese Zwiebel wird eines Tages im Museum der Revolution ausgestellt werden, weil sie alles mit mir durchgemacht hat ...«

Auf dem Baross-Platz bereiteten Berufsoffiziere den Angriff vor:

»Das Ziel ist die Eroberung des Stadtkomitees der Partei. Verstärkung wird von allen Seiten zusammengezogen. Unsere heilige Pflicht ist es, die Häftlinge aus den Kellerräumen, die einige Etagen tief sind, zu befreien.«

Gyurka bekam endlich auch ein Gewehr. Die meisten älteren Männer hatten russische Maschinenpistolen. Sie hatten sich die Waffen, ohne darum kämpfen zu müssen, einfach aus einer nahegelegenen Polizeistation geholt.

Der als rechts stehender Anarchist geltende Jozsef Dudás hatte Redaktion und Druckerei der Parteizeitung *Szabad nép* erobert. Er hörte von der Umzingelung des Stadtkomitees und rief Imre Nagy an.

»Herr Ministerpräsident, soeben erfahre ich, daß aus dem Stadtkomitee trotz Ihres Verbotes das Feuer auf Passanten eröffnet wurde und unschuldige Menschen getötet worden sind. Ich habe meinen Kämpfern den Befehl gegeben, dort aufzuräumen …«

Um Dudás hatten sich einige seiner Mitarbeiter versammelt.

»Was sagt Nagy?«

»Nichts. Er hat mich für heute nachmittag zu sich eingeladen.«

Dudás ließ Listen der Angreifer auf das Komitee aufstellen und versprach ihnen, alle würden nach dem Sieg Orden erhalten. Zwei Tage später würde Dudás auch ins Außenministerium einmarschieren und sich zum Minister ernennen. Erst danach würde ein Trupp »echter« Soldaten erscheinen und ihn verhaften. In einigen Teilen der Stadt und wichtigen Institutionen hatten sich die verschiedensten Gruppen eingenistet. Wer ein Dutzend bewaffneter Männer um sich scharren konnte, tat, was er wollte.

Der Angriff auf das Komitee begann mit Einzelfeuer aus Gewehren und Maschinenpistolen. Sie trafen niemanden. Einige Fensterscheiben zersplitterten. Mezö ermunterte seine Leute. Die Regierung würde es nie gestatten, daß das Stadtkomitee in die Hände der Konterrevolutionäre falle.

Endlich war es den Angreifern gelungen, so nahe an das Gebäude heranzukommen, daß sie eine Flasche Benzin durch ein zerschossenes Fenster schleudern konnten. Im Erdgeschoß brach ein Brand aus, der aber gelöscht werden konnte.

Leutnant Várkonyi setzte sich telefonisch mit seinem Vorgesetzten in Verbindung und berichtete, das Komitee würde von überlegenen Kräften angegriffen. Am wichtigsten sei es, die Häuser um den Platz und das Erkel-Theater, wo der Stab der Angreifer untergebracht sei, zu säubern. Der Offizier vom Dienst sagte, er nehme den Bericht zur Kenntnis, obwohl der Sicherheitsdienst ja aufgelöst sei. Von einer Verstärkung könne keine Rede sein, alle Einheiten der Polizei und des Sicherheitsdienstes ständen im Kampf.

Das war an einem Tag, an dem offiziell vollkommener Friede herrschte. Nagy hatte alle Bedingungen der Aufständischen angenommen und allen Einheiten der Armee und der Polizei befohlen, nicht zu schießen, den Sicherheitsdienst AVH hatte er per Dekret aufgelöst. Auf seine Bitte hatten sich die Russen aus dem Stadtkern zurückgezogen. Aber die Kämpfe hatten nicht aufgehört.

Kurz nach zwölf erschien über dem Platz der Republik ein Aufklärungsflugzeug im Tiefflug, zog einige Kreise und verschwand wieder. Mezö hoffte, jetzt würde Hilfe kommen. Er rief das Verteidigungsministerium an und hörte, der Pilot habe gemeldet, es seien keine nennenswerten Kräfte zu bemerken gewesen, und das Militär brauche nicht einzugreifen. Mezö brüllte, konnte aber nichts ausrichten. Dann rief er zum ersten Mal Imre Nagy direkt an. Die Sekretärin, Frau Balogh, teilte mit, der Genosse Ministerpräsident habe eine wichtige Sitzung.

»Sie müssen ihm sagen, daß die Aufständischen seit heute morgen das Stadtkomitee angreifen und es bald erobert haben werden!«

»Ich lege ihm einen Zettel ins Zimmer«, sagte Frau Balogh erschrocken.

Imre Nagy verhandelte eben über die Zusammensetzung seiner neuen Regierung, bereitete sich auf eine Begegnung mit dem russischen Oberkommando vor, überlegte, ob er die Neutralität Ungarns verkünden solle und ob er Chancen habe, von der UNO unterstützt zu werden. Ein Einzelgebäude, und sei es das Stadtkomitee seiner Partei in Budapest, interessierte ihn nicht.

»Sagen Sie ihm, er soll mich nicht in Panik versetzen!« Der Ministerpräsident schob den Zettel beiseite.

In der Zwischenzeit hatten die Aufständischen einen Panzer als Verstärkung bekommen. Er feuerte einige Granaten auf das Komitee ab. Mezö hatte zwar aus Spanien Erfahrung im Bürgerkrieg, aber hier konnte er nur telefonieren. Endlich überzeugte er einen gewissen Oberst Virágh, sechs Panzer zur Verteidigung seines Komitees zu schicken. Der Major, der sie befehligen sollte, war in Budapest fremd. Man mußte ihm eine genaue Skizze anfertigen. Bevor er sich in Marsch setzte, sagte er zum Oberst:

»Ich kenne meine Soldaten nicht. Ich weiß nicht, ob sie bereit sein werden, das Feuer auf das Volk zu eröffnen ...«

Auf dem Platz vor dem Komitee angekommen, stellten seine Männer fest, daß hier bereits ein Panzer auf ein gelbes Haus schoß. Zwei der sechs Panzer gaben ihm sofort Unterstützung und schossen auf dasselbe Ziel. Die Mannschaften der anderen vier stiegen aus und fraternisierten mit den versammelten Menschen. Der Major betrachtete verzweifelt seinen Stadtplan und seine Notizen, fürchtete, daß seine Leute womöglich auf der falschen Seite stehen mochten, und gab den Befehl, zurück in die Kaserne zu fahren. Den Oberst, der ihn geschickt hatte, fand er nicht, also erstattete er einem Oberstleutnant mündlich Bericht:

»Ich fürchte, wir haben einen schrecklichen Fehler begangen und haben das Feuer auf das Komitee eröffnet, das wir verteidigen sollten, aber die haben aus den Fenstern zuerst auf uns geschossen ...«

»Scheiße!« fluchte der Oberstleutnant leise. »Aber wenn man auf sie das Feuer eröffnet hat, konnten sie nichts anderes tun. Na, machen Sie jetzt einen schönen schriftlichen Bericht ...«

Boba war schon früh am Morgen zur Botschaft gegangen. Erst nahm er sich alle Zeitungen und las Titos Erklärung. Sie gefiel ihm nicht, sie war irgendwie flau und voller Phrasen. Dann rief er zuerst Erdész an und fragte, ob er schon Zeitungen gelesen habe.

»Ja. Und ich weiß auch, warum du fragst. Du, das kommt hier nicht mehr an. Die Regierung, die von Tito unterstützt wird, existiert ja nicht mehr. Nagy stellt eine neue zusammen. Und es ist blödsinnig, die Einstellung der Kämpfe zu begrüßen, wenn gleichzeitig das Blutvergießen immer weitergeht. Ich habe gehört, daß ehemalige parteinahe Journalisten verhaftet werden. Ich weiß nicht, soll ich in meiner Wohnung bleiben oder fliehen? Aber wohin? Hoffentlich bin ich für sie nicht wichtig genug …«

»Für wen? Ja stehst du nicht mehr auf der Seite des Aufstands?«

»Ich?« jammerte Erdész. »Bin ich doch nie, was fällt dir ein! Was weiß ich … Hier weiß niemand mehr, was los ist … Du, Boba, ich sage dir nur eins, paß du auch auf dich auf …«

Punkt zehn rief er Eva an.

»Ich könnte dich mit einem Auto abholen kommen …«

»Fein. In zwanzig Minuten bin ich unten.«

Der Fahrer war sehr unzufrieden, als ihm der Gesandte Soldatić befahl, den jungen Journalisten durch die Stadt zu fahren, wohin er wollte, er hatte auch Angst, obwohl man nur aus der Ferne Gewehrfeuer hörte. Sie fuhren den Lenin-Ring, dann den Sankt-Stefan-Ring entlang. In der Nähe der Margarethenbrücke sprang Eva leichtfüßig ins Auto, legte eine Hand auf Bobas Schulter und sagte:

»Wir könnten zum Platz der Republik fahren, dort ist etwas los …«

Eva mußte dem Fahrer, der neu in der Stadt war und sich nicht auskannte, Anweisungen geben.

»Wenden Sie in die entgegengesetzte Richtung, dann zum Ostbahnhof, den kennen Sie doch bestimmt …«

Der Mann nickte mürrisch.

Eva begann Petőfi zu rezitieren, lachte, strahlte, streichelte Bobas Haar. Sie schien glücklich zu sein. Boba war die Situation peinlich. Sicher begriff der Botschaftschauffeur nicht, warum er ein verliebtes Paar durch den ungarischen Bürgerkrieg fahren mußte. Boba betrachtete ihr schönes, wildes Gesicht und hatte fast Angst vor ihr. Sie schien außer sich zu sein. An Kanonendonner hatten sie sich schon so gewöhnt, daß sie gar nicht darauf achteten, aber der Fahrer bremste plötzlich und sagte auf serbisch:

»Weiter geht es nicht …«

Sie waren auf der Rákoczy-Straße.

»Der Genosse Gesandte hat aber gesagt …«, versuchte ihn Boba umzustimmen.

»Ich weiß, was er gesagt hat. Aber auch, was ich ihm sagen werde. Daß Sie im Wagen herumgeknutscht haben und daß ich das Auto nicht mitten in einen Kampf hineinfahre …«

»Was sagt er?« wollte Eva wissen.

»Nichts. Wir gehen zu Fuß weiter«, sagte Boba auf ungarisch, und zum Fahrer wieder serbisch: »Vielen Dank. Und vergessen Sie nicht, Genosse Soldatić alles möglichst genau zu berichten.«

Lachend gingen sie in Richtung des Kampfes, vereinzelte Kanonenschüsse, auch das Knattern von Maschinengewehren war zu hören. Eva hatte begriffen, daß der Fahrer erschrocken war.

»Augenscheinlich sind nicht alle deine Mitbürger als Helden geboren. Der brave Mann hat Angst.«

»Du nicht?«

»Doch. Siehst du nicht, wie ich am ganzen Leib zittere. Aber vielleicht ist das nur die Leidenschaft, wie bei einem meiner jungen Bekannten gestern nacht …«

Hatte Sie bemerkt, daß er sich fürchtete und deshalb nicht mit ihr mitgegangen war? Er nahm ihr Gesicht in beide Hände und küßte sie auf den Mund. Die Passanten auf den Budapester Straßen wunderte nichts mehr.

»Genug!« keuchte Eva. Sie war rot geworden. Er wußte nicht, ob vom Kuß, von Petöfi, vom Herbstwind oder von allem zusammen.

»Wir gehen dorthin auf den Platz.« Dann erkannte sie jemand und rief laut:

»Gyula! Gyula!«

Boba fiel wieder ein, daß ihm der Gesandte das Auto gegeben hatte, um zu erfahren, was junge Leute von Titos Botschaft hielten. Er schüttelte die ausgestreckte Hand des jungen Mannes, der sich artig vorstellte:

»Gyula Szabo, Student der Geschichtswissenschaften …«

Er hatte einen Karabiner geschultert, eine dreifarbige Kokarde auf der Schirmmütze und eine rote Nelke im Knopfloch.

»Habt ihr heute morgen Radio gehört?«

Eva hatte geschlafen, aber Szabo wußte, daß Titos Botschaft gesendet worden war. Boba schämte sich ein wenig, daß für ihn mitten in dieser Schießerei am wichtigsten sein sollte, was wer über Titos Worte sagte, aber so war er nun einmal erzogen worden.

»Die taugt nichts!« sagte Szabo. »Er quatscht weiter vom Sozialismus, von dem wir nichts mehr hören wollen. Er begrüßt das Regierungskommunique vom 28. Oktober. Wann war das? Vorgestern? Nein, vor hundert Jahren! Er wünscht Nagy und Kádár alles Gute, ich sage Ihnen aber, falls Nagy bisher nach den Direktiven von Gerö, Kádár und den übrigen Kommunisten gehandelt hat, werden wir ihn auch zum Teufel jagen! Was Tito sagt, ist Verrat an unserer Revolution!«

Eva schwieg. Boba nahm seine Hand von ihrer Taille. Erst wollte er scharf antworten, dann erinnerte er sich, daß er als Journalist Fragen stellen und keine eigenen Standpunkte vertreten sollte.

»Ist das Ihre eigene Meinung oder haben Sie sich schon mit jemandem über diesen Text beraten?«

Szabo blieb stehen und schaute Boba mißtrauisch an:

»Wer ist das, Eva?«

»Mein Geliebter!« sagte sie ruhig und hakte sich bei ihm unter. Das verwirrte Gyula Szabo. Mit einer Schulterbewegung richtete er das Gewehr.

»Ich brauche mich mit niemandem zu beraten. Ich weiß, was meine Generation denkt und fühlt. Und das amerikanische Radio habe ich auch gehört.«

»Ah ja, verstehe«, nickte Boba ironisch.

»Er hat Recht, Boba«, sagte Eva und zog ihn vorwärts. »Auf dem Platz der Republik wird es genug junge Leute geben, die kannst du fragen. Und auch Hegels Geist der Geschichte wird spürbar sein.«

»Du bist viel zu klug für dein Alter und dein Aussehen.«

»Kann sein. Aber ich mag dich trotzdem …«

Sie bogen um die Ecke und gingen auf die Schießerei zu. Boba wunderte sich, daß er überhaupt keine Angst mehr hatte.

Imre Nagy unterzeichnete die Entlassung von Lajos Toth als ersten Stellvertreter des Verteidigungsministers und Generalstabschef. An seiner Stelle ernannte er Oberst Pál Maleter, der als ehemaliger Partisan auf der russischen Seite im Kampf gegen die Deutschen nun zu den Aufständischen hinübergewechselt war, zum stellvertretenden Verteidigungsminister. Nagy hoffte, daß das einerseits die Geister beruhigen, andererseits Maleter in die Disziplin des Staates einbinden würde. Aber Maleter besaß keine höhere militärische Stabsausbildung. Deshalb ernannte er General István Kovács, einen sehr fähigen und besonnenen Offizier, zum Generalstabschef. Zum Kommandanten der Budapester Garnison ernannte er Generalmajor Béla Király.

Dann nahm er die Erklärung zur Hand, die Verteidigungsminister Janza für die Öffentlichkeit vorbereitet hatte:

»Die Einheiten der ungarischen Volksarmee haben Montag abend im VIII. Stadtbezirk begonnen, die sowjetischen Einheiten abzulösen und ihren Abzug zu sichern. Bis zum Morgen werden die sowjetischen Einheiten den Raum freigeben, über den man sich geeinigt hat. Bis Dienstag neun Uhr haben alle, die noch Widerstand leisten, die Waffen niederzulegen. Eine Feuerpause ist die Bedingung für den reibungslosen Abzug der sowjetischen Einheiten aus unserer Hauptstadt.

Ich rufe alle wahren Patrioten auf, der ungarischen Volksarmee zu helfen, in Ruhe und Ordnung die sowjetischen Einheiten im Interesse der Einwohner von Budapest und des ganzen Landes abzulösen.«

Nagy war aufgebracht:

»Frau Balogh, stellen Sie mir den Janza durch. General! Die Ernennungen habe ich eben unterzeichnet, das geht in Ordnung, aber ich lese Ihre Erklärung, ja um Gottes Willen, glauben Sie, daß das sinnvoll ist?«

»Natürlich, Herr Ministerpräsident, sonst hätte ich es doch nicht geschrieben.«

»Es ist aber doch jedem klar, daß kein Mensch hier die Waffen niederzulegen gedenkt.«

»Also, ich bin da doch ein bißchen optimistischer. Und ich glaube, so eine Erklärung wird dazu beitragen, daß es auch dort noch gut wird, wo es noch nicht der Fall ist ...«

»Ich wollte, ich könnte ihren Optimismus teilen. Aber sagen Sie mir, erstens, was glauben Sie, werden die Russen ihr Wort halten und abziehen, und zweitens, wenn ja, haben wir dann Kraft genug, um die Ordnung herzustellen?«

»Die Russen haben es versprochen, Herr Ministerpräsident. Außerdem müssen sie jetzt auch an den Suezkanal denken. Sie können keinen langen Kampf mit einem kleinen, aber heldenhaften Volk riskieren, wenn ein weltweiter Konflikt droht. Und was Ihre andere Frage angeht, nun, wir müssen einfach Geduld und Vertrauen haben, weil uns nichts anderes übrigbleibt.«

»Mir bleibt nichts anderes übrig, als Sie zu bitten, daß Sie ihre Arbeit machen. Gut, Sie sind der Fachmann. Ich nehme Ihre Vorschläge an.«

Nagy war kein Soldat, aber er kannte die sowjetische Politik und die russische Art zu denken nur zu gut. Er glaubte nicht, daß sich unter Chruschtschow allzuviel verändert haben konnte. Er ahnte, daß die Russen am Ende ein Übereinkommen mit den Amerikanern erzielen würden. Auf Kosten der Ungarn natürlich. Ungarn würde der russischen Einflußzone überlassen, wenn sich die Russen in der Suezzone zurückhielten. Die Großen sind es ja gewöhnt, die Welt unter sich aufzuteilen. Und dann? Wahrscheinlich würde nur ein verzweifelter Appell an die Weltöffentlichkeit, den auch das Weiße Haus nicht überhören könnte, helfen.

Er seufzte und holte die Dokumentation über die verschiedenen ungarischen Parteien aus dem Panzerschrank. Mit den Sozialdemokraten pflegte er schon seit dem Sommer gute Beziehungen. Er hoffte, die verschiedenen Strömungen in dieser

Partei ausnützen zu können. Am populärsten war die alte Anna Kethly. Mit ihr kam er gut aus. Das Problem war, daß die stärkste Gruppierung innerhalb der Sozialdemokratie der Teilnahme an einer Koalition nur unter der Bedingung zustimmen wollte, daß man den Warschauer Pakt aufkündigte. Nagy hatte Angst, das würde die Russen zu sehr reizen.

Einen Vertreter der früher so populären Partei der kleinen Landwirte hatte er schon in der Person von Béla Kovács in der Regierung, nur daß der gar nicht in Budapest war, sondern krank in Preßburg lag. Nach langem Zögern hatte er seinen Namen hergegeben, dann, als er erfuhr, daß die Kommunisten in der Regierung in der Mehrheit waren, einen Rücktritt unterzeichnet, später, als das nicht mehr der Fall war, den Rücktritt widerrufen. Béla Kovács hatte im Westen einen guten Ruf, und Nagy brauchte ihn im zu erwartenden Streit mit den ehemaligen Großgrundbesitzern.

Die Bauernpartei hatte sich in Petöfi-Partei umbenannt. Das klang ganz gut. Sie war früher ein braver Verbündeter der Kommunisten gewesen, weil sich in ihren Reihen viele besitzlose Landarbeiter befanden. Sie würde gewiß an der Bodenreform festhalten wollen, nur die Auflösung der den russischen Kolchosen ähnlichen Genossenschaften fordern.

Für Nagys Idee, Ungarn zum Obst- und Gemüsegarten Europas umzubauen, war das Bündnis mit den der Landwirtschaft nahestehenden Parteien am wichtigsten.

Vor sich hatte er Mappen mit Angaben über die verschiedenen Parteien. Schon ihre Namen waren verwirrend: Demokratische Volkspartei, Ungarische Unabhängigkeitspartei, Ungarische Freiheitspartei, Christdemokratische Partei, Katholische Volkspartei, Nationale ungarische sozialistische Bewegung, Partei der ungarischen Revolutionsjugend, Rechtspartei, Ungarische demokratische Union, Block der Parteilosen. In einigen Dörfern gab es wieder die faschistische Partei der Pfeilkreuzler, die Bewegung der Hungaristen, den Kameradschaftsbund der Ostfrontkämpfer, einen Katholischen Männerbund, einen Christlichen Jugendverein, der Bund ungarischer Pfadfinder wollte auch Politik betreiben, die Christliche Front, die Garde vom Herzen Jesu, der Katholische Volksbund, sogar ein Bund vaterlandsloser Menschen war da. In den Dokumenten waren meist nur Kurzbiographien der Gründer angeführt. Jetzt hätte ihm die Kartothek der Staatssicherheit genützt, um zu wissen, mit wem er es zu tun bekam, aber der Ministerpräsident hatte keine Ahnung, wo und unter wessen Kontrolle sie sich jetzt befand. Wie er die Russen und ihre Verflechtung mit der AVH kannte, hatten sie wohl zuallererst darauf ihre Pranken gelegt.

Welche dieser Parteien bei freien Wahlen Erfolg haben würde, wußte zur Zeit niemand. In Ungarn gab es nur einen Mann von zweifelloser Autorität, den Kardinal Mindszenty. Ohne ihn gab es keine stabile Regierung im Land. Er hatte Einfluß auf alle sich katholisch oder christlich nennenden Parteien. Und er würde auch notfalls einiges Geld für sie aus dem Ausland verschaffen können. Ob es eine Möglichkeit gab, dem Kardinal das Amt des Staatsoberhauptes anzubieten, unter der Bedingung, daß er, Nagy, bis zu den ersten Wahlen Ministerpräsident bliebe? Er wußte weder, ob Mindszenty damit einverstanden wäre, noch was die Russen dazu sagen würden. Ob er es wagen sollte, Botschafter Andropow offen zu fragen? Die Zulassung all dieser Parteien konnte er nicht mehr verhindern, obwohl die meisten sofort ihr Mißtrauen gegen ihn ausdrücken würden.

Frau Balogh steckte ihren Kopf durch die Tür.

»Was ist schon wieder?«

»Eben wird gemeldet, daß sich das Stadtkomitee den Aufständischen ergeben und daß auf dem Platz der Republik ein schreckliches Massaker begonnen hat.«

»Was heißt Massaker, Frau Balogh? Wer massakriert wen?«

»Also, wahrscheinlich die Aufständischen die Unsrigen.«

»Wer sind die Unsrigen?«

»Das Komitee, Herr Ministerpräsident!«

»Hören Sie, ich weiß, daß zur Zeit schlimme Dinge geschehen, aber begreifen wenigstens Sie doch, daß wir das Zentrum sind, das Zentrum des Staates, wir können uns nur mit den wichtigsten Dingen beschäftigen. Mit der zukünftigen Regierung, mit der Unabhängigkeit unseres armen Landes! Lassen Sie sich nicht von der Panik einzelner Leute anstecken. Melden Sie es Janza, melden Sie es Király, die haben wir für Schießereien, ich kann doch hier nicht den Untersuchungsrichter spielen, wer dort schon wieder angefangen hat … Ach, zum Teufel noch einmal, gut, stellen Sie mir die Verbindung mit diesem Mezö her, der hat doch tatsächlich den ganzen Tag versucht anzurufen …«

Frau Balogh konnte Mezö jedoch nicht mehr ans Telefon bekommen.

Weder war es Mezö gelungen, Nagy zu benachrichtigen, daß das Stadtkomitee nun auch schon von Panzern der ungarischen Armee angegriffen wurde, wie es ihm erscheinen mußte, noch gelang es dem im Gebäude anwesenden ranghöchsten Offizier, Oberst Asztalos, das Verteidigungsministerium zu bewegen, Verstärkung zu schicken. Der Diensthabende im Generalstab, ein alter Kamerad von Asztalos, sagte offen, er wisse offiziell nicht einmal, wer sein neuer Chef sei.

Über dem Platz der Republik erschien wieder ein Aufklärungsflugzeug, dessen Pilot feststellte, daß nun vier Panzer auf ein gelbes Haus feuerten. Um besser beobachten zu können, flog der Pilot so tief wie möglich. Daraufhin wurde das Feuer auf ihn eröffnet, und eine der Tragflächen von einigen Gewehrkugeln durchlöchert. Aber er sah, daß das Komitee brannte. Er entfernte sich schnell.

Várkonyi meldete Mezö, daß er mit Gewehren und Pistolen das Haus vor dieser Übermacht und den schweren Geschützen der Panzer nicht mehr verteidigen könne. Mezö gelang es noch einmal, die Verbindung mit dem Verteidigungsministerium herzustellen, und endlich bekam er eine klare Antwort:

»Wir können euch nicht helfen!«

Eine weitere Verteidigung war sinnlos. Im Haus waren

auch Frauen. Einige Mitarbeiterinnen hatten sogar ihre Kinder dabei, weil im Komitee bis zum letztem Tag wenigstens die Mensa funktioniert hatte.

»Wir haben die Möglichkeit, bis zur letzten Patrone zu kämpfen und zu fallen oder zu verhandeln, zu versuchen das Gebäude unter der Bedingung aufzugeben, daß wir es frei verlassen und nach Hause gehen können«, stellte Mezö fest. Er fühlte sich von allen, besonders von Nagy und Kádár, verlassen, beschloß deshalb, zu verhandeln und als erster hinauszugehen. Die Obersten Asztalos und Papp sollten ihn begleiten. Aus Tischtüchern des Kasinos machten sie weiße Fahnen. Mezö nahm selbst dieses Symbol der Kapitulation in die Hand, öffnete das Tor und schrie:

»Nicht schießen! Wir geben auf!«

Er ging langsam auf den Platz hinaus und wiederholte:

»Nicht schießen! Wir wollen verhandeln!«

Eva, Gyula und Boba drängten vorwärts. Auf dem Platz waren viele Menschen, die meisten von ihnen unsicher, bereit, jeden Augenblick die Flucht zu ergreifen. Boba sah den Mann mit der weißen Fahne und hinter ihm zwei ältere Offiziere in blauer Uniform. Gyula Szabo neben ihm legte ruhig seinen Karabiner an, zielte und schoß. Sofort danach schoß man von allen Seiten. Als erster fiel Oberst Asztalos auf das Pflaster, dann Mezö. Papp versuchte, zurück ins Haus zu fliehen, aber eine Maschinenpistolengarbe traf ihn in den Rücken.

Boba hätte am liebsten das Gewehr aus Gyulas Hand geschlagen. Dann hätte man gewiß ihn an Ort und Stelle umgebracht. Er war stumm, hätte keinen Ton hervorbringen können, starr vor Entsetzen. Ein Mann im Ledermantel zog den Zivilisten, der die weiße Fahne geschwenkt hatte, an den Füßen beiseite. Den alten Oberst hoben sie hoch, ließen ihn wieder fallen, schlugen mit Fäusten und Füssen auf ihn ein.

»Laßt mich!« brüllte ein aufgeregter Mann, er hatte einen dicken, schwarzen Draht in der Hand. Sie hängten den schon toten Asztalos an den Füssen auf den Baum.

»Der da ist auch ein Oberst!« riefen andere, die sich über Papp gebeugt hatten.

»Oberst der AVH!«

»Reißt ihm das Herz aus der Brust!«

Boba betrachtete die Szene reglos. Plötzlich hatte jemand ein großes Messer in der Hand. Er schlug auf den liegenden Offizier, den andere hielten, ein. Ungeschickt versuchte er den Brustkorb zu öffnen, mit nackten Händen das Herz herauszureissen. Die Mäntel der Mörder waren rot von Blut, als seien sie Metzger. Ihre Hände waren blutig, ihre Gesichter blutbespritzt. Boba wandte sich Eva zu. Ihr Mund war wieder kindlich geöffnet, wie er es schon so oft gesehen hatte. Ihr Blick war glasig, als habe sie Fieber. So hatte sie im Sommer die Tiger im Zirkus angestarrt. Auch diese Leiche versuchte man an den Beinen aufzuhängen, aber der Strick riß.

Aus dem Haus kam noch ein Offizier. Sofort wurde auf ihn geschossen. Jemand rief:

»Das Haus ist erobert!«

Die Aufständischen führten jetzt Frauen und Männer, teils in Zivil, teils in Uniform aus dem Haus. Gyula Szabo näherte sich dem Eingang, zielte auf die Herauskommenden. Eben erschien wieder eine Gruppe in blauen Uniformen. Unter ihnen Pál Szabo. Er hatte seine Hände nicht hoch gehoben, weil er seine Bücher mitschleppte. Gyula Szabo traf seinen Namensvetter direkt in die Stirn. Andere schossen auf die übrigen. Die Mitte des Platzes war leer, dort wurde ein Hinrichtungskommando aufgestellt. Männer, auch Frauen aus dem Komitee wurden vor seine Gewehre geschleppt. Manch einer machte Fotos. Auf dem Pflaster lagen immer mehr Leichen.

Boba hatte keine Kraft, seinen Blick abzuwenden. Das alles konnte doch nicht möglich sein. Er fürchtete sich nicht. Er glaubte einfach nicht, daß das alles wahr sein konnte. Er war zu keiner Reaktion fähig. Nur als Eva ihn bei der Hand nahm, befreite er sich grob von ihrer Berührung. Ihr Gesicht war genauso rot und freudig bewegt wie vor einer halben

Stunde, als sie Petőfi deklamiert hatte. Und er erinnerte sich plötzlich sehr genau an den kleinen Schmerz, als sie im Sommer ihre Zigarette auf seinem Unterarm ausgedrückt hatte. Jetzt war er überzeugt davon, daß es nicht zufällig gewesen war. Auch damals hatte sie denselben Gesichtsausdruck, denselben halb geöffneten großen Mund gehabt.

Mit den Gewehrkolben auf sie einschlagend, schleppte man eine Frau mit einem etwa zwölfjährigen Jungen auf die Mitte des Platzes. Sie schrie:

»Schießt nicht. Ich bin schon verwundet! Rettet wenigstens das Kind!«

Sie erhielt noch einige Faustschläge, aber dann ließ man sie laufen. Einen Oberstleutnant hängte man auch an den Füßen auf, aber er lebte noch. Man steinigte ihn zu Tode.

»Habt ihr die Gefangenen im Keller gefunden?« schrie Eva.

»Nein! Wir suchen noch!«

Wieder brachte man zwei Offiziere aus dem Haus. Einer von ihnen war Leutnant Várkonyi. Man fesselte sie und band sie mit den Füßen an ein Auto, das sie im Kreis um den Platz fahrend nachschleifte. Ihre Köpfe schlugen auf das Pflaster.

»Ich gehe …« sagte Boba leise. Er wunderte sich, daß seine Stimme so normal klang, daß er überhaupt ein Wort über die Lippen brachte.

»Willst du nicht abwarten, bis wir die Gefangenen gefunden haben?«

»Ich habe genug von deinem Aufstand!«

»Viel länger als dein Fahrer hast du nicht durchgehalten«, sagte das Mädchen verächtlich.

Er ging. Fragte sich, ob sie ihm nachlaufen würde. Natürlich nicht. Um so besser. War sie dasselbe schüchterne Mädchen, das er vor einigen Monaten, im Sommer, kennengelernt hatte, die unsichere Studentin, die sich in eine sentimentale Geliebte verwandelt, die Kämpferin, Jeanne d'Arc, die sich gestern abend im Bett erschrocken an ihn geschmiegt hatte? Jetzt schien sie ihm wie ein Monster aus der

Mythologie, das lüstern dem Morden zuschaute. Mit wem war er zusammengewesen? Ihretwegen war er nach Budapest gekommen. Um das Fürchten zu lernen? Er hatte es gelernt. Und doch, wenn er an ihren Kuß dachte, glaubte er, den Geschmack der Ewigkeit zu spüren.

In seinem Rücken hörte er:

»Hängt ihn auf!«

Es interessierte ihn nicht einmal mehr, um wen es nun ging. Er schritt automatisch aus. Überlegte, wie er am schnellsten zur Botschaft gelangen konnte. Endlich war er auf dem breiten Boulevard rechts vom Park. Das Postament des ehemaligen Stalindenkmals. Jetzt standen da nur noch zwei riesige Stiefel. Aus einem ragte eine stählerne Stange hervor.

»Was haben Sie?« fragte der Portier der Botschaft.

»Wieso?«

»Sie schauen so merkwürdig aus.«

»Ist Genosse Soldatić oben?«

Der Gesandte Dalibor Soldatić erwartete ihn in seinem Büro.

»Vor dem Stadtkomitee der Partei wird gelyncht ...«, berichtete Boba und beschrieb die an den Füßen aufgehängten Offiziere, das mit dem Messer aus der Brust geschnittene Herz. Und die Gesichter der Menschen, die zugeschaut hatten. Der Gesandte wurde blaß.

»Schrecklich«, sagte er. »Aber ich habe Sie gebeten, in Erfahrung zu bringen, was junge Ungarn zur der gestrigen Erklärung unseres Präsidenten sagen.«

Boba berichtete. Wer Erdész war und was er gesagt hatte. Wie Eva und der Student Gyula Szabo dazu standen. Alle waren von Tito enttäuscht.

Soldatić stand auf. Ein großer, schlanker Mann. Seine Lippen zitterten vor Wut unter dem schwarzen Schnurrbart.

»Hören Sie auf!« brüllte er. »Was fällt Ihnen ein? Wie reden Sie über die Worte des Genossen Tito? Sie werden keine Panik in meiner Botschaft verbreiten, Sie nicht!«

»Genosse Gesandter, Sie haben gewünscht, daß ich Ihnen berichte, was geredet wird. Das habe ich getan. Wenn Sie wollen, daß ich sage, was meine persönlich Meinung ist, kann ich das auch machen!«

Er war so aufgeregt, daß er am ganzen Leib zitterte. Soldatić hingegen war Diplomat. Er beruhigte sich schnell, setzte sich und sagte leise:

»Gut. Danke für den Bericht. Am besten wird sein, wenn Sie jetzt nach Belgrad zurückfahren. Der Genosse Dobrica Ćosić fährt auch ...«

»Nein«, sagte Boba. »Sie haben kein Recht, mich aus Ungarn zu verjagen. Ich bleibe!« Und er schloß die Tür hinter sich etwas lauter als üblich.

Im Salon vor dem Büro des Gesandten saß ruhig rauchend Stevan Ružić in einem Sessel.

»Was ist los?«

»Sie sind wieder aus Belgrad zurück?«

Boba war glücklich, jetzt mit ruhiger Stimme erzählen zu können, was er auf dem Platz der Republik erlebt und wie er mit Soldatić gestritten hatte.

»Ist kein Wunder«, sagte Ružić. »Ich verstehe die Italiener auch nicht ...«

Boba wunderte sich:

»Wie meinen Sie das? Was haben Italiener damit zu tun?«

»Soldatić ist aus Dalmatien. Er mag die Italiener verstehen. Wir beide sind aus dem Banat, nicht? Wir verstehen die Ungarn, er aber wird nie begreifen, was hier los ist.«

Boba war nicht ganz einverstanden. So einfach konnte es auch nicht sein. Aber er hatte keine Kraft, noch länger zu diskutieren. Ihm wurde übel, wenn er an das Blut auf dem Platz der Republik dachte, und es gelang ihm nicht, diese Bilder wieder loszuwerden.

Suche nach dem unterirdischen Kerker

Im Laufe des Angriffs auf das Komitee der Partei der ungarischen Werktätigen für die Stadt Budapest am 30. Oktober 1956 wurden dreiundzwanzig Männer und eine Frau getötet. Nur dreiundzwanzig. Die meisten Beobachter hatten geglaubt, daß es viel mehr waren. Den schwer verwundeten Imre Mezö konnte ein Arbeiter heimlich vom Platz der Republik in das Spital in die Sandor-Petöfi-Straße bringen, wo er allerdings kurz danach starb.

Die ausländische Presse veröffentlichte zahlreiche Bilder von der lynchenden Menge auf dem Platz der Republik. Der Korrespondent der amerikanischen Illustrierten *Life,* John Sadovy, schrieb: *»... Über den Park zurückkehrend, sah ich Frauen, die ihre Männer im Leichenhaufen suchten. Ich setzte mich auf einen gefällten Baumstamm. Meine Knie zitterten. Ich hatte den Eindruck, als hätte ich etwas schrecklich Schweres schleppen müssen. Auf eine gewisse Weise ist jeder Mensch verantwortlich für das, was anderen menschlichen Wesen angetan wird.«*

Der bekannte ungarische Schriftsteller Gyula Háy, der auf der Seite Nagys stand, sah in den Ereignissen auf dem Platz der Republik professionelle Verbrecher am Werk: *»Der dreißigste Oktober ist der Tag, an dem die Unterwelt das Wort ergriff ...«*

Die Leichen lagen bis zum 3. November unbestattet auf dem Platz. Erst dann erhielt die Begräbnisanstalt die Erlaubnis, die Ermordeten auf den Friedhof zu bringen. Bis dahin war es nur einigen Familien gelungen, ihre Toten gleichsam zu entwenden und sie ordentlich zu beerdigen.

Die Aufständischen suchten noch tagelang nach dem unterirdischen Gefängnis, das hier nie existiert hatte. Man brachte sogar schwere Baumaschinen und grub den ganzen Platz um. Immer wieder gab es Gerüchte, von irgendwo aus der Tiefe höre man Hilferufe. Wahrscheinlich sollte dadurch der Sturm auf das Komitee gerechtfertigt werden. Jedes Gerede entwickelt eine Eigengesetzlichkeit und breitet sich aus, unabhängig von seinem Wahrheitsgehalt.

Nach fünf Jahren im Gefängnis und weiteren drei Jahren im Hausarrest im Dorf Rétság war Kardinal Mindszenty in Budapest angekommen. Seine Wächter waren einfach weggegangen, eine Delegation der ungarischen Armee hatte ihn abgeholt. In Begleitung von Schützenpanzern wurde er ins alte Bischofspalais in Buda gebracht. Dort hißte man nicht nur die ungarische Nationalflagge, sondern auch das gelbweiße Banner des Vatikans. Mindszenty empfing sofort den Besuch des italienischen und des französischen Botschafters. Seine ersten Erklärungen waren besonnen: Er sei gesund. Er kenne den Verlauf der Ereignisse ungenügend und könne noch kein Urteil abgeben. Jedenfalls sei er bereit, die Führung der ungarischen Katholiken zu übernehmen.

Anna Kethly, die Präsidentin der wiedergegründeten Ungarischen sozialdemokratischen Partei, erklärte:

»Es ist ein wahres Wunder, daß es nach acht solchen Jahren noch so viel Glauben, Kraft und Begeisterung bei der Jugend gibt … Ich kann nichts sagen als Kossuths Worte zitieren: Ich falle zu Boden in Ehrfurcht vor der Größe der Nation!« Sprach's und fuhr ab nach Wien zur Sitzung der Sozialistischen Internationale, von wo sie nie mehr nach Ungarn zurückkehrte.

Die Budapester Zeitung *Universitätsjugend* veröffentlichte am 31. Oktober einen Artikel mit dem Titel *Im Stab der Aufständischen*, in dem ein anonym bleibender Mann, von dem es nur hieß, er sei bewaffnet, erklärte:

»Auf dem Platz der Republik herrschte am Vormittag noch Ruhe und Ordnung. Dann kamen AVH-Polizisten in drei Lastwagen, gingen in das Komitee und begannen ohne ersichtlichen Grund auf die Passanten zu schießen. Die Men-

schen, die auf dem Platz vorbeigingen, vor allem Arbeiter, waren zuerst überrascht, danach verbittert und wandten sich an die Polizeistationen in der Mosonyi-Straße und in Köbanya. Aus beiden Stationen eilten Polizisten herbei und eröffneten das Feuer auf das Komitee. Das nützte natürlich nichts. Es ist leicht, auf Fenster zu schießen, das Glas zersplittert, aber die AVH-Leute gehen anderswo in Deckung. Von irgendwoher erschien ein ungarischer Panzer, der sich gegen das Komitee wandte, wodurch dessen Schicksal besiegelt war. Der Kampf dauerte ziemlich lange, aber am Ende gelang es uns, in das Haus der Partei vorzudringen. Wir faßten den Kommandanten der AVH, einen Obersten, bei dem wir verschiedene Ausweise und zwölftausend Forint fanden. Zwei von unseren Gefangenen sind verwundet, wir haben ihnen erste Hilfe geleistet.«

An diesem Tag war in Budapest zu hören, daß Ernö Gerö, András Hegedüs und andere Vertreter des Regimes, das bis vor acht Tagen Ungarn geführt hatte, wohlbehalten in der Sowjetunion angekommen waren.

Am Dienstag, dem 30. Oktober, nachmittag besuchte Jozsef Dudás Ministerpräsident Imre Nagy im Parlament. Dudás hatte sich verspätet, aber Nagy nahm es dem Bandenführer nicht übel, vielleicht wußte er noch nichts vom Massaker am Platz der Republik. Dudás hingegen war alles bekannt. Er sagte:

»Wir stellen die Kämpfe erst ein, wenn eine Volksversammlung einberufen wird, um eine neue Verfassung zu schaffen. Die Versammlung sollte aus Aufständischen und Abgeordneten bestehen, die in freien Wahlen unter Kontrolle bewaffneter Einheiten der UNO gewählt worden sind.«

Indem er mit einem der Führer der vielen bewaffneten Gruppen überhaupt verhandelte, gab der Ministerpräsident eigentlich zu, daß das System, an dessen Spitze er stand, nicht mehr existierte.

Am selben Abend verkündete Nagy über das Radio die Zusammensetzung seiner neuen Regierung, in der außer ihm nur noch zwei Kommunisten waren, János Kádár und Géza Losonczy als Staatsminister. Die Mehrheit bildeten die Vertreter der Bauernparteien. Da Losonczy eher Nagys Mann war, wäre Kádár in dieser Regierung ziemlich isoliert gewesen.

Nagy erklärte:

»Die nationale Regierung ruft das Kommando der sowjetischen Einheiten auf, sofort alle Einheiten aus Budapest zurückzuziehen. Gleichzeitig teilt die nationale Regierung dem Volk dieses Landes mit, daß sie mit der sowjetischen Regierung unverzüglich Verhandlungen über den Rückzug der sowjetischen Einheiten vom gesamten Territorium des Staates beginnen wird. Im Namen der nationalen Regierung erkläre ich, daß sie die örtlichen Organe der Selbstverwaltung, die im Laufe der Revolution entstanden sind, anerkennt, sich auf sie stützt und um ihre Hilfe bittet.«

Im Verlauf derselben Radiosendung sagte János Kádár:

»Ich wende mich an die Kommunisten. Jene Kommunisten, die der progressivste Gedanke der Menschheit, der Sozialismus, in die Reihen der Partei geführt hat, nicht aber egoistisches Eigentumsdenken. Mögen sie mit gerechten Mitteln unsere reinen und gerechten Ideen vertreten.«

Die Regierungen Großbritanniens und Frankreichs wandten sich am 30. Oktober um 17.00 Uhr an Ägypten und Israel und riefen beide auf, umgehend die Kämpfe einzustellen und ihre Truppen vom Territorium am Suezkanal zurückzuziehen. Zu gleicher Zeit forderten sie Ägypten auf zuzulassen, daß ihre Armeen die wichtigsten Positionen am Kanal und die Städte Ismailia, Port Said und Suez einnähmen. Ägypten lehnte dieses Ultimatum ab und verkündete, der Vormarsch der israelischen Einheiten sei aufgehalten worden. Am Mittwoch, dem 31. Oktober, in den Morgenstunden begannen die Streitkräfte Englands und Frankreichs einen Angriff zur Unterstützung Israels. Morgens um halb sechs griffen einige hundert Jagdbomber Kairo, Alexandria, Ismailia und Port Said an.

Die Vereinigten Staaten schlugen mit Zustimmung der Sowjetunion im Sicherheitsrat der UNO die sofortige Einstellung des Feuers und den Rückzug der israelischen Truppen vor. Obwohl dieser Vorschlag die Mehrheit der Stimmen erhielt, wurde er nicht wirksam, weil Frankreich und Großbritannien als ständige Mitglieder des Sicherheitsrates ihr Veto eingelegt hatten. Es war das erste und einzige Mal in der Geschichte, daß Amerika und die UdSSR in der UNO gemeinsam gegen die beiden anderen westlichen Großmächte angetreten waren.

Der englische Außenminister Selvin Lloyd erklärte dazu im britischen Parlament:

»Die Wirksamkeit des Sicherheitsrates ist durch das Vetorecht begrenzt. Unter dieser Voraussetzung ist der Rat nicht immer in der Lage, dringliche Sofortmaßnahmen zu ergreifen, so daß jeder Staat in kritischen Zeiten das Recht haben muß, seine Staatsbürger und seine Interessen zu verteidigen …«

Im Grunde hätte ein sowjetischer Staatsmann die Pläne der Russen in Ungarn mit denselben Worten rechtfertigen können.

Die ägyptischen Städte wurden tagelang bombardiert. Die Aufmerksamkeit der Weltöffentlichkeit aber galt Ungarn. Fernsehen gab es noch nicht. Aus Paris und London meldete das Radio, die Angriffe hätten nur militärischen Zielen gegolten. Französische Bomben trafen auch ein ägyptisches Schiff, das versank und den Kanal endgültig abriegelte. Die britische Admiralität meldete, der leichte Kreuzer »New Fundland« habe eine ägyptische Fregatte versenkt. Über Kairo wurden sechs feindliche Flugzeuge von der Flak abgeschossen.

Telegramm Imre Nagys nach Moskau:

»Seiner Exzellenz, dem Präsidenten des Obersten Sowjets der UdSSR.

Eure Exzellenz!

Die Regierung der Ungarischen Volksrepublik wünscht unverzüglich Verhandlungen über den Rückzug der sowjetischen Einheiten vom ganzen Territorium Ungarns zu beginnen.

Sich auf die neueste Erklärung der sowjetischen Regierung berufend, in der die Bereitschaft zur Aufnahme von Verhandlungen mit der ungarischen Regierung und den übrigen Mitgliedsstaaten des Warschauer Paktes über den Rückzug der sowjetischen Einheiten aus Ungarn ausgedrückt wird, bittet die ungarische Regierung die sowjetische Regierung, ihre Delegation zu ernennen und die Verhandlungen möglichst bald aufzunehmen, und bittet sie gleichzeitig, den Ort der Verhandlungen zu bestimmen.

Nehmen Sie, Exzellenz, den Ausdruck meiner tiefen Hochachtung entgegen.

Budapest, den 31. Oktober 1956

Imre Nagy,
Präsident des Ministerrates
der Ungarischen Volksrepublik.«

Nagy berief sich auf kein amtliches Dokument, sondern auf eine Erklärung der Nachrichtenagentur TASS:

»Die Agentur TASS ist ermächtigt zu erklären:

Die Grundlage der internationalen Beziehungen der UdSSR war seit jeher und bleibt weiterhin die Politik der friedlichen Koexistenz aller Staaten, die Politik der Freundschaft und Zusammenarbeit.

Diese Politik drückt sich am tiefsten und konsequentesten in den gegenseitigen Beziehungen der sozialistischen Länder aus.

Die Länder, die zur sozialistischen Gemeinschaft gehören und die die gemeinsame Vorstellung vom Aufbau der sozialistischen Gesellschaft und der proletarische Internationalismus einen, bauen ihre gegenseitigen Beziehungen ausschließlich auf den Prinzipien der vollkommenen Gleichberechtigung, Achtung der territorialen Integrität, Souveränität und Nichteinmischung der einen in die Angelegenheiten der anderen aus. Das schließt eine gute und brüderliche Zusam-

menarbeit, gegenseitige Hilfe auf dem wirtschaftlichen, politischen und kulturellen Gebiet aller Länder, die zur sozialistischen Gemeinschaft gehören, nicht nur nicht aus, sondern setzt sie geradezu voraus.

Nach dem Ende des Zweiten Weltkriegs und dem Zusammenbruch des Faschismus wurde auf dieser Grundlage das System der Volksdemokratie ausgebaut, es wurde immer stärker und bewies sich mit seiner Lebenskraft in mehreren Ländern Europas und Asiens.

Im Verlauf der Verwirklichung dieses Systems und seiner gesellschaftlichen Beziehungen unter tiefen revolutionären Veränderungen kam es allerdings zu keineswegs vereinzelten Schwierigkeiten, unlösbaren Aufgaben und unmittelbaren Fehlern sogar innerhalb der Beziehungen zwischen sozialistischen Staaten.

Der zwanzigste Parteitag der KPdSU hat diese Unzulänglichkeiten und Fehler schärfstens verurteilt und die Aufgabe gestellt, daß die gegenseitigen Beziehungen der Sowjetunion und der anderen sozialistischen Länder konsequent auf dem Prinzip der Leninschen Gleichberechtigung aufzubauen sind …«

Der im nahezu unverständlichen Parteichinesisch abgefaßte Text erklärt sodann den Zwanzigsten Parteitag, lobt die Tätigkeit der sowjetischen Berater in den sozialistischen Ländern, über deren Fortsetzung oder Einstellung Verhandlungen begonnen werden sollten, weil in der Zwischenzeit in den sozialistischen Ländern eigene fähige Kader entstanden seien, und kommt erst dann zum Wesentlichen:

»Bekanntlich sind auf Grund des Warschauer Vertrags und verschiedener zwischenstaatlicher Abkommen sowjetische Einheiten in der Ungarischen und der Rumänischen Volksrepublik stationiert. In der Polnischen Volksrepublik sind sowjetische Einheiten auf Grund des Abkommens der vier Großmächte in Potsdam und ebenfalls auf Grund des Warschauer Vertrags stationiert. In anderen Volksdemokratien befinden sich keine sowjetischen Militäreinheiten.

Um die gegenseitige Sicherheit der sozialistischen Länder zu garantieren, ist die sowjetische Regierung, gemeinsam mit den übrigen Mitgliedern des Warschauer Vertrags bereit, die Frage der Stationierung sowjetischer Einheiten auf dem Territorium der genannten Länder zu überprüfen. Die sowjetische Regierung geht in dieser Hinsicht von dem allgemeingültigen Prinzip aus, daß die Stationierung militärischer Einheiten eines Staates, der Unterzeichner des Warschauer Vertrags ist, auf dem Territorium jedes anderen Staates, der Mitglied des Warschauer Vertrags ist, auf der Grundlage des Einvernehmens aller Mitglieder des Warschauer Vertrags durchgeführt worden ist und nicht nur auf Grund des Einverständnisses jenes Staates, auf dessen Territorium die genannten Einheiten stationiert sind.

Die sowjetische Regierung hält es für notwendig, in Zusammenhang mit den ungarischen Ereignissen eine Erklärung abzugeben. Diese Ereignisse zeigen, daß die ungarischen werktätigen Menschen, die auf der Grundlage der volksdemokratischen Ordnung bemerkbare Ergebnisse erzielt haben, zu Recht die Frage der Beseitigung ernster Fehler im Rahmen der bisherigen wirtschaftlichen Zusammenarbeit stellen und den Wunsch ausdrücken, mit der Hebung des Lebensstandards der Bevölkerung und mit dem Kampf gegen bürokratische Abweichungen im Staatsapparat fortzusetzen. Der berechtigten und progressiven Bewegung der werktätigen Menschen haben sich jedoch alsbald finstere, reaktionäre und konterrevolutionäre Kräfte angeschlossen, die die Unzufriedenheit eines Teils der werktätigen Menschen ausnützen wollen, mit dem Ziel, die Fundamente der volksdemokratischen Ordnung zu untergraben und erneut die kapitalistische Ordnung herzustellen.

Die sowjetische Regierung ebenso wie das sowjetische Volk bedauern zutiefst, daß die Ereignisse in Ungarn zu Blutvergießen geführt haben.

Auf das Ersuchen der ungarischen Regierung hat sich die sowjetische Regierung damit einverstanden erklärt, daß so-

wjetische Einheiten in Budapest einziehen, um der ungarischen Volksarmee und den ungarischen Sicherheitsorganen bei der Wiederherstellung des Friedens und der Ordnung in der Hauptstadt zu helfen. Davon ausgehend, daß der weitere Aufenthalt der sowjetischen Einheiten in Ungarn als Vorwand für eine weitere Verschärfung der Situation dienen könnte, hat die sowjetische Regierung dem militärischen Kommando die Weisung gegeben, die sowjetischen militärischen Einheiten zu jenem Zeitpunkt aus Budapest zurückzuziehen, den die ungarische Regierung für angebracht hält.

Gleichzeitig erklärt die sowjetische Regierung ihre Bereitschaft, mit der Regierung der Ungarischen Volksrepublik und anderen Mitgliedern des Warschauer Vertrags Gespräche über den weiteren Aufenthalt sowjetischer Einheiten in Ungarn Verhandlungen zu beginnen.

Die Verteidigung der sozialistischen Errungenschaften im volksdemokratischen Ungarn ist in diesem Augenblick die wichtigste und heiligste Aufgabe des ganzen ungarischen werktätigen Volkes.«

Nagy hatte sich keine Zeit genommen, diesen Text aufmerksam genug zu lesen. Er hätte besser als die meisten Kommentatoren westlicher Medien wissen müssen, was die schwülstigen Worte bedeuteten, vor allem, welche Rangordnung in sowjetischen Verlautbarungen Meldungen der Agentur TASS, die mit diesen Worten begannen, hatten. Wirklich wesentliche politische Schritte verkündete im Sowjetreich nicht die von der Regierung »ermächtigte« Nachrichtenagentur, sondern das Politbüro selbst.

Jene Journalisten, die aus diesem Text den Eindruck gewannen, die Sowjetunion sei bereit, ihre Truppen definitiv aus Ungarn zurückzuziehen, hatten übersehen, daß Moskau eigentlich lediglich die Bereitschaft erklärt hatte, Gespräche über die Anwesenheit seiner Truppen in Ungarn gemeinsam mit *allen* Mitgliedern des Warschauer Vertrags anzufangen. Keineswegs versprachen sie einen direkten Kontakt mit Ungarn allein und schon gar nicht einen Abzug ihrer Streitkräfte.

Die ungarische Presseagentur MTI veröffentlichte am 2. November am Morgen folgende Nachricht:

»Imre Nagy, Ministerpräsident und bevollmächtigter Außenminister, hat heute Herrn Jurij Andrejewitsch Andropow, den außerordentlichen und bevollmächtigten Botschafter der Sowjetunion in Ungarn, zu sich gebeten und ihm mitgeteilt, daß die Regierung der Volksrepublik Ungarn Berichte über den Einmarsch neuer sowjetischer Einheiten nach Ungarn erhalten hat. Er forderte, diese sowjetischen Einheiten sofort und unverzüglich zurückzuziehen. Er erklärte dem sowjetischen Botschafter, daß die ungarische Regierung in dieser Stunde den Warschauer Vertrag aufkündigt und gleichzeitig die Neutralität Ungarns proklamiert, desgleichen, daß sie sich zur selben Stunde an die UNO wenden wird, um die vier Großmächte um Hilfe bei der Verteidigung der Neutralität ihres Landes zu bitten.

Der sowjetische Botschafter hat diesen Protest und die Erklärung des Ministerpräsidenten und bevollmächtigten Außenministers zur Kenntnis genommen und zugesagt, die Antwort seiner Regierung anzufordern.

Der ungarische Ministerpräsident hat, sowie dieses Gespräch mit dem sowjetischen Botschafter zu Ende war, darüber alle Leiter der diplomatischen Vertretungen, die in Budapest akkreditiert sind, benachrichtigt. Gleichzeitig hat er telegraphisch den Generalsekräter der UNO über die Ereignisse und den Beschluß der ungarischen Regierung benachrichtigt und ihn gebeten, dieses Thema als außerordentlichen Tagesordnungspunkt der Generalversammlung der Organisation der Vereinten Nationen, die unmittelbar bevorsteht, zu behandeln.«

Im Lauf derselben Nacht meldete Radio »Kossuth«:

»Die Botschaft der UdSSR veröffentlichte eine Erklärung, daß die Flugplätze der ungarischen Luftwaffe von sowjetischen Panzereinheiten umzingelt seien mit dem Ziel, den Rückzug der Familienangehörigen der Offiziere der sowjetischen Einheiten, die in Ungarn stationiert sind, und der Ver-

wundeten auf dem Luftweg zu sichern. Die gesamte Belegschaft der ungarischen Luftwaffe war bereit, sich gegen die übermächtigen Kräfte zu verteidigen. Ihrer Verantwortung jedoch bewußt, hat die ungarische Regierung das Eröffnen des Feuers verboten. So stehen zur Zeit die Kräfte der Luftwaffe ohne eine abgeschossene Patrone den sowjetischen Einheiten in Erwartung ihres Rückzuges gegenüber.«

Die Politbüromitglieder der KPdSU, Mikojan und Susslow, flogen nach Budapest und reisten wieder ab, ohne daß es darüber amtliche Erklärungen gab.

Botschafter Andropow überbrachte Imre Nagy eine Erklärung der sowjetischen Regierung, es handle sich »nur um gewisse normale Truppenbewegungen«. Tatsächlich hatten frische sowjetische Einheiten, die aus der Tiefe des riesigen Sowjetreichs, vor allem aus seinen asiatischen Republiken herbeigeholt worden waren, bei Záhony aus der Karpatoukraine und aus Rumänien kommend, ihren planmäßigen Einmarsch in Ungarn begonnen. Sie lösten alle hier stationierten Einheiten, von denen einige begonnen hatten, mit der Bevölkerung zu fraternisieren, ab und zogen langsam in Richtung Budapest, nahmen eine nach der anderen die Städte und alle Verkehrsverbindungen im östlichem Teil des Landes ein.

János Kádár ging davon aus, daß die bisherige Partei auseinandergefallen war. Am 1. November gründete er daher eine neue Partei, die Sozialistische Arbeiterpartei Ungarns.

Jugoslawien war gerade Mitglied des Sicherheitsrates. Als abgestimmt wurde, ob man das ungarische Problem diskutieren solle, enthielt sich der Botschafter Belgrads der Stimme.

Der Asphalt war sowohl in Budapest als auch auf allen Landstraßen, die sich baumbesäumt der Hauptstadt entgegenstreckten, von welkem, aber farbenfrohem rotem und gelbem Laub bedeckt. Der pannonische Herbst kümmerte sich um die Panzerkolonnen nicht, aber es sah aus, als habe er einen Teppich für die Raupenketten ausgelegt, der von ihnen gnadenlos zermalmt wurde.

Imre Nagy redigierte noch ein Telegramm an den Generalsekretär der UNO:

» … seit dem 2. November erhält die Regierung der Ungarischen Volksrepublik immer neue überprüfte Berichte seiner Verteidigungseinheiten, daß bedeutende sowjetische Kräfte die Staatsgrenze überrollt haben und in Richtung Budapest ziehen, wobei sie Eisenbahnstrecken, Bahnhöfe und die Leitstellen in ihre Gewalt bringen. Es erreichen uns desgleichen Nachrichten aus Westungarn, daß sich sowjetische Einheiten in Richtung West-Ost ebenfalls auf Budapest zu bewegen …«

Der kleine Koffer mit Pyjama und Toilettengegenständen, den er im Notfall in die jugoslawische Botschaft mitzunehmen gedachte, stand schon gepackt im Garderoberaum neben dem Büro des Ministerpräsidenten.

Die Darstellung des würdevollen eigenen Todes

Während des Fluges erinnerte sich Oberleutnant Macintosh an seine Ausbildung. Sie war langweilig gewesen. Alle Piloten versuchten, möglichst viele theoretische Stunden zu schwänzen. Erst als sie nach den vielen dummen Übungen am Tisch und in den Simulatoren richtig fliegen durften, wurde es aufregend. Endlich war jede Bewegung eingeübt, so daß man nicht mehr nachdenken mußte, wenn man sie ausführte. Aber daß er einmal wirklich Bomben über echten Ziele ausklinken werde, hatte er nicht mehr gehofft.

Jetzt flogen sie in Richtung unbekannter Städte, die für ihn nur Ziele auf Karten waren. Die Befehle waren klar, wie stets in der Luftwaffe Ihrer Majestät. Gedanken über Menschen in diesen Städten waren in der Dienstvorschrift nicht vorgesehen. Die schliefen wahrscheinlich. Es war nicht die Aufgabe der Flugzeugbesatzung, über die Weltpolitik nachzudenken, aber Zeitungen las man doch. Diese ägyptischen Affen durften doch nicht unsere Tanker aufhalten! Sie hatten weder den Kanal gebaut noch den Bau bezahlt …

Der Oberleutnant riß sich zusammen, er hatte doch angefangen zu grübeln. Also widmete er sich wieder mit aller Aufmerksamkeit seinen Instrumenten. Es war ja gar kein richtiger Krieg, sondern bloß eine etwas ernsthaftere Übung.

»Eigenartig!« brummte Feldwebel Lloyd ins Mikrophon der internen Verbindung für die Besatzung. Der Oberleutnant schätzte private Gespräche während eines Kampfflugs keineswegs, ein plebejischer Liberalismus hatte aber augenscheinlich auch schon die Luftwaffe ergriffen. Unteroffiziere wandten sich mir nichts, dir nichts, an Offiziere, als seien sie Mitglieder desselben Klubs.

»Was meinen Sie, Lloyd?«

»Nun, daß wir auf der Seite der Juden sind, ist doch blöd, nicht?« Lloyd war mindestens ein Dutzend Jahre älter als der Oberleutnant. Er hatte auch richtige Kampferfahrung, noch aus der Zeit des Krieges, den er in dieser Gegend auf einem Stützpunkt verbracht hatte.

»Ich weiß nicht, was Sie damit sagen wollen.«

»Wir haben die doch früher daran gehindert, nach Palästina zu kommen. Die haben unsere Truppen terrorisiert, damals. Ich war selbst in Jerusalem. Wir haben uns vor ihren Höllenmaschinen gefürchtet, Sir, vor den jüdischen ... Wieso unterstützen wir sie jetzt?«

»Die doch nicht! Wir müssen den Kanal für die freie Schiffahrt wieder öffnen«, sagte der Oberleutnant, glücklich, eine lehrreiche Antwort gefunden zu haben. Er wußte, daß der Rest der Besatzung auch mithörte.

»Schön. Aber daß wir gleich ihre Verbündeten sein müssen, finde ich doch komisch.« Der Feldwebel war ein sturer Hund. »Wie kann man ständig seine Alliierten wechseln? Am Ende gehen wir noch mit den Krauts zusammen gegen unsere alten Kampfgenossen, die Russen?«

»Sind Sie Kommunist, Feldwebel?« fragte Macintosh entsetzt.

»Nein, Sir, natürlich nicht. Aber wenn Sie mich fragen, kann in diesem Ungarn noch allerlei geschehen. Und wenn dies hier der Ausbruch des dritten Weltkrieges ist, befinden wir uns auf einem verdammt unbequemen Kriegsschauplatz, Sir.«

Das war zu viel.

»Ich frage Sie nichts, sondern gebe Ihnen die dienstliche Weisung, sich auf Ihre Aufgaben zu konzentrieren, Feldwebel. Wir befinden uns auf einem Kampfflug!«

»Yes, Sir!« sagte Lloyd, der schließlich auch Soldat und nicht nur Pilot war. Aber der Oberleutnant hatte den Eindruck, das gedämpfte Kichern der übrigen knistern zu hören. Er mußte einen Fluch unterdrücken.

Darüber würde man noch reden müssen. Er würde fordern,

daß man Lloyd von der Liste des fliegenden Personals strich. Zumindest für einige Zeit. Fehlte ihm dann erst einmal die Kampfzulage, würde er begreifen, daß man mit Vorgesetzten so nicht umgehen durfte. Der Feldwebel bildete sich etwas darauf ein, daß er Kriegsveteran war. Aber das waren damals andere Apparate gewesen, in diesen Kisten konnte man sich noch unterhalten und improvisieren. In den neuen, teuflisch schnellen Flugzeugen durfte man nur noch Teil des Systems sein.

Er mußte sich den Instrumenten widmen und konnte so bloß nebenbei einen Blick auf den nächtlichen Himmel, durch den sie flogen, werfen. Er schien ihm wie dunkelblauer Samt. Die Sterne hier im Süden waren so unwahrscheinlich hell. Dann blitzte es unter ihm links auf. Der Knall kam nachträglich.

»Was ist das?« schrie er unbeherrscht auf.

»Die Hundesöhne haben uns im Visier. Ich drehe zum Sturzflug, Sir!«

Die nächste Explosion war noch heller und schrecklicher, statt des sternenübersähten Himmels sah er nur gleißendes Licht. Macintosh mußte die Augen schließen, sein Gehör platzte fast von dem unerträglichem Donner. Daß sein Flugzeug getroffen wie ein Stein abstürzte und seine kurze Mission im Nahen Osten beendet war, erfaßte er nicht mehr bewußt.

In Paris, London, Washington und im Glaspalast der UNO in New York verhandelten Staatsmänner und Diplomaten nervös, und die Kellner schleppten Mineralwasser, Tee, Kaffee, manchmal Whisky, Cognac, Wodka heran. Das Problem war, keiner der Teilnehmer hatte klare Weisungen seiner Regierung. Sie führten die Debatten mehr intuitiv als auf der Grundlage von Instruktionen, sie verließen sich auf ihre Erfahrung. Ungewöhnlich war, wie zurückhaltend sich die sonst so lauten Vertreter der Supermächte, die Russen und Amerikaner, benahmen, auch in dieser Hinsicht waren sie sich diesmal einig. Die Reden im Sicherheitsrat wandten sich natürlich mehr an die Weltöffentlichkeit, an die Medien, man sprach nicht wirklich miteinander, aber irgendwie waren alle nachdenklicher und leiser, als man angenommen hätte.

»Wenn ich mich nur mit dem alten Schukow irgendwo treffen könnte, wir würden ein Gläschen trinken und als alte Soldaten alles ins Lot bringen, John!«

Der ehemalige Kommandant der alliierten Westarmeen, Eisenhower, zur Zeit Präsident der USA, beobachtete seinen Staatssekretär John Foster Dulles unfreundlich. Dulles war früher Rechtsanwalt gewesen. Er war es eigentlich geblieben. Dulles seinerseits verachtete den Haudegen ein wenig, aber er wußte, wie groß seine Popularität war. Ausnahmsweise war er aber diesmal mit ihm einverstanden. Er wußte, daß das Ende des britischen Imperiums und erst recht des französischen Traums von Größe nahte. Unabhängig von all diesem Gezänk in Ägypten und Ungarn und dem Ausgang einzelner Schlachten, am Ende würde klar sein, daß nur zwei Mächte auf dem Plan bleiben konnten, um alle Probleme zu lösen, die Dinge zu ordnen, die Menscheit zu führen, die USA und die Sowjetunion. Eisenhower sah das vielleicht nicht so klar, aber er fühlte es mit seinem soldatischen Instinkt. Je mehr Material, Soldaten und Prestige nicht nur die Russen, sondern auch die Engländer, Franzosen, Ägypter, Israelis und wer da alles um sich schoß verlieren würden, um so besser für die Vereinigten Staaten. Und auch für die wirklich großen Firmen, die den Fortschritt der Welt und die Entwicklung seines Landes in Gang hielten.

»Alles, was für Unruhe innerhalb des Sowjetblocks sorgt, ist gut für uns, besonders zur Zeit, Mister President!« Eisenhower nickte mit einem ungnädigen Gesichtsausdruck. Natürlich hatte man ihm eine Erklärung abgeluchst, wie sehr er die Tapferkeit des ungarischen Volkes bewundere. Man hatte ihn davon überzeugt, daß man das von ihm erwartete.

»Los, John, was haben Sie noch auf dem Herzen?«

»Da ist tatsächlich noch etwas, Mister President. In Ungarn gibt es keine richtige Führungspersönlichkeit, das ist der Jammer. Mit Imre Nagy ist nichts anzufangen. Wenn nicht die römisch-katholische Leidenschaft mit ihm durchgeht, könnte Kardinal Mindszenty der richtige sein …«

»Was erzählen Sie da? Was für ein Kardinal wäre das, mit dem die römisch-katholische Leidenschaft *nicht* durchgeht? Das ist doch sein Job, oder?«

»Vielleicht habe ich mich falsch ausgedrückt, Mister President. Ich wollte sagen, wenn ihm nicht die *ungarisch-katholische* Leidenschaft durchgeht! Die Kardinale verrichten ihre Arbeit wahrscheinlich mit derselben Art von Glauben wie wir …«

»Ein Kardinal sind vielleicht Sie, John«, lachte Eisenhower. »Ich wäre in diesem Vergleich doch hoffentlich der Papst. Und was für einer! Aber ich kann Katholiken nicht leiden. Die sind ja auch nicht anders als die Juden!«

»Jetzt geht es doch nicht um persönliche Sympathien«, sagte Dulles distanziert.

»Natürlich nicht, natürlich nicht. Okay, einverstanden, John, bauen Sie so viel Mist, wie Sie wollen, um alles noch mehr zu komplizieren. Aber eines müssen Sie wissen, es fällt mir nicht im Schlaf ein, in Europa Truppen in Bewegung zu setzen. Ist das klar? Ungarn und Polen sind russische Interessenssphäre, wie oft muß ich Ihnen das noch sagen! Und ich habe die Absicht, darauf zu achten, genau so, wie ich den Russen nie erlauben würde, uns in Mexiko oder Kuba Probleme zu machen. Die Russen haben sich ihre Sphäre im Krieg ehrlich erobert!«

Der Präsident stand auf, Dulles mußte sich lustlos auch aus seinem Sessel erheben. Der alte General war ein verfluchter Frühaufsteher, las am liebsten im Morgengrauen unter dem Sternenbanner seine ersten Zeitungen und wünschte, daß seine nächsten Mitarbeiter um diese Zeit erreichbar waren. Dafür ging er abends mit den Hühnern schlafen.

»Ich muß frühstücken, meine Frau wird schon warten …«

Dulles begleitete ihn bis zur Tür zu den Privatgemächern

und löschte das Licht. In Washington dämmerte erst der kalte Novembertag. Der eisige Wind trieb buntes Laub vor sich her.

Frau Eisenhower erwartete ihren Mann mit einem Seufzer:

»Man stirbt wieder in aller Welt, Ike!«

»So ist das Leben, Mamie!« brummte der alte Mann und beugte sich über seinen Teller Haferflocken. »Ich hätte auch schon hundert Mal sterben können und bin noch immer da. Keiner hat vor seinem Tod das ewige Leben gepachtet.«

Nasser wollte auf keinen Fall hinunter in den Luftschutzraum. Die ganze Nacht verbrachte er am Präsidententisch. Endlich nahm er sich etwas Zeit und ließ seinen Barbier kommen. Der kalte Seifenschaum und die scharfe Klinge an den Wangen, das Klappern der Schere, mit der sein Schnurrbart gestutzt wurde, beruhigten ihn. Nasser war der Meinung, ein Offizier müsse stets ordentlich, wie für eine Parade aussehen. Der Barbier schwieg, er durfte den Mund nicht aufmachen, wenn sein Präsident ihn nicht als erster ansprach.

Nasser fragte sich, ob es ein Fehler gewesen war, Tito nicht in die Absicht einzuweihen, den Suezkanal zu verstaatlichen. Aber er hatte gewußt, der vorsichtige, alte jugoslawische Fuchs hätte ihm ohnehin nur abgeraten. Und er brauchte aus innenpolitischen Gründen einen spektakulären Schachzug in der Außenpolitik, rechnete auch mit den Einnahmen für Ägypten, die er dann nicht mehr mit der Besitzergesellschaft würde teilen müssen. Man könnte ja auch die Durchfahrtsgebühren erhöhen. Einen militärischen Angriff deswegen hatte er allerdings nicht erwartet. Nun wollte er sich an Belgrad und New Delhi um Hilfe wenden. Tito und Nehru würden böse sein, aber beim jetzigen Stand der Dinge würden sie ihn unterstützen müssen. Sie mußten ihn einfach retten!

Es war gar nicht gut, daß sich die Russen ausgerechnet jetzt in Ungarn verwickelt hatten. Allah allein wußte, was dort los war. Wer konnte all die unsichtbaren Drähte prüfen, die wie schmerzende Nerven vom Suezkanal zur Donau führten? Am Anfang hatte er geglaubt, das seien dort innere Streitigkeiten, die ihn nichts angingen, jetzt aber mußte sich der Kreml offensichtlich stark engagieren. Dort, nicht hier, um ihm gegen den Westen zu helfen. Den Russen nützte wohl alles, was dem Westen schadete, und umgekehrt, davon mußte man schon ausgehen.

»Na, wie geht's, Gyurka?« Hauptmann Gimesi hatte sich einen Stahlhelm auf den Kopf gesetzt.

»Es war schrecklich!«

»Was, mein Sohn?«

»Das dort gestern, am Platz der Republik …«

»Ach, du warst dort! Du meinst, wie die AVH-Leute gerichtet wurden …«

»Nein. Ich meine, wie wir uns benommen haben. Darf man denn so etwas?«

»Es ist schwierig, die berechtigte Wut des Volkes zu bremsen. Das Volk kann schrecklich sein in seinem Zorn. Sie sind selber Schuld an ihrem Schicksal. Weißt du, es ist, wie wenn du krank bist, da darfst du auch nicht deinen Blinddarm bedauern, wenn er herausoperiert werden muß. Das geht auch nicht ohne ein Messer. Verstehst du das?«

»Ja, schon«, murmelte der Junge kleinlaut. »Aber ich habe danach nicht schlafen können.«

Gimesi streichelte Gyurkas Kopf und wandte sich an Boba, der dastand und zuhörte.

»Sie kenne ich doch von irgendwoher?«

»Wir waren vor einigen Tagen in ihrem Stab. Ich bin jugoslawischer Journalist. Wir haben damals diesen Jungen mitgenommen.«

»Ja. Ich erinnere mich. Tun Sie nur ihre Pflicht, obwohl mir lieber wäre, wenn sich Ihre Presse von gewissen Erscheinungen distanzieren würde …« Gimesi kam sich sehr wichtig vor. »Aber, das ist ihre Sache. Für uns ist das Wichtigste, daß uns Amerika gegen die Russen unterstützt.«

Die nächtliche Straße war fast leer. Im Haustor versteckt,

stand nur eine Patrouille der Aufständischen. Boba hatte die Erlaubnis, ihre Tätigkeit zu beobachten. Aus dem Halbdunkel tauchte die Silhouette eines untersetzten Mannes auf. Einer der Posten trat vor:

»Den Ausweis!«

Es war ein Bäcker, der zur Arbeit eilte.

»Haben Sie Waffen bei sich?«

»Woher sollte ich die nehmen?«

Der Posten lachte:

»Wir haben sie ja auch irgendwie angeschafft. Heben Sie ihre Hosenbeine, wir wollen Ihre Schuhe sehen. Danke. Sie können gehen. Und danke, daß Sie Brot für das Volk backen.«

Und wenn er zufällig gelbe Schuhe gehabt hätte, fragte sich Boba. In Jugoslawien hatte es früher geheißen, eine gewisse Sorte von Ledermänteln wäre nur an Geheimdienstagenten verteilt worden. Daraufhin wollten alle Angeber dieses Statussymbol besitzen. Später war so ein Kleidungsstück eigentlich der beste Beweis, daß man mit dem Dienst nichts zu tun hatte. Vielleicht war es hier mit den gelben Schuhen genauso.

Eine ältere Frau trippelte an der Seite eines mageren Herrn durch die Nacht. Sie erklärte nervös, er sei ein rumänischer Wissenschaftler, der zufällig am Anfang des Aufstandes in Budapest gewesen sei. Er hatte sich in den frühen Morgenstunden in seiner Botschaft zu melden, von der ein Bus nach Bukarest fahren sollte.

»Dürfen wir den Paß sehen? Danke. Gute Reise …«

Der Himmel war schon morgenhell. Boba dachte an den Sonnenaufgang, den er vom Budaberg mit Eva beobachtet hatte. Er erinnerte sich an den Blick auf die grausilbern schillernde Donau, die Linien der Fassade des Parlaments, an den Duft des trockenen Grases. Damals hatte er zugesehen, wie eine friedliche, hoffnungsvolle Stadt aus dem Schlaf erwachte. So wie er keine Ähnlichkeit zwischen jener Morgendämmerung im Juni und diesem kalten, grauen Novemberlicht finden konnte, gab es keinen Vergleich zwischen Evas Gesicht in dieser längst entschwundenen Vergangenheit und dem offenen Mund, der Fratze, mit der sie den Versuch beobachtet hatte, dem Offizier das Herz aus der Brust zu schneiden.

Immer mehr Passanten kamen nun vorbei, vor allem Frauen mit Körben und Einkaufsnetzen. Die Patrouille verlangte keine Ausweise mehr. Boba stellte fest, hier würde nichts Interessantes mehr geschehen. In den letzten Tagen hatte er viel gelernt. Er war der einzige jugoslawische Journalist auf dem Platz der Republik gewesen. Die Kollegen tauschten am Abend miteinander aus, was sie erfahren hatten, aber Boba bemerkte, daß jeder das Interessanteste für sich behielt. So naiv wie am Anfang war er auch nicht mehr.

Auf dem Lenin-Ring ging er an einer neuen Leiche vorbei, die mit einem Offiziersmantel bedeckt war. Den gehenkten jungen Mann hatte endlich jemand heruntergeholt. Auf dem Mast einer Straßenlaterne war ein Rákosi-Porträt angebracht, davor ein Hut:

»Spuckt aus, Bürger! Zwanzig Filer für jeden Spucker!«

Im Hotelrestaurant waren die Tische frisch bezogen, nur Blumen gab es keine mehr. Der alte Kellner teilte stolz mit:

»Wir haben Lammpörkölt. Ist's gefällig?«

»Alles, was warm ist.«

»Bitte, die Morgenzeitung ist auch da.«

Wieder eine Rede von Imre Nagy:

»Ungarisches Volk! Durchdrungen vom Bewußtsein der Verantwortung gegenüber dem ungarischen Volk und gegenüber der Geschichte, den einheitlichen Wunsch von Millionen Ungarn ausdrückend, erklärt die ungarische nationale Regierung die Neutralität der Ungarischen Volksrepublik …

Wir wenden uns an unsere Nachbarn, nahe und ferne Länder, mit dem Aufruf, den unabänderlichen Beschluß unseres Volkes zu achten. Jetzt ist jener Spruch tatsächlich zur Wirklichkeit geworden, daß hinter diesem Beschluß das Volk so einheitlich steht, wie vielleicht noch nie in seiner Geschichte.

Millionen ungarischer Arbeiter! Verteidigt und stärkt mit revolutionärer Entschlossenheit die Befestigung der Ordnung in unserem Vaterland: im endlich freien, unabhängigen, demokratischen und neutralen Ungarn!«

Der Kellner wandte sich an seinen jungen Gast, so stolz, als habe er diese Sätze selber geschrieben:

»Was sagen Sie dazu?«

»Meine Aufgabe ist es, zu lesen und zu beobachten«, antwortete Boba vorsichtig. Aber das Gespräch mit diesem Mann, der sich so aufrichtig um ihn bemühte, wollte er unbedingt fortsetzen und fragte deshalb: »Haben Sie gehört, was am Platz der Republik geschehen ist?«

»Ja, flüchtig ...« Der Kellner war unsicher. »Und Sie?«

»Zufällig war ich an Ort und Stelle.«

»Wirklich? Sagen Sie, ist es wahr, daß in unterirdischen Verliesen viele unschuldige Gefangene schmachteten? Es heißt, daß dort Tausende gefoltert wurden ...«

»Von Gefangenen habe ich nichts gesehen, aber wie gemordet wurde, schon. Das war die schrecklichste faschistische Tollwut, die man sich nur vorstellen kann ...«

»Diese furchtbare AVH!«

Boba mußte überrascht zur Kenntnis nehmen, daß der alte Mann entweder nicht begreifen konnte oder nicht begreifen wollte, was dort vor sich gegangen war.

»Was für eine AVH! Angebliche AVH-Leute wurden totgeschlagen und abgeschlachtet!«

»Von wem?«

»Von wem?« Boba ärgerte sich so maßlos, daß er die selbstauferlegte Zurückhaltung vergaß. »Von euch, von euren Rebellen!«

Der Kellner zuckte zusammen und fragte in geändertem Tonfall:

»Wünschen der Herr noch etwas?«

»Nein. Danke. Jetzt nicht.« Boba war erschrocken vor seiner eigenen und der Stimme seines Gesprächspartners. Einen Freund hatte er bestimmt verloren.

Die Geschichte schrieben nicht nur der Farmersohn Dwight David Eisenhower, der ukrainische Bauer Nikita Sergejewitsch Chruschtschow oder der kroatische Schlosser Josip Broz Tito. Sie wurde auch vom Zielkanonier Dschingis im sowjetischen Panzer auf dem Budapester Heldenplatz und dem britischen Oberleutnant Macintosh auf dem Himmel über Kairo, von Boba und Horthys ehemaligem Reserveoffizier Gimesi, der schönen Eva und dem alten Kellner im Hotel »Béke« und so vielen anderen in Ungarn und Ägypten, Polen und Jugoslawien, dem Weißem Haus in Washington, im Moskauer Kreml und auf der Adriainsel Brioni geschrieben.

Der ungarische Staatsminister Géza Losonczy, der treuste Freund von Imre Nagy, gab im Gebäude des Parlamentes eine Presseerklärung. Er bemühte sich um einen ruhigen, sachlichen Tonfall:

»Die Regierung ist der Meinung, daß im Lande recht lebhaft auch die Tätigkeit konterrevolutionärer Kräfte bemerkbar ist. Deshalb hält es die ungarische Regierung für notwendig, mit allem Nachdruck zu erklären, daß sie nicht beabsichtigt, solche in den letzten zwölf Jahren erzielte Ergebnisse aufzugeben, wie die Agrarreform, die Nationalisierung der Industrie und die anderen sozialistischen Errungenschaften … Sie wird die Restaurierung des Kapitalismus in Ungarn nicht gestatten!«

Zu den Ungarn sprach aber auch Kardinal Mindszenty, auf dessen Worte so viele Ungarn mit Hoffnung oder Beklommenheit warteten:

»Nach einem langem Aufenthalt im Kerker wende ich mich an alle Kinder des ungarischen Vaterlandes. Ich trage in meinem Herz keinen Haß gegen einen anderen. Unser Vaterland wird durch einen Heldenmut befreit, der einem Wunder gleicht. Dieser Befreiungskampf kennt keine Parallelen in der ganzen Weltgeschichte. Unserer Jugend gebührt aller Ruhm. Ich drücke meine Dankbarkeit aus und bete für das Militär, für die Arbeiterschaft, für das Bauernvolk, die alle

Beispiele eines gemeinsamen Patriotismus gegeben haben. Die Situation im Lande ist außerordentlich schwierig. Schon tagelang fehlen alle Bedingungen für eine Fortsetzung des normalen Lebens. Man muß schnellstens einen Ausweg aus dieser Lage finden. Ich bin noch dabei, mich zu informieren, werde jedoch in zwei Tagen eine Rede an die Nation halten und meine Meinung über die Möglichkeiten zur Lösung der Krise mitteilen.«

Imre Nagy gelang es nicht einmal mehr, die Mitglieder seines engeren Kabinetts zu versammeln. János Kádár und der Innenminister Ferenc Münich waren unauffindbar. Nagy wußte nicht, daß sie den Beschluß gefaßt hatten, eine neues revolutionäres Zentrum ohne ihn zu gründen, aber er ahnte, daß Gefahr im Verzug war, und bildete, ohne sie fragen zu können, nervös wieder einmal seine Regierung um. Den populären Obersten Maleter ernannte er jetzt zum Verteidigungsminister und Anna Kethly nahm er, ohne sie überhaupt zu konsultieren, in die Regierung auf.

»Die Oma wird auch nicht so blöd sein zurückzukommen!« brummte er, als er ihre Ernennungsurkunde unterzeichnete, war aber doch überzeugt davon, wenn schon nichts Nützliches für den Augenblick, so doch etwas Wesentliches in Angesicht der Geschichte zu tun.

János Kádár war entsetzt, als er vom Tod Imre Mezös hörte. Er hatte das Stadtkomitee nur Stunden vor der Ansammlung der Aufständischen auf dem Platz der Republik verlassen. Er wußte, daß Nagy mit Dudás verhandelte, während dessen Männer Kommunisten lynchten. Deshalb hielt er es für überflüssig, sich beim amtierenden Ministerpräsidenten abzumelden. Er stand vor der schwierigsten Entscheidung seines Lebens. Wenn irgendeiner das Recht hatte, die blauen Uniformen der AVH zu hassen, so war er es, nicht der dahergelaufene Pöbel auf der Straße. Während man ihn, Kádár, in den Kellern der AVH gefoltert hatte, war Nagy Rákosis Minister gewesen, einige Zeit lang sogar Ministerpräsident.

Heimlich verließ er Budapest, fuhr nach Szolnok. In einer Kaserne setzte er sich mit sowjetischen Generälen zusammen und arbeitete den Plan zur Niederschlagung des Aufstands aus. Münich war auch da. Die beiden wußten in diesem Augenblick nicht, daß, gepeitscht vom Sturmwind, ein russisches Flugzeug unterdessen Chruschtschow und Mikojan an die Adria gebracht hatte, wo sie mit Tito berieten, wer von den beiden der neue Führer Ungarns werden sollte.

Szolnok, eine Stadt in der Ebene zwischen den Flüssen Zagyva und Theiß, schien sich unter dem schweren Herbstregen zu ducken. Selbst asphaltierte Straßen waren schwer befahrbar, im Kot zwischen den Dörfern blieben Panzer und Raupenfahrzeuge stecken. Müde, rotäugige Politiker in diesem Szolnok schrieben an einem »Offenen Brief an das werktätige Volk Ungarns.«

Über die Grenze zwischen Ungarn und der UdSSR rollten ohne nähere Begründung Transporte mit Panzern, Lastwagen voller Soldaten, die keine Ahnung davon hatten, was ihr Ziel war. Die Politkommissare sagten, es gehe gegen den faschistischen Teufel.

Engländer und Franzosen setzten zum Sturm auf den Suezkanal an. Die Amerikaner warteten noch.

Für die hohen Stabsoffiziere waren alle Bewegungen nur bunte Stecknadelköpfe auf wandgroßen Landkarten. Es waren meist ältere Generäle, die ihre Sporen im Weltkrieg verdient hatten. In den Flugzeugen, Schützenpanzern, in Lastwagen und kalten Waggons hockten besorgte junge Männer.

Der Oberfeldwebel Alexander Sergejewitsch Wolkow, der gerade die Wachablösung in Szolnok beaufsichtigte, freute sich auf die gute Musik, die ihn im Wachlokal erwarten würde. Immer wieder wurden Walzer gesendet. Im Kanonenofen brannte dort ein freundliches Feuer. Er wußte wenigstens wo er war, in Ungarn, das hatte er auf einer Karte nachgeprüft, sogar die Stadt Szolnok, in der er sich jetzt befand, gefunden. Bald würde es nach Budapest gehen und dort, so hatte er gehört, gab es die besten Damenseidenstrümpfe in Osteuropa, davon wollte er möglichst viele nach Charkow mitnehmen. Wolkow, der Namen und Vatersnamen des Dichters Puschkin trug und deshalb von Kameraden als potentieller Weiberheld gehänselt wurde, wollte seinem Ruf Ehre machen. Diese Aktion würde man bestimmt als gefährlich anerkennen, dann würde er einen längeren Urlaub bekommen, und das war wichtig.

Auch viel weiter im Süden war es merklich kalt geworden, und Oberst Floyd Donavan freute sich, daß im Kamin ein Feuer knisterte, ganz wie zu Hause. Auf dem Schreibtisch des Luftwaffenstützpunktes Ihrer Majestät auf Zypern lag unter anderen zu unterzeichnenden Briefen auch das Beileidsschreiben an Familie Macintosh, deren Sohn im Kampf zum Ruhm des Empires gefallen war. Der Oberst hatte das Bedürfnis, diesen unbekannten Menschen einige intimere Worte über den Verlust eines ausgezeichneten Offiziers und hervorragenden Kameraden zu schreiben, aber es fiel ihm nichts ein, was aufrichtig genug klang. Wie sollte er die Eltern eines hoffnungsvollen jungen Mannes mit Phrasen abspeisen? Wie ihnen erklären, was sein Flugzeug über Kairo zu suchen gehabt hatte? Daß sie ein so starkes Flakfeuer nicht erwartet hatten? Die dort unten mußten russische Instrukteure haben, wenn nicht sogar an den Geschützen selbst Russen saßen, mochten sie im Höllenfeuer brennen, die Hundesöhne. Nein, es mußte wohl bei den Worten aus dem Handbuch der Streitkräfte für solche Fälle bleiben, Oberst Donavan unterschrieb die Briefe und klingelte nach dem Burschen.

»Helfen Sie mir, diese verfluchten Stiefel ausziehen, Timothy. Und dann bringen Sie mir Whisky und Soda. Aber nicht aus der Kantine, sondern aus meinem Vorrat.«

Auf dem Platz der Republik wurde weiterhin nach den unterirdischen Kerkern gesucht. Am Freitag berichteten darüber alle Zeitungen. Die Titel lauteten in der *Kleinen Zeitung* »Geheime Kasematten unter der Parteizentrale auf dem Platz der Republik«, in der *Ungarischen Nation* »Unterirdisches Gefängnis unter dem Gebäude der Budapester Kommunisten«. Dieses Blatt, das sich das Organ der Partei der kleinen Grundbesitzer nannte, schrieb: » … wozu überhaupt Gefängnisse wie im Mittelalter? Die gesamte Budapester Öffentlichkeit fragt sich zu Recht, wie gelangen Häftlinge in den Keller des Parteikomitees?« Niemand zweifelte an den Behauptungen. Niemand erkannte die Absurdität der Situation. Niemand kam auf die Idee zu fragen, ob es diese Folterkammern hier überhaupt gab.

Béla Király, der neue Kommandant der ungarischen Streitkräfte in Budapest, schickte eine Pioniereinheit, um nach den Kerkern im Keller der Partei zu suchen. Wußte General Király tatsächlich nicht, daß er einem Hirngespinst nachjagen ließ? Ein Unternehmen, das auf Ölbohrungen spezialisiert war, schaffte Bohrtürme herbei und begann mit geologischen Untersuchungen im Park vor dem Haus. Nichts. Die Fachleute wurden von den Ölfeldern abgezogen, Wissenschaftler von der Fakultät für Geologie eilten zur Hilfe. Sonden, wie sie nach schweren Erdbeben benützt werden, wurden eingesetzt, um festzustellen, ob es Überlebende gab. Nichts. Aus den Kellern des Komitees und des gegenüberliegenden Erkel-Theaters wurden horizontale Schächte ausgehoben. Man sprach von einem Labyrinth, dessen Geheimnis nicht zu lösen sei.

Journalisten erfuhren Neuigkeiten. Eine Frau behauptete, der geheime Eingang befinde sich unter dem Liftschacht. Wie in Romanen über das Mittelalter suchte man geheime Türen, wundersame Mechanismen für ihre Öffnung. Immer wieder glaubte jemand, schwache Hilferufe zu hören, angeblich lagen noch über hundert Gefangene in der Tiefe im Sterben. Eine Zeitung wußte es ganz genau: hundertsiebenundvierzig. Ein Oberstleutnant, der Kommandant der Forschungsarbeiten, erklärte:

»Der Kreis wird immer enger. Alles weist darauf hin, daß wir auf dem richtigen Weg sind. Wir haben schon das engere

Terrain festgelegt, das wir mit Hilfe der Bohranlagen durchkämmen werden …«

Auch im Laufe der Nacht arbeitete man bei Scheinwerferlicht. Die Zeitung *Das neue Ungarn* behauptete, die Kammern unter der Erde seien noch von der Gestapo gebaut worden. Die ungarische Provinzpresse schrieb, die ermordeten Offiziere und Parteifunktionäre hätten ihr Schicksal verdient, weil sie für diese Schrecken unter dem Komitee verantwortlich gewesen seien.

Die Massenhysterie hörte nicht auf. General Király erhielt von Fachleuten einen Bericht, daß es sinnlos sei weiterzugraben, hier sei nichts. Man war schon zwanzig Meter tief unter der Rasenfläche. Die Aufständischen fanden den Leiter der Wirtschaftsabteilung des Parteikomitees, István Kertész, und führten ihn durch die ausgehobenen Tunnels und Schächte. Hier verhörten sie ihn. Er behauptete hartnäckig, es habe hier nie Gefängniszellen gegeben. Wozu auch? Die seien doch in den Kellern der AVH-Gefängnisse gewesen. Am Ende sagte man ihm:

»Über das alles wird auch schon jenseits unserer Grenzen gesprochen. Nehmen wir nur für einen Augenblick an, daß Sie die Wahrheit sagen und daß es kein Geheimgefängnis hier gibt. Dann wäre es gut, die Sache abzuschließen. Aber wie sollen wir das machen, ohne uns zu kompromittieren?«

Wie sollten London und Paris ihre Angriffe auf Ägypten einstellen, ohne sich zu kompromittieren?

Präsident Eisenhower schrieb Premier Anthony Eden einen Brief. Im ovalen Zimmer des Weißen Hauses auf und ab gehend, diktierte er, nach passenden Worte suchend:

»Ich muß eingestehen, daß es mir schwer fällt, an einen positiven Ausgang dieses Unternehmens zu glauben, das die Gefahr mit sich bringt, daß wir die ganze arabische Welt zu unserem Feind machen. Die Folgen wären unabsehbar, wenn alle Araber so reagieren würden wie die Nordafrikaner Frankreich gegenüber …«

Der Präsident überlegte lange. Auf dem Schlachtfeld war es ihm leichter gefallen, die feindlichen Kräfte abzuschätzen, die Divisionen, Bombenflugzeuge und Panzer zu addieren. Was, wenn es den Sowjets gelingen würde, Sympathien im Nahen Osten zu erwerben? Lange stand er stumm da, so daß seine Sekretärin leise die letzten Worte wiederholte:

»…wie die Nordafrikaner Frankreich gegenüber, Mister President!«

»Machen Sie einen Punkt«, sagte Eisenhower erschöpft und setzte endlich fort: »Wir dürfen es der Sowjetunion nicht gestatten, eine führende Rolle im Kampf gegen die nahöstliche Gewalttätigkeit zu spielen und auf diese Art und Weise das Vertrauen von Nationen zu gewinnen, die ihre Unabhängigkeit errungen haben. Andererseits möchte ich selbstverständlich keineswegs, daß Großbritannien und Frankreich als simple Aggressoren verurteilt werden … Verurteilt werden. So, da machen wir wieder einen Punkt. Geben Sie das Dulles.«

John Foster Dulles kam schon bald aufgeregt mit dem Briefkonzept zu seinem Präsidenten zurück:

»Um Himmels Willen, Sie beabsichtigen doch nicht etwa, so etwas abzusenden?«

»Ich wußte, daß Sie mir in den Arm fallen werden, John. Deshalb brauche ich Sie ja. Nun, was schlagen Sie statt dessen vor?«

»Ihnen heimlich recht geben, Mister President. Erläutern, warum wir sie öffentlich verurteilen müssen. Aber doch nicht umgekehrt, ich bitte Sie!«

»Na, dann machen Sie das doch.«

Am Morgen des 2. November New Yorker Zeit nahm die Generalversammlung der UNO den Vorschlag der USA an, unverzüglich die Kampfhandlungen im Nahen Osten einzustellen und alle Kräfte an die Waffenstillstandslinie zwischen Israel und den Arabern aus dem Jahr 1948 zurückzuziehen. Die Sowjetunion stimmte für den Vorschlag der USA. In der Generalversammlung gab es, anders als im Sicherheitsrat, kein Veto. Großbritannien und Frankreich konnten hier nichts mehr machen. Andererseits fühlten sie sich der Generalversammlung gegenüber zu nichts verpflichtet. Ihre Antwort war jedoch das weitere Vordringen ihrer Kräfte. Auch mit dem Bombardement ägyptischer Städte fuhren sie fort, und über Port Said setzten sie Fallschirmjäger ab. Damit öffneten die Angreifer den nördlichen Teil des Kanals. Die Ägypter versenkten neben dem zufällig von Bomben getroffenen Frachter einige weitere Schiffe und sperrten ihn so definitiv für eine längere Zeit.

Boba bekam aus der jugoslawischen Botschaft die Mitteilung, am Samstag komme aus Belgrad ein Autobus, um die Familien der jugoslawischen Diplomaten nach Hause zu bringen. Soldatić befahl, er habe mitzufahren. Das sollte wohl die Strafe sein, weil er frech gewesen war. Aber ihm war es jetzt egal. Zu Hause konnte er seine Reportagen in Ruhe fertigschreiben. Er war es nicht gewöhnt, notfalls aus dem Stegreif am Telefon zu diktieren, und die Redaktion seiner Jugendzeitung hatte auch keine erfahrenen Stenographen. Er war ja wegen Eva gekommen. Und ausgezogen, das Fürchten zu lernen. Beides hatte sich erledigt.

Erdész besuchte ihn im Hotel. Seine Hand zitterte, als er die Kaffeeschale hob.

»Morgen früh fahre ich nach Belgrad zurück«, teilte Boba mit.

»Was du nicht sagst?« Um sich zu beruhigen, griff der Ungar nach Bobas Hand. »Du bleibst nicht bis zum Ende?«

»Was wird das Ende sein?«

»Das möchte ich auch wissen.«

»Was hast du eigentlich?«

Erdész nahm seine Brille ab. Er putzte sie lange.

»Ich muß einen Entschluß fassen. Ich verschiebe ihn immer wieder. Ich habe eine Botschaft erhalten. Man läßt mir sagen, ich solle mich in die Illegalität zurückziehen ...«

»Wer?«

»Wer! Die Unsrigen. Die Unsrigen? Zu wem gehöre ich?

Die Kommunisten. Sie glauben, wir sollten uns verstecken. Sonst würden wir alle umgebracht. Und die unter uns, die nicht so bekannt sind, sollen versuchen, in den neuen Organisationen Fuß zu fassen. Mich kennt man. Wohin soll ich gehen?«

»Moment! Warst du denn nicht noch vor einigen Tagen für diesen Aufstand?«

»Ich? Ja, doch … Für diesen? Nein. Nicht so. Übrigens, wer fragt schon, wann du wofür gewesen bist? Man schießt einfach. Hat man die gefragt, die man schon gehenkt hat?«

Boba schwieg. Was sollte er sagen? Was hätte er getan, wenn er Ungar gewesen wäre? Erdész wußte natürlich, daß er von Boba keine Hilfe erwarten konnte. Er stand auf.

»Unsere Wege trennen sich. Mal sehen, ob ich etwas zum Essen kaufen kann. So lange man lebt, muß man essen, nicht wahr? Meine Frau freut sich immer, wenn ich etwas mitbringe. Das ist das Konkreteste. Begleitest du mich ein Stück? Das letzte Mal hast du mir Glück gebracht.«

»Gern. Ich wollte sowieso noch ein wenig spazieren gehen.«

Schweigend liefen sie die Ringstraße entlang. Dann fragte Erdesz nebenbei:

»Von Eva hast du gehört?«

Boba hatte sie schon erwähnen wollen, aber es unterlassen, weil sie und Erdész jetzt augenscheinlich auf unterschiedlichen Seiten standen. Er versuchte mit gleichgültiger Stimme zu sagen:

»Vorgestern habe ich sie gesehen.«

»Aber das war doch gestern!«

»Was?«

Erdész blieb stehen, faßte Boba mit beiden Händen an den Schultern und blickte ihm ins Gesicht.

»Du warst verliebt in sie. Gib es zu!«

Es war unangenehm, so mitten auf dem Gehsteig aufgehalten zu werden. Er befreite sich vom Griff der Hand, die sich eben noch fast hilfesuchend an die seine geklammert hatte.

»Was heißt schon verliebt gewesen? Und wenn ich in sie verliebt bin, was dann?«

»Sie ist tot. Sie hat sich erschossen. Sie hat sich selbst ins Gesicht geschossen. Schrecklich, nicht?«

Boba rang nach Worten.

»Schrecklich. Ja.«

Einige lange Sekunden standen sie wortlos nebeneinander. Gleichgültige Passanten gingen vorüber.

»Jetzt muß ich aber wirklich gehen, Boba …«

»Ja, natürlich. Geh nur.«

Erdész zog den Hut. Es war nicht mehr der Jägerhut, sondern ein grauer, seriöser Borsalino. Boba mochte keine Kopfbedeckungen, selbst bei Regen und Schnee.

»Paß auf auf dich! Und grüße deine Frau recht schön!«

»Adieu!«

»Adieu. Es war nett, daß wir uns diese Tage wieder gesehen haben.«

»Ja. Wirklich nett.«

Später bedauerte Boba, daß er sich nicht intimer verabschiedet hatte. Vielleicht wäre eine Umarmung angebracht gewesen. Wangenküsse nach russischer Art. Er konnte sich nicht einmal erinnern, ob sie sich zum Abschied die Hände geschüttelt hatten.

Im Hotel gab ihm der Portier wortlos den Schlüssel. Im Zimmer setzte er sich aufs Bett. Jetzt konnte er wirklich nach Belgrad fahren. Je früher, umso besser.

Eva würde er nie mehr sehen. Ihr Lachen. Ihren geöffneten Mund im Angesicht des Todes auf dem Platz der Republik. Vielleicht auch im Angesicht des eigenen.

Warum hatte sie mit einer Pistole spielen müssen? Ein grauer Tag in einer herbstlich trüben Stadt. An Selbstmord wollte er nicht glauben. Sie hatte wohl gehört, daß man seine Waffe säubern soll. Hatte es in einem Film gesehen, in einem Roman gelesen. Sie hatte an den Juni gedacht. An ihn. Es war auch dieser Geschmack der Ölsardinen, der Schokolade auf ihren Lippen. Mit dem Messer wühlt man in der Brust unter dem Soldatenmantel, bricht die Rippen, reißt das Herz des Obersten heraus, das eben noch gepocht hat, wie deines, wie meines.

Niemand hatte ihr gezeigt, wie man eine Pistole sichert, die Patronen herausnimmt, sie erst dann säubert. Boba hatte das in der Schule für Reserveoffiziere in Bitolj, Mazedonien, gelernt. Er hätte ihr Unterricht geben können. Dafür war er sogar ausgebildet. Dann hätte man sagen können, daß die ungarischen Rebellen jugoslawische Instrukteure gehabt hätten. So wie man über den Schlafwagen gesagt hatte, er sei ein Panzerzug. In diesem Hotelzimmer hätte er sie über den Umgang mit Handfeuerwaffen unterrichten können, als er die Pistole in ihrer Hosentasche gefunden hatte.

Das tödliche Metall hatte ihre kleine Nase zertrümmert, die Stirn, den Kopf, so daß ihr Gesichtsausdruck danach nicht mehr festzustellen gewesen war. Wenn sie oben in die Stirn getroffen hatte, war der Mund vielleicht noch ein wenig geöffnet geblieben, sicher hatte sie die Pistole mit offenem Mund in die Hand genommen.

Der Tod feuerte plötzlich ab. Eva hat keine Zeit gehabt zu erschrecken, keine Zeit, etwas zu bemerken, bestimmt hatte der blitzartige Schmerz nur eine Sekunde lang gedauert. Und wenn ihre ganze Teilnahme an diesem Aufstand nur ein sinnloses Schauspiel gewesen war, so war es ihr nicht einmal gelungen, ihren eigenen Tod würdevoll darzustellen.

Der übernächste Sommer

DER ZWEITE TEIL DES EPILOGS

Botschafter Andropow gelang es, seine Stimme zu dämpfen, obwohl er vor Wut kochte.

»Ich will wissen, ob sie Kommandant einer Eliteeinheit der Roten Armee sind, Genosse Oberstleutnant, oder einer Horde, die sinn- und planlos um sich schießt?«

»Genosse Botschafter«, fing der Offizier zögernd in Habtachtstellung an. Es war ihm nicht ganz klar, was dieser Zivilist in der komplizierten Rangliste der sowjetischen Hierarchie wirklich bedeutete, aber da er einen großen Panzerschrank in der Ecke und eine Batterie von verschiedenen Telefonen auf dem Schreibtisch hatte, zog er es vor, höflich und zurückhaltend zu bleiben.

»Wissen Sie überhaupt, was Ihr Panzer angestellt hat?« setzte Andropow fort.

»Unnötig das Feuer eröffnet?«

»Er hat den jugoslawischen Presseattache mitten im Zimmer des Botschafters umgebracht. Sonst nichts. Als ob ich mit den Jugoslawen nicht auch sonst genug Probleme hätte! Nagy befindet sich in ihrer Botschaft.«

»Wer, bitte?«

Andropow schüttelte den Kopf. Er hatte keine Zeit, einem Regimentskommandanten einen Vortrag über die politische Situation in Ungarn zu halten.

»Ich werde den Panzerkommandeur bestrafen, Genosse Botschafter«, schlug der Oberstleutnant vor, um diesen strengen Genossen im dunkelblauen Zweireiher mit der silbern gestreiften hellblauen Krawatte zu besänftigen.

»Quatsch. Und was hätten wir davon? Sie sind hergekommen, um eine Rebellion niederzuschlagen, nicht, um Diplomaten befreundeter Länder zu ermorden. Belehren Sie Ihre Männer! Was ist bei Ihnen mit der politischen Arbeit los? Was für Vorbereitungen haben Sie überhaupt gehabt? War dieses Haus, auf das gefeuert wurde, durch eine Fahne gekennzeichnet?«

»Alle Häuser sind mit irgendwelchen Fahnen gekennzeichnet, Genosse Botschafter. Ich kann sie auch nicht voneinander unterscheiden.«

Andropow wandte dem Offizier den Rücken zu und ging an das Fenster. Im großen Büro wurde es sehr still. Sein Herz pochte viel zu heftig, er hätte sich gerne an den Puls gefaßt, wollte aber diesem Offizier nicht zeigen, wie unwohl er sich fühlte. Ohne sich umzudrehen, sagte er:

»Jetzt kann man da nichts mehr machen. Sie können gehen.«

»Zu Befehl.«

Als er das Öffnen der Türe hörte, wandte sich Andropow um:

»Genosse Oberstleutnant!«

»Jawohl?«

»Bestrafen Sie den Panzerkommandeur nicht. Das ist sicher ein sehr junger Mann. Was kann der Bursche dafür? Es ist auch keine Untersuchung notwendig, verstanden? Am besten ist jetzt, zu schweigen und nichts zuzugeben. Wie ist er sonst?«

»Wer, Genosse Botschafter?

»Na, dieser Junge, der Panzerkommandeur?«

»Bisher hat er nur gute Beurteilungen. Kandidat der Partei. Es besteht ein Vorschlag, ihn auf eine Offiziersschule zu schicken. Soll ich das rückgängig machen?«

»Nein. Sie brauchen ihm nichts zu sagen. Wozu sollen wir sein Gewissen belasten? Ihnen sage ich, passen Sie auf, daß sich so etwas nicht wiederholt! Und sonst tun wir, als wäre nichts geschehen. Dieses Gespräch bleibt unter uns.«

Die Belgrader Zeitung *Politika* brachte am 8. November nur eine kurze Nachricht:

»Am 5. November kam der Sekretär der jugoslawischen Botschaft in Budapest, Milenko Milovanov, geboren 1926 in Stari Becej, tragisch ums Leben.«

Sonst kein Wort. Nicht einmal eine Andeutung, was wirklich geschehen war.

Dreißig Jahre später ist der Gesandte Soldatić nicht mehr am Leben, ihn kann ich nicht befragen. Vier Zeugen, die anwesend waren, geben vier im Detail verschiedene Berichte. Sie sind sich nicht einmal einig, wann es genau geschehen ist. Einer sagt, es sei zur Mittagszeit gewesen, der andere am Nachmittag, der dritte, es sei schon dunkel gewesen. Der am überzeugendsten Klingende behauptet, es sei sofort nach dem Mittagessen gewesen. Alle vier sagen, sie seien neben Milovanov gewesen, als die Schüsse fielen, sein Blut und Teile seines Gehirns hätten danach auf ihrem Anzug geklebt. Die einen erzählen, Soldatić hätte mit anderen nervös Karten gespielt, als es passierte. Die anderen, nein, so sei es nicht gewesen, die Journalisten hätten draußen im Vorzimmer Karten gespielt und seien ins Botschafterzimmer gerannt, nachdem der Panzer gefeuert hatte. Alle sind sich einig, daß der Presseattaché an das Fenster getreten war, um die vorüberratternden Panzer zu beobachten. Jemand soll ihm sogar gesagt haben, er solle aufpassen. Danach knallte es.

Die Beziehungen zwischen Andropow und Soldatić waren bis dahin gut und herzlich gewesen, auch zwischen anderen Angehörigen der beiden Botschaften gab es eine gewisse Kameradschaft. Einige Tage vor Milovanovs Tod hatte der sowjetische Botschafter mehrere jugoslawische Diplomaten zu sich zum Dinner eingeladen. Man hatte auch gesungen, und Andropow wunderte sich, daß die Jugoslawen so viele russische Lieder kannten. Man hatte zu viel getrunken, und jemand hatte eine große, wertvolle chinesische Vase umgeworfen, aber man konnte am Gesichtsausdruck des beherrschten Russen nicht bemerken, wie sehr er sich deswegen ärgerte.

Am späten Abend des fünften November läutete eine russische Patrouille an der Tür der jugoslawischen Botschaft. Ein

Oberst bat um Erlaubnis, mit seinen Mitarbeitern hereinzukommen, um den Unglücksort zu inspizieren. Das Ereignis kommentierte er nicht, er entschuldigte sich auch nicht namens seiner Streitkräfte. Er schlug vor, den Leichnam des Diplomaten, der, in eine jugoslawische Fahne gewickelt, noch immer dalag, in das Leichenhaus der sowjetischen Armee mitzunehmen, bis alle Einzelheiten seiner Überführung in die Heimat geregelt sein würden. Soldatić war einverstanden, weil er nicht wußte, was er sonst mit seinem toten Mitarbeiter tun sollte. Erst nachdem er das Haus verlassen hatte, wies der russische Oberst im Hof der Botschaft auf ein großes, schwarzes Automobil der Marke »ZIL« mit ungarischen Kennzeichen:

»Mit diesem Wagen ist Imre Nagy zu euch gekommen?«

Eine Antwort wartete er nicht ab.

Soldatić war so verwirrt gewesen, daß er den sowjetischen Soldaten erlaubt hatte, die exterritorialen Räume der Botschaft, in der sich auch Nagy und seine Mitarbeiter befanden, zu betreten und sich umzusehen. Wenn die Russen gewollt hätten, hätten sie die Ungarn gleich mit Gewalt mitnehmen können.

Am 6. November verkündeten, der Forderung der Generalversammlung der UNO folgend, die Angreifer auf Ägypten – Großbritannien, Frankreich und Israel – die Einstellung des Feuers. Sporadische Kämpfe dauerten jedoch noch bis 22. November, als es zum tatsächlichen Rückzug kam, an.

Wegen der versenkten Schiffe blieb der Suezkanal noch lange gesperrt. Das Erdöl fand den längeren Weg um Kap Horn. Deshalb wurden immer größere Tanker gebaut. Die Reeder verdienten durch diesen Krieg viele Millionen Dollar.

Als der Bus, mit dem auch Boba die ungarische Hauptstadt verlassen hatte, an der Grenzstation in Horgosch endlich wieder auf der jugoslawischen Seite hielt, atmeten die meisten der Reisenden, vor allem die Familien der Diplomaten, erleichtert auf. Ein Polizist rief Bobas Namen auf, bat ihn, ins Wachhaus zu kommen. Im ersten Stock wartete ein ernster Mann in Zivilkleidung schon auf ihn. Boba sollte, bitte, seine Erfahrungen der letzten Tage aufschreiben. Auf die Frage, wieso gerade er, hieß es, man wisse, daß er in Palić mit dabeigewesen sei, demzufolge sei er wohl im Bilde. Der Bus voller Passagiere mußte warten, bis Boba seinen Bericht, vor allem über die Ereignisse auf dem Platz der Republik, aufgeschrieben hatte. Eva erwähnte er mit keinem Wort. Sie gehörte für ihn in keinen Text dieser Art.

Mit seiner Belgrader Wohnung war er sehr unzufrieden. Er mußte jeden Morgen warten, bis seine Vermieterin im Badezimmer fertig war, und das dauerte lange. Es war höchste Zeit, etwas Besseres zu finden als dieses miserable, möblierte Zimmer. Die meisten der Betten, in denen er in Ungarn geschlafen hatte, vielleicht sogar die Liege im Schlafwagen, sicher aber seine Unterkunft in Kecskemét, in Palić und im Hotel in Budapest, waren bequemer gewesen.

Nach seiner Rückkehr bekam er viele Einladungen, vor allem von der Universität, über seine Erlebnisse Vorträge zu halten. Die jungen Belgrader waren in einer seltsamen, aufgeregten Stimmung. Am liebsten hätten sie Freiwilligenbrigaden gebildet, um in Ungarn gegen die Russen und in Ägypten gegen Engländer, Franzosen, Israelis und den Rest der Welt zu kämpfen.

Endlich im Badezimmer, stand er eines Morgens lustlos vor dem verrosteten Wasserhahn über dem Waschbecken und starrte sein eigenes Gesicht im Spiegel an. Mußte ein international erfolgreicher junger Journalist im jugoslawischen Selbstverwaltungssozialismus so wohnen? Plötzlich pochte es laut und ungeduldig an der Tür.

»Telefon, Herr Boba!« rief die Vermieterin mit ihrer kreischenden Stimme. »Ich habe Ihnen schon tausend Mal gesagt, daß ich es nicht besonders schätze, wenn man Sie hier anruft.«

Mit nassem Haar nahm er den Hörer im Vorzimmer.

»Hier ist die Staatssicherheit. Genosse Krschko?«

»Ja«, sagte er ruhig. Vielleicht wollte man noch einen zusätzlichen Bericht über Ungarn.

»Du vergleichst uns mit der AVH, oder?«

Er mußte unwillkürlich lachen. Gestern Abend hatte er wieder einen Vortrag in der überfüllten Aula der Technischen Universität gehalten. Als er die AVH erwähnte, war von hinten aus dem Saal eine Frage gestellt worden, was das sei, und er hatte der Einfachheit halber geantwortet, das sei bei den Ungarn dasselbe wie hier die UDBA. Er fühlte sich keineswegs gefährdet und sagte:

»Wenn Ihr heute schon wißt, was ich gestern abend gesagt habe, wird es doch stimmen, oder?«

In Budapest versuchte General Béla Király an der Spitze von acht- bis zehntausend Aufständischen den Widerstand zu organisieren, seine Truppen wurden aber von den übermächtigen sowjetischen Panzerverbänden in zwei Tagen zerschlagen.

Indem er die Exterritorialität einer ausländischen Botschaft aufsuchte, hatte Imre Nagy mit seiner Regierung Ungarn formal verlassen. Darauf berief sich die neue Regierung Kádár und leitete von dieser Tatsache ihre Legitimität ab. Am 7. November leistete János Kádár im Parlamentsgebäude vor dem Staatspräsidenten István Dobi seinen Eid als Ministerpräsident. Noch befand sich Nagy in der jugoslawischen Botschaft, als Soldatić seine Akkreditive Kádár überreichte. Obwohl nicht mehr geschossen wurde, fuhr der vorsichtige Jugoslawe in einem sowjetischen Panzerwagen mit militärischer Begleitung zu Kádár.

Béla Király zog sich mit den ihm verbliebenen Aufständischen kämpfend nach Westen zurück und floh am 10. November nach Österreich.

Am 11. November meldete Radio Kossuth aus Budapest, der offene bewaffnete Aufstand im ganzen Land und in der

Hauptstadt sei endgültig niedergeschlagen. Er hatte 19 Tage lang gedauert.

Chruschtschow war im November streng geheim in Budapest. Darüber wurde nie ein Wort veröffentlicht. Die Amerikaner wußten es nicht nur, sie waren sogar daran beteiligt, denn sie stellten ein Auto zur Verfügung. Es war ein gepanzertes Sondermodell von Packard mit Reifen wie für schwere Baumaschinen. Es war stark wie ein Bulldozer und stieß, ohne Schaden zu nehmen, bei einer Probefahrt eine Straßenbahn aus den Schienen.

Noch am 9. November hatte Radio Budapest die Nachricht gesendet, Imre Nagy sei nicht verhaftet worden, sondern habe selbst beschlossen, das Parlament zu verlassen. Es wurde nicht gesagt, wann er es getan hatte und wo er sich befand. In der gleichen Sendung wurde auch die Verhaftung Kardinal Mindszentys dementiert und ebenfalls verschwiegen, daß er sich schon tagelang in der amerikanischen Botschaft aufhielt. Damals konnte niemand ahnen, daß Jozsef Pem, der Donaudeutsche, der den Namen *Mindszenty,* was »derjenige von Allerheiligen« bedeutet, und der in einem Ort namens *Csehmindszent,* was etwa »tschechische Allerheiligen« heißt, geboren war, noch fünfzehn Jahre lang unfreiwilliger Gast der amerikanischen Botschaft würde sein müssen, ehe er sie 1971 mit einer Sicherheitsgarantie der Ungarn Richtung Österreich verlassen konnte.

Die Stimmung in der jugoslawischen Botschaft war nach dem 4. November nicht nur wegen Milovanovs Tod sehr gedrückt. Auf kleinem Raum lebten achtzig Menschen zusammen. Sowjetische Posten hatten das Gebäude umzingelt. Zwar hinderten sie die jugoslawischen Diplomaten nicht daran, ein- und auszugehen, aber sie waren eine Art Warnung für die ungarischen Politiker, die mit ihren Familien hier Asyl gefunden hatten.

In der Botschaft hatte man schon Lebensmittel und Getränke für den bevorstehenden Nationalfeiertag am 29. November vorbereitet, darunter befanden sich große Konservendosen mit Würsteln. Die polnische Botschaft schickte als eine Art Solidaritätsbekundung zwei Sack Erdäpfel. So aßen die jugoslawischen Diplomaten und ihre Gäste tagelang Würstelpaprikasch und Brot.

Aus Belgrad kam der Unterstaatssekretär im Außenministerium Dobrivoje Vidić, um nach dem Rechten zu sehen, weil man sich in der Zentrale von Soldatics Verhandlungsfähigkeiten keine Illusionen machte. Vidić begann die Gespräche über das Schicksal von Nagy und seinen Mitarbeitern. Der Philosoph Georg Lukács allerdings hatte mit einigen anderen schon vorher die jugoslawische Botschaft verlassen.

Vidić hatte zwei alternative Vorschläge aus Belgrad mitgebracht. Entweder solle man Imre Nagy die Erlaubnis geben, nach Jugoslawien auszureisen. Dann würde Jugoslawien garantieren, daß er von dort aus keine politische Aktion gegen die neuen Machthaber in Ungarn führen würde. Oder Ungarn solle ihm garantieren, daß er in seiner Heimat zu Hause ruhig weiterleben könne.

Der jugoslawische Botschafter in Moskau, Veljko Mićunović, hatte am 7. November, obwohl es der sowjetische Nationalfeiertag war, um einen Empfang bei Chruschtschow gebeten.

Im Kreml, nahe dem Georgssaal, wo man den großen Empfang zu Ehren des Jahrestages der Oktoberrevolution vorbereitete, empfing ihn Chruschtschow schon im schwarzen Anzug mit den beiden goldenen Sternen, der höchsten Auszeichnung, die er nur zu feierlichen Anläßen ansteckte, wieder gemeinsam mit Malenkow. Sie unterhielten sich mit Titos Abgesandtem mehr als eine Stunde lang.

Über Ungarn sprach Chruschtschow am meisten. Er sagte, alles sei schneller und besser gegangen, als er befürchtet habe, Kádár sei ein sehr guter Kommunist. Jetzt würde er seine Regierung stabilisieren, Münich habe erklärt, es sei die erste ungarische Regierung nach dem Krieg, in der es keine

Juden gebe. Aus Ostdeutschland habe man ihm berichtet, daß auch dort das sowjetische Vorgehen als perfekt bezeichnet worden sei, so daß alles, was Unruhe hätte stiften können, einfach weggewischt war. Chruschtschow sagte, er habe mit seinem Botschafter in Peking telefoniert, dieser habe sich bei Mao Tse Tung gemeldet und der habe ihn eingeladen, vor dem versammelten chinesischen Politbüro zu referieren. Die Chinesen hätten daraufhin den Russen ein Grußtelegramm geschickt.

Mićunović bemerkte, daß Chruschtschow versuchte, das eigentliche Problem, das Schicksal Nagys und seiner Gefährten, die Asyl in der jugoslawischen Botschaft erhalten hatten, auszuklammern. So schnitt er selbst das Thema an. Chruschtschow änderte daraufhin den freundschaftlichen Ton und sagte sehr laut:

»Zwischen uns ist jetzt alles in Frage gestellt! Von der jugoslawischen Stellungnahme zu Nagy hängt es ab, ob sich die Beziehungen zwischen Jugoslawien und der UdSSR weiterhin freundschaftlich entwickeln werden oder nicht!«

Der jugoslawische Botschafter versuchte, dazu etwas zu sagen, aber der sowjetische Parteichef ließ sich nicht unterbrechen:

»Die Nichtauslieferung Nagys kann niemand in der Sowjetunion anders begreifen, als daß er zusammen mit den übrigen Organisatoren der Konterrevolution in jeder Hinsicht auf Grund Ihrer Direktiven gewirkt hat. Die Frage Nagy geht uns und die Ungarn an, Sie geht sie gar nichts an. Das ist der einheitliche Standpunkt jedes einzelnen Mitglieds unserer Führung. Auch Tito hat über Nagy negativ gesprochen. Rankovic hat zwar Losonczy gelobt, aber es hat sich herausgestellt, daß gerade er einer der schlimmsten Banditen ist …«

Endlich gelang es Veljko Mićunović vorzubringen, daß die Gewährung des Asyls für Imre Nagy und die übrigen die logische Fortsetzung der gemeinsamen Verabredung gewesen sei. Nagys Regierung sei faktisch im Augenblick, als er die jugoslawische Botschaft betreten habe, verschwunden, ohne

Rücksicht darauf, daß er nicht formal zurückgetreten war, das habe im Grunde genommen Kádár geholfen.

»Versuchen Sie nicht, uns zu erschrecken, Nikita Sergejewitsch, denn wenn wir prüfen wollen, wer wirklich für die Ereignisse in Ungarn verantwortlich ist, hat Jugoslawien ein reines Gewissen, und ich bin überzeugt davon, daß wir viel dazu beitragen können, wenn genauer festgestellt werden soll, wer tatsächlich diese Ereignisse verursacht hat.«

»Ich habe nicht die Absicht, Sie zu erschrecken und Sie sollten auch nicht versuchen, mir Angst einzujagen, sondern wir sollten als Kommunisten und Internationalisten miteinander reden, nicht wie Nationalisten. Ich kann keine kommunistische Moral verstehen, die Fürsprecher der Konterrevolution schützt. Und die Frage Stalins in Ungarn ist jetzt auch endgültig gelöst.«

Der neue ungarische Ministerpräsident János Kádár teilte Dobrivoje Vidić mit, er habe sich für die zweite Variante entschlossen. Imre Nagy und alle seine Mitarbeiter, die sich zur Zeit noch in der jugoslawischen Botschaft befänden, sollten sicher in ihre Wohnungen zurückkehren dürfen. Ihre bisherigen politischen Aktivitäten würden ihnen nicht angelastet werden. Aber wenn sie weiterhin gegen ihr Land arbeiten sollten, würden sie dafür zur Rechenschaft gezogen werden – natürlich nur für allfällige Handlungen nach dieser Erklärung. Der vorsichtige Vidić forderte diese Garantie auch schriftlich und bekam sie.

Am Donnerstag, dem 22. November, bedankte sich Nagy bei der jugoslawischen Botschaft schriftlich für das gewährte Asyl, die Gastfreundschaft und die Vereinbarung über sein Schicksal. Der Vizepräsident und Innenminister Münich schickte am Abend einen Autobus vor die Botschaft zum Heldenplatz, Ecke Straße der ungarischen Jugend, vormals Stalinstraße. In ihm sollten Nagys Mitarbeiter und ihre Familien nach Hause gebracht werden. Nagy selbst wurde von Botschaftsrat Osman Djikić zu seiner schwarzen Limousine geleitet, die die ganze Zeit über im Hof der Botschaft gestanden war und für die ein Fahrer geschickt worden war. Djikić hielt die Tür auf:

»Auf Wiedersehen, Genosse Ministerpräsident.«

Nagy zuckte die Achseln:

»Auf Wiedersehen ... Na, vielleicht in Sibirien!«

Das waren die letzten Worte, die Imre Nagy an einen offiziellen Vertreter Jugoslawiens richtete.

In den Bus stiegen auch Militärattache Oberst Milan Drobac und der jugoslawische Konsulatsbeamte Milan Georgijevic. Sie sollten sich davon überzeugen, daß alle gut nach Hause gekommen waren. In diesem Augenblick tauchten zwei sowjetische Militärwagen auf und eskortierten den Bus und Nagys Auto zum sowjetischen Militärkomando in der Gorki-Straße. Dort blieben sie stehen, und ein russischer Oberstleutnant forderte die beiden Jugoslawen auf, den Bus zu verlassen.

»Wir haben die Weisung, diese Genossen bis zu ihren Wohnungen zu begleiten. Darüber wurde zwischen der jugoslawischen und der ungarischen Regierung eine Vereinbarung erzielt, Sie können das gerne überprüfen.«

Der Russe blieb hart:

»Davon weiß ich nichts. Für mich gibt es keine Vereinbarungen, sondern die Befehle meiner Vorgesetzten. Und die lauten, daß ich den Bus mit diesen Leuten zu übernehmen habe.«

Nach kurzem Streit kamen einige russische Soldaten in den Bus und warfen Drobac und Georgijevic mit Gewalt hinaus. Der Bus fuhr jetzt, begleitet von zwei sowjetischen Panzerwagen, sofort los. Drobac und Georgijevic kehrten zu Fuß in ihre Botschaft zurück. Die Versuche, zu erfahren, wohin Nagy und seine Gefährten verschleppt worden waren, scheiterten. Die ungarische Regierung behauptete, von nichts zu wissen.

Obwohl darüber im Rundfunk kein Wort verlautete, wußte Budapest alles im Nu. Als Antwort darauf blieben am 23.

November zwischen zwei und drei Uhr nachmittag die Straßen leer. Alle Budapester befolgten diese Weisung, von der niemand wußte, wer sie ersonnen hatte und auf welche geheimnisvolle Weise sie zu den Bürgern gelangt war.

Unterstaatssekretär Vidić, der zwei Tage zuvor nach Belgrad zurückgekehrt war, rief den ungarischen Geschäftsträger Kuty zu sich, denn anstatt des bisherigen ungarischen Botschafters Münich, der ja in der Zwischenzeit Innenminister geworden war, war noch kein neuer ernannt worden. Vidić forderte die Ungarn auf, Nagy, seine Mitarbeiter und ihre Familien sofort freizulassen.

»Sonst müßten wir das nicht nur für eine flagrante Verletzung der freundschaftlichen Beziehungen zwischen unseren Ländern, sondern auch der allgemein anerkannten Normen des Völkerrechts halten.«

Kuty behauptete, Nagy und die anderen seien freiwillig nach Rumänien gefahren und hätten dort um Asyl ersucht. Vidić sagte dem Ungarn offen ins Gesicht, daß er ihm nicht glaube, weil davon schon die Rede gewesen war, als sich Nagy noch in der jugoslawischen Botschaft aufhielt, aber damals hatte er diese Idee energisch abgelehnt.

Erst im Laufe des Sommers 1958 wurde in Ungarn veröffentlicht, daß am frühen Morgen des 16. Juni dieses Jahres die Todesstrafe an Imre Nagy, Pál Maleter, Miklos Gimesi und Jozsef Szilágyi vollzogen worden war. Sándor Katona wurde zu lebenslänglichem Zuchthaus verurteilt, aber später begnadigt, so daß er emigrieren konnte. Ferenc Donat wurde zu zwölf Jahren, Ferenc János zu acht Jahren, Zoltan Tildi zu sechs Jahren und Miklos Vásárhelyi zu fünf Jahren verurteilt. Sie alle hatten sich vom 4. bis zum 22. November in der jugoslawischen Botschaft in Budapest aufgehalten.

Im Juli 1958 lag Boba im Schatten der Föhren vor seinem Zelt im internationalen Jugendcamp Borik bei Zadar und blickte auf das Meer hinaus. Manchmal zählte er die Segelboote, aber meist hatte er keine Zeit dafür. Er erinnerte sich an das Segelflugzeug, mit dem er vor zwei Jahren über Budapest und seine Umgebung geflogen war. Hier wäre es noch viel schöner gewesen, im leichtem Wind über das Meer zu kreisen, nicht nur Boote und Schiffe, sondern die vielen Insel von oben zu betrachten, mit den Möwen um die Wette zu fliegen.

Die deutschen Mädchen beneideten ihn wegen seiner braungebrannten Haut. Er legte sich nie in die Sonne. Auch im Schatten bekam er die so ersehnte Farbe, für die sich andere, besonders die Gäste aus dem Norden, stundenlang rösten ließen, um sich anschließend über den Sonnenbrand zu beklagen.

Nach seinem ungarischen Abenteuer, wie er es nannte, hatte man ihn endlich als ständigen Mitarbeiter der Redaktion aufgenommen. Er hatte, zwar vorläufig noch immer als Untermieter, die Zweizimmerwohnung eines Journalisten erhalten, der für vier Jahre als Korrespondent nach Warschau gegangen war. In einem Zimmer befanden sich noch dessen Möbel und Bücher, aber das andere, die Küche und das Badezimmer konnte Boba allein benützen. Und er stand auf der Warteliste für eine eigene Wohnung.

Das Angebot, die Verantwortung für das Sportprogramm in einem internationalen Jugendcamp zu übernehmen, war eine angenehme Überraschung gewesen. Es war nicht nur eine Anerkennung für seine internationale Erfahrung, sondern bedeutete lange Sommerferien und sogar die Möglichkeit, dabei etwas zu sparen, denn er bekam freie Kost, ein eigenes Zelt direkt am Strand und sogar ein Honorar dafür, daß er den Gästen aus dem Ausland Bälle, Tischtennisschläger und Boote verlieh und ihnen, wenn sie wollten, Anweisungen gab, wie man sie benützen sollte. Andere Kollegen aus der Jugendzeitung hielten politische Vorträge über den Selbstverwaltungssozialismus, aber auch Boba war als Redner gefragt, er durfte über seine Erfahrungen in Ungarn sprechen und stieß dabei stets auf Interesse.

Die neuen Freunde aus der Organisation Deutsche Stenographenjugend hatten sogar versprochen, sie würden ihn im Herbst einladen, in Stuttgart und vielleicht auch einigen anderen Städten zu diesem Thema zu referieren.

Er konnte sich sehr gut vorstellen, wie es gewesen wäre, wenn er Eva eingeladen hätte, diesen Sommer mit ihm zu verbringen. Sie war ja eine hervorragende Schwimmerin und hätte mit den Mädchen arbeiten können, wahrscheinlich sogar ein eigenes Honorar dafür erhalten. Vor zwei Jahren, als sie sich in der Redaktion verabschiedet hatten, hatte er ihr sogar vorgeschlagen, gemeinsam ans Meer zufahren. Eva war nie am Meer gewesen. Sie war gestorben und war nie im Meer geschwommen. Damals hätte er nicht geglaubt, daß es so einfach sein könnte, sie einmal mitzunehmen. Ihr Aufenthalt hätte ihn nicht einmal etwas gekostet. Sie hätte in seinem Zelt schlafen können. Sie hätten am Abend im Camp getanzt oder sie wären die sieben Kilometer nach Zadar spaziert, hätten sich unterwegs unter Palmen im Mondschein geküßt, Fisch gegessen und einheimischen Rotwein getrunken.

Aber Eva war tot.

Manchmal tanzte er mit anderen Mädchen. Manchmal küßte er sie unter einer Palme im Mondschein.

Er hatte sich nicht einmal von ihr verabschiedet. Er war weggegangen, weil er Angst gehabt hatte, vielleicht weniger vor dem Tod, nicht einmal vor Mord und Totschlag, als vielmehr vor ihrem verzückten, offenen Mund, als sie das schreckliche Treiben betrachtete.

Nicht an diese Eva wollte er denken, nicht an die Eva des Herbstes, sondern an die Eva des Sommers davor. Immer noch rätselte er, ob das überhaupt dasselbe Mädchen gewesen war, diese schüchterne Studentin im Sommer und diese Rebellin mit der Pistole, die nicht entsetzt war, als man vor ihren Augen Menschen umbrachte? Nur ihr Mund, der immer halbgeöffnete, ihr Mund war immer derselbe. An welche sich erinnern? An beide? Es mußte wohl so sein. Für immer?

Er wußte eigentlich, daß es nicht für immer sein konnte. Fast nichts im Leben ist für immer. Allmählich würde er älter werden, und dann würde auch die Erinnerung an den ungarischen Herbst verblassen. Daß er selbst älter werden würde, konnte er sich allerdings noch überhaupt nicht vorstellen.

Er rannte plötzlich zu einem Felsen und sprang kopfüber ins Wasser, mit kräftigen Tempi schwamm er der Sonne entgegen, die langsam im Meer versank. Es schien eine andere Sonne zu sein als jene, die er von Buda aus betrachtet hatte, wie sie die noch in der Morgendämmerung schlafende Großstadt wachküßte. Natürlich war die Sonne dieselbe, wie auch die sommerliche Eva mit der herbstlichen identisch war. Die Sonne war immer dieselbe, hier konnte man das Wort »immer« verwenden, aber der Blickwinkel war verschieden, *sein* Blickwinkel hatte sich verändert. Bald würde sie rot das silbrige Blau berühren. Weit genug draußen, entfernt vom Camp und dem Lärm der jungen Leute, drehte er sich auf den Rücken. Möwen kreischten über seinem Kopf, stürzten sich manchmal plötzlich in die Wellen, um sich einen Fisch zu holen.

Wenn Eva jetzt hier gewesen wäre und mit ihm zum Wettschwimmen bis zur Küste angesetzt hätte, hätte sie ihn wahrscheinlich weit hinter sich zurückgelassen, wäre ihm davongeschwommen. War sie ihm auch in den Tod vorausgeschwommen?

Er kraulte wieder dem Ufer entgegen. Seit er zum ersten Mal mit ihr das Bad auf der Margaretheninsel besucht hatte, waren fast auf den Tag genau zwei Jahre vergangen. Zwei lange Jahr. Da war nichts zu machen. Tot ist tot. Und das Leben ist trotzdem wunderschön.

Zu diesem Roman

Die Zusammenführung historischer und fiktiver Personen in einem Text stellt kein neues Problem in der Literatur dar. Verschiedene Autoren auf der Welt haben es, jeder auf seine Weise, zu lösen versucht.

Was sind Dokumente? Aufzeichnungen, die gewisse Leute in amtlicher Funktion gemacht haben. Literaten sind in dieser Hinsicht freier als die Autoren von Schriften, die Weisungen zu berücksichtigen haben. Dokumente sollen offizielle Schriftstücke sein, Urkunden, Beweisstücke, die belehren und die Wahrheit sagen. Und um die Wahrheit geht es. Die schöne Formel der britischen und amerikanischen Justiz, die wir aus Tausenden von Filmen kennen, die Wahrheit, die ganze Wahrheit und nichts als die Wahrheit zu sagen, überfordert im praktischen Leben jedermann. Die Wahrheit kann man, meinetwegen, vielleicht sogar sagen, »nichts als die Wahrheit« nur mit der allergrößten Anstrengung, aber die *ganze* Wahrheit? Wo wäre Platz für sie?

Selbst der Historiker trifft eine Auswahl unter zahllosen Dokumenten und beschädigt damit die *ganze* Wahrheit. Er vernebelt die Aussicht für den späten Beobachter mindestens so stark, wie es der Dichter tut, wenn er einen Teil der Wahrheit mit Begebnissen aus seiner Phantasie vermischt.

Freilich muß ich zugeben, daß der historische Teil dieses Romans ohne authentische Memoiren ein Eintopf ohne Gewürze geworden wäre. Ohne das Buch *Die Moskauer Jahre* von Veljko Mićunović wüßte man nichts von dem unglaublichen Flug Chruschtschows und Malenkows durch die vom Sturmwind gejagten Wolken über dem Balkan. Und ohne diese Mitteilung könnte man kaum ahnen, warum es so wichtig war, daß die Helden unseres Romans, Boba und Djuka, über ihr Gespräch mit János Kádár rechtzeitig in Palić Bericht erstatteten.

Ich war bei diesem Gespräch anwesend und habe von der Bohnensuppe im Zentralkomitee mitgegessen. Fast dreißig Jahre danach, Anfang 1986, schrieb ich an der serbischen Version dieses Romans und ersuchte den ungarischen Botschafter in Belgrad, Kádár zu benachrichtigen, daß ich jetzt über seine damalige vertrauliche Beurteilungen der Lage schreiben wolle. Ich bat ihn, mich zu empfangen, denn ich wollte sicher sein, daß er sich daran so erinnerte wie ich. Ich wußte ja, daß man sich irren kann, wenn man sich nur auf sein eigenes Erinnerungsvermögen verläßt, daß unterschiedliche Teilnehmer an ein und demselben Ereignis fast immer unterschiedliche Versionen für die Wahrheit halten. Kádár fand keine Zeit für mich, verwies mich an einen hohen Mitarbeiter des Zentralkomitees, der natürlich von unserem vertraulichem Gespräch am 29. Oktober 1956 nichts wissen konnte. Aber der ungarische Botschafter übermittelte mir später Kádárs Grüße, er könne sich sehr wohl an dieses Gespräch erinnern. Details freilich ließ er mir nicht zukommen.

Auf dem Platz der Republik war ich dabei, obwohl ich mich nicht gerade in die erste Reihe der Schaulustigen drängte. Ich war noch vorsichtiger als mein Held Boba. Einige Einzelheiten über das Geschehen in und um das Stadtkomitee übernahm ich aus dem Buch von Ervin Holos und Vera Laitai *Platz der Republik 1956*.

Über die Gespräche Eisenhowers mit Dulles habe ich in den Memoiren des ehemaligen amerikanischen Präsidenten *The White House Years* gelesen, aber natürlich einiges dazu erfunden.

Die Episoden mit Dobrica Ćosić stammen aus seinem Buch *Sieben Tage in Budapest*, das er sofort nach seiner Rückkehr aus Budapest im November 1956 veröffentlicht hatte. Nachdem er den vorliegenden Roman auf serbisch gelesen hatte, rief er mich an und fragte pikiert:

»Warum hast du mich als Feigling dargestellt?«

Ich fragte zurück:

»Wann hast du dein eigenes Buch über diese Ereignisse zum letzten Mal in der Hand gehabt?«

»Offen gesagt, seit ich es geschrieben habe, nie mehr.«

»Siehst du! Alles, was dir als Feigheit ausgelegt werden könnte, ist direkt von dir abgeschrieben.«

Ob seine Erlebnisse in Budapest einen Einfluß auf seine spätere politische Tätigkeit, seine Rolle im jugoslawischen Bürgerkrieg – er war ja ein Jahr lang sogar Präsident der Republik – gehabt haben, weiß ich nicht. Seit dem Zerfall meines ehemaligen Vaterlandes habe ich nicht mehr mit ihm gesprochen.

Zu sowjetischen Quellen hatte ich keinen Zutritt. Aber viel später erzählte mir ein ehemaliger führender sowjetischer Diplomat in Wien von einem Vortrag, den Jurij Andrejewitsch Andropow, noch in seiner Funktion als Botschafter in Budapest, Anfang 1957 an der Diplomatischen Akademie in Moskau gehalten hatte. Er teilte damals den Anwärtern auf höhere Posten im sowjetischen diplomatischen Dienst, unter denen sich auch mein Gewährsmann befand, einiges über seine damalige Skepsis mit.

»Er sagte, er werde über die ungarische Revolution referieren«, erzählte mein Gesprächspartner in den achtziger Jahren, »er sagte Revolution und nicht Konterrevolution. Ich dachte, der Mann ist verrückt geworden, morgen wird man ihn erschießen. Er ist aber nicht erschossen worden, sondern zum Chef des Geheimdienstes aufgestiegen ...«

Daß Chruschtschow im November 1956 selbst in Budapest war, hat mir der damalige ungarische Chefdolmetscher für Russisch erzählt, der mit in dem beschriebenen, sagenhaften Packard saß.

Das jugoslawische Archiv im Außenministerium konnte ich leider auch nicht einsehen. Ich glaubte, dort müßte der Inhalt eines Koffers sein, den Géza Losonczy in die jugoslawische Botschaft mitgebracht und dort gelassen hat. Die Erlaubnis hätte mir nur der damalige Außenminister Budimir Lončar geben können, der aber sagte:

»Das alles muß noch geheim bleiben. Gerade, weil du mein Freund bist, erhältst du keine Erlaubnis. Sonst würde man sagen, ich handle inkonsequent …«

Dafür haben mir Dobrivoje Vidić, 1956 Unterstaatssekretär, und Osman Djikić, 1956 Botschaftsrat in Budapest – beide, als ich sie befragte, schon im Ruhestand – erzählt, woran sie sich erinnerten. Besonders der ehemalige Geheimdienstmann und spätere Übersetzer finnischer Lyrik Djikić war kooperativ. Er sagte: »Ich wußte alles, was mein Chef Soldatić wußte, er aber bei weitem nicht alles, was ich wußte.« Zu Beginn des jugoslawischen Bürgerkriegs war Djikić, seiner Nationalität nach Moslem, in Sarajewo. Was wohl aus ihm geworden ist? Das frage ich mich aber auch zu vielen anderen Figuren aus diesem Roman, die noch am Leben sein könnten.

Der Imre Nagy des Roman ist natürlich identisch mit dem historischen, genau so wie János Kádár, Imre Mezö oder sogar Leutnant Várkonyi. Sie sind so treu gezeichnet, wie es mir auf Grund der Dokumente möglich war und wahrhaftig erschien. Andere, wie der kleine Gyurka, Pál Szabo und Gyula Szabo, der englische Pilot Macintosh oder der russische Panzerkommandeur, sind »erfundene« Gestalten und, wie es so schön heißt, »jede Ähnlichkeit mit lebenden Personen wäre rein zufällig.« Für alle Fälle habe ich mir aus einer jugoslawischen Kaserne ein Schulbuch über den Typ sowjetischer Panzer geliehen, die in Budapest im Einsatz waren – und wohl noch immer in Bosnien eine Rolle spielen –, um genauer zu wissen, was die Mannschaft in ihrer Stahlkiste sehen und wie sie sich gefühlt haben kann.

Jener herzkranke Andropow, den wir im Roman 1956 mitten im ungarischen Herbst in seinem Botschafterbüro in Budapest Pillen schlucken sehen, konnte sicher noch nicht ahnen, daß er bald danach Chef des sowjetischen Geheimdienstes und eines Tages auch der Nachfolger Chruschtschows als

Generalsekretär der Kommunistischen Partei der Sowjetunion werden würde. War es nicht er, der viel später einem jungen Mann namens Gorbatschow den Weg an die Spitze der Sowjetunion geebnet und damit das Ende seines Reiches eingeleitet hat? Seine Erlebnisse im ungarischen Aufstand haben bestimmt seine Gedanken und Taten bis zu seinem Tode beeinflußt. Und er hat Gedichte an seine Frau geschrieben. Schade, daß ich sie nicht kenne. Nur zu gerne hätte ich seine Verse, um seine Person genauer zu zeichnen, in das Buch aufgenommen.

Diesen Roman habe ich im Frühjahr 1957 angefangen, damals aber nur einige Aufzeichnungen über Gyurka und seine Zwiebel gemacht, und dann die ganze Geschichte stehengelassen. Sie war mir noch nicht geheuer. Die serbische Version fertiggeschrieben habe ich erst vom Januar bis zum April 1986, sodaß sie dreißig Jahre nach den wirklichen Ereignissen fertig war und veröffentlich wurde. Diese deutschsprachige Version schrieb ich wiederum acht Jahre später in Wien, dabei ständig daran denkend, um wieviel schrecklicher das Geschehen in meinem Heimatland ist als das, was ich damals in Ungarn für eine so große Tragödie gehalten habe. Aber heutige Episoden in die damalige Geschichte einzufügen, habe ich mir nicht gestattet.

Der im Roman beschriebene Korrespondent der Belgrader Tageszeitung »Politika«, Djuka Julius, ist authentisch – er ist inzwischen in Boston an Krebs gestorben–, war einer der besten jugoslawischen Auslandskorrespondenten überhaupt. Die anderen beiden Kollegen waren Vlada Teslić von der *Borba* und Mátyás Apróo von *Magyar Szó*.

Boba ist nicht mit mir identisch, ich muß gestehen, ich verfügte damals schon über mehr journalistische Erfahrung als er.

Auch die richtige Eva ist nicht beim Reinigen ihrer Pistole mit dem Geschmack jugoslawischer Ölsardinen und Schokolade auf den Lippen des halbgeöffneten Mundes ums Leben gekommen. Das letzte, was ich von dem Mädchen, daß für diese Figur ungewollt Modell gestanden ist, erfuhr, ist, daß sie über Österreich nach Kanada emigriert und dort tatsächlich, wie sie es sich gewünscht hat, professionelle Journalistin geworden ist. Warum ich ihr sadistische Züge angedichtet habe, weiß ich selber nicht genau. War sie so? Schien sie mir nur so? Glaubte ich, daß meine Heldin so sein müsse?

Bis in die Mitte der achtziger Jahre hinein existierte auch das Hotel »Frieden« – »Béke« – und im Februar 1985 wollte ich es wieder sehen, fragen, ob eventuell noch vom Personal, das schon 1956 da gewesen war, jemand etwas Interessantes erzählen könnte? Ich logierte damals im recht nahe gelegenen Hotel »Royal«, schlenderte unter den noch kahlen Akazien die Ringstraße entlang. An einem dieser Bäume hatte man den angeblichen AVH-Mann aufgeknüpft, aber natürlich wußte ich nicht mehr, an welchem. Das Hotel konnte ich nicht finden, dort, wo es einst gestanden war, gab es nur eine große Baustelle, einen riesiger Baukran, Betonmischmaschinen.

Wo war ich dann 1956 eigentlich mit Eva?

LITERATUR

Ivan Ivanji

DIE ANDERE SEITE DER EWIGKEIT

Zwanzig Geschichten vom Tod

Ivan Ivanji verstrickt in dem Erzählband zwanzig Geschichten so ineinander, daß einige Personen in mehreren vorkommen und daß sie zeitlich die fünf Jahrzehnte zwischen dem Grauen in den Konzentrationslagern der Nazis und dem Schrecken des noch andauernden Krieges im ehemaligen Jugoslawien umfassen. Ein Begriff ist es aber, der sie alle zusammenhält, der gewissermaßen der Held aller Geschichten ist: der Tod. Warum? Ivanji läßt eine seiner Figuren an seiner Stelle antworten: »Ja kann man denn über irgend etwas anderes schreiben als über den Tod?«

»Der Tod kennt keine Moral, er trifft die Unschuldigen wie die Schuldigen. Das Leben geht weiter, und jeder Augenblick darin ist kostbar. Einigen von ihnen, einigen der letzten und vielleicht kostbarsten, hat Ivan Ivanji in seinem Buch Dauer verliehen.« RHEINISCHER MERKUR

»Und über alles schreibt er so gelassen, wie es wohl nur ein Mensch mit seinen Lebenserfahrungen kann.«
NEUES DEUTSCHLAND

»Nichts weniger als eine kleine Zeitgeschichte in Nekrologen hat Ivan Ivanji hier vorgelegt. Allerdings eine Folge von Erzählungen vom Tod, die dem Sterben seinen Schrecken nehmen.« DEUTSCHE WELLE

209 Seiten, Leinen mit Schutzumschlag
ISBN 3-85452-269-X

PICUS VERLAG

LITERATUR

Ivan Ivanji
SCHATTENSPRINGEN
Roman

Ivan Ivanji läßt den Helden seines autobiographische Züge tragenden Romans, »den Kleinen«, als Sechzehnjährigen die Wochen nach der Befreiung aus dem Konzentrationslager Buchenwald bis zur Rückkehr ins heimatliche Jugoslawien erleben. Ein packender Roman über die lange Stunde Null nach der Niederlage des Dritten Reichs.

»Ein erschütterndes Zeugnis wider finstere Zeiten, der anrührende Entwicklungsroman eines Heranwachsenden, skurrile Chronik europäischer Wirren.«
NEUE ZÜRCHER ZEITUNG

»Und so schreibt Ivanji einen Roman, der seine traumatische Biographie als Material und Werkzeug zweifelnder, fragender Erkenntnis nimmt.« FRANKFURTER ALLGEMEINE ZEITUNG

»Gerade durch seine lockere erzählerische Struktur erreicht der autobiographische Roman eine starke Wirkung.«
SALZBURGER NACHRICHTEN

»All dies wird mit einer eigenartigen Leichtigkeit, einer fast unbegreiflichen Gelassenheit, ja Heiterkeit erzählt, daß man kaum glauben mag, der Autor könne selbst etwas davon erlebt haben.« WOCHENZEITUNG

228 Seiten, Leinen mit Schutzumschlag
ISBN 3-85452-251-7

PICUS VERLAG

LITERATUR

Ivan Ivanji

DER GUTHERZIGE HAI

Eine Erzählung für Erwachsene und Kinder

Mit Illustrationen von Brigitta Heiskel

Was macht ein Hai, der Tierfreund und Vegetarier ist, damit die kleinen Fische keine Angst mehr vor ihm haben? Er läßt sich die Zähne ziehen. Das ist natürlich keine leichte Entscheidung, und wie sich schon bald zeigt, hat sie auch gravierende Nachteile für den Hai und seine kleinen Freunde.

Der referierende, nicht dunkel raunende Erzählstil erhöht auf faszinierende Weise die Überzeugungskraft dieses allegorischen Märchens des Jugoslawen, dessen Text die in Wien lebende Graphikerin mit interessanten, etwas ironisierenden Kohlezeichnungen ergänzt.«
EKZ-INFORMATIONSDIENST

»Ivan Ivanji schuf in peotischer Sprache ein Märchen, mit dem er sich nicht nur an Kinder wenden will, sondern mit seiner brisanten Aktualität auch an Erwachsene. Brigitta Heiskel illustrierte diese so schlichte wie eindringliche Fabel mit klaren, ausdrucksstarken Grafiken, die den bibliophilen Charakter dieses Büchleins noch betonen.« NEUE ZEIT

Ein wenig denkt man an ›Der kleinen Prinz‹, und wie in diesem Fall dürften sich die Freunde des Buches bald in allen Altersklassen finden.« WIESBADENER KURIER

56 Seiten, durchgehend SW illustriert, gebunden

ISBN 3-85452-037-9

PICUS VERLAG

LITERATUR

Milo Dor · Reinhard Federmann
UND EINER FOLGT DEM ANDEREN
Kriminalromanoman

Eine Leiche in der Badewanne bildet die Ausgangssituation für eine spannende Verfolgungsjagd durch das besetzte Nachkriegsösterreich. Ein Journalist auf Verbrecherjagd gerät mehr und mehr in die Machenschaften dubioser Geschäftsleute rund um angeblich unbezahlbare Militärgeheimnisse.

»Das Gütesiegel der Schreibwerkstatt Dor/Ferdemann ist zweifellos die atmosphärische Dichte ihrer Schilderungen. Aber auch der sarkastische Humor und das psychologische Geschick bei der Zeichnung ihrer Romanfiguren machen aus diesem Krimi eine würdige Österreich-Variation der ›tough guy novels‹ eines Hammet oder Chandler. Und damit stehen die Herren Dor und Federmann in der deutschsprachigen Kriminalliteratur der letzten Jahrzehnte ziemlich einsam, weil selten erreicht dar.« ORF, Ex Libris

»Ein Klassiker der fünfziger, nach dreißig Jahren wiederaufgelegt. Eine Verbindung zwischen Dritter-Mann-mäßiger Spannung, Zeitdokument und literarischer Klasse. Ein goldiger Oldie.« Prinz

»Dor und Federmann schildern in schönen Bildern die Verwicklung des Journalisten Alex Lutin in einen Spionagefall, der sich aus einem Lustmord entwickelt. ... Da tut es einem wirklich leid, daß das Buch nur 190 Seiten hat.« Die Presse

189 Seiten, Leinen mit Schutzumschlag
ISBN 3-85452-273-8

PICUS VERLAG